首届天山文学奖丛书

可可托海往事

董立勃 / 著

新疆人民出版社
（新疆少数民族出版基地）

图书在版编目(CIP)数据

可可托海往事 / 董立勃著. -- 乌鲁木齐：新疆人民出版社(新疆少数民族出版基地)，2025.1. --（首届天山文学奖丛书）. -- ISBN 978-7-228-21628-4

Ⅰ.I247.5

中国国家版本馆CIP数据核字第2025ER0705号

可可托海往事
KEKETUOHAI WANGSHI

出 版 人	李翠玲	策　　划	李翠玲　可木
出版统筹	孙瑾　单勇	美术创意	可木　王洋
责任编辑	孙祁娟	装帧设计	王洋
责任校对	张雪艳	责任技术编辑	马凌珊

出　　版	新疆人民出版社（新疆少数民族出版基地）
地　　址	乌鲁木齐市解放南路348号
邮　　编	830001
电　　话	0991-2825887(总编室)　0991-2837939(营销发行部)
制　　作	乌鲁木齐捷迅彩艺有限责任公司
印　　刷	北京富诚彩色印刷有限公司

开　　本	880mm×1230mm　1/32
印　　张	14
字　　数	240千字
版　　次	2025年1月第1版
印　　次	2025年1月第1次印刷
定　　价	96.00元

版权专有，侵权必究。如有质量问题，请与营销发行部联系调换。

——献给那些为共和国"两弹一星"事业做出巨大贡献的人们

目 录

001　第一章　这条大河奔流向西

044　第二章　路在脚下，心在远方

099　第三章　高耸入云的树

131　第四章　藏在石头里的秘密有多少

160　第五章　太阳下面什么事都会发生

205　第六章　再坚硬的冰块也会融化

234　第七章　怒放的花朵像火一样

261　第八章　浓雾在拂晓时慢慢散去

307　第九章　天边传来一首无字的歌

343　第十章　每个季节都有自己的热烈

383　第十一章　绽放的雪花也美丽

406　第十二章　总有一种生命会不朽

第一章　这条大河奔流向西

在中国西部的新疆,在新疆的阿勒泰,在阿勒泰的一条山谷里,有一个地方,叫可可托海。

可可托海在哈萨克语中意为"绿色的丛林",在蒙古语中意为"蓝色的河湾"。

起名时,这个地方不是牧场,也不是村庄,只是牧民们在交谈时,偶尔会说到的一个地名。很少有人知道它,也没有人可以在地图上找得到它。

这种情况,一直从汉朝持续到唐朝,又从唐朝持续到了清朝。

说不清楚具体时间,有一些人来到了这里。这些人,不是牧民,也不是农民,但他们却在这里盖起房子、修起路、架起了桥,让它有了一个小镇的样子。

为什么会在那个时候,会有这样一群人来到这里,会在这里盖房子修路架桥,这可不是几句话可以说得清楚的事。

可可托海位于一条大河旁边。

这条大河非常著名,它就是额尔齐斯河,是中国大地上唯一一条从东向西流,且一直流进北冰洋的大河。

河里有鱼,有红鱼、黑鱼,有鲫鱼、草鱼,有鲑鱼和狗鱼等野鱼十几种以上。这些鱼的样子各有各的不同,却都喜欢在冷水里生活。因生长速度缓慢,鱼肉就格外紧致,味道异常鲜美。当地牧羊人,偏偏又没有吃鱼的习惯,所有河里的鱼,又大又多。到了繁殖季节,大群的鱼会把浅处的河道堵塞。

河边有树,有白桦树、松树和冷杉等。其中,白桦树笔直挺拔、亭亭玉立,又被称为树中的美人。而耐寒的松树,是盖房子的上等材料。这里人家的房子,几乎都是用木头搭建而成。日常劳动生活中,木头还可以解决许多困难。比如烧水做饭,比如拦牛圈羊和拴马,比如要在大河小溪上架桥,比如出行时离不开的四轮车和雪爬犁。

河谷与树林间有大片草地,不同的季节,会生长出不同的野草,开出不同的野花。先有吃草的动物来了,接着,食肉的动物也来了。于是,这里就成了飞禽走兽的乐园。它们在这里繁衍生息,使得古老的山谷,就算是没有人烟,也一样充满了生命的活力。

可可托海独特地貌的形成,与一九三一年富蕴大地震关系密切。那年八月十一日早上,南起青河县的阿尔曼特山,北至可可托海盆地,一场八级地震发生了。地震波之强烈,使得两千多公里以外的人都感觉到了震动。连一万多公里外的南美洲圣安胡地震台,都记录下了它长达两小时的地震波。地震过后,山河巨变,一百七十一公里长的断层破裂带上,形成了多处断陷盆地和湖泊洼地。

大峡谷位于额尔齐斯河源头,两岸花岗岩山峰连绵排列。每座山峰因形状不同各有奇异,似乎象征着什么,暗喻着什么,隐藏着什么,让行走于河谷间的人,无法不想到许多飞禽走兽,许多亭台钟楼,想到许多传说和故事。

可可苏里位于进入可可托海必经的山口处,是一个小海子,面积约有一百八十万平方米,水的最深处也不过两米。水中有二十多座大小不一的浮岛漂移。岛上野草以芦苇为主,适合各种水鸟生息。因四季可见大群的野鸭出没,又被称为野鸭湖。路过此处的人,不管是走路的还是乘车的,都会停下来站在水边,像看一幅山水画一样看个没够。

伊雷木湖离可可苏里不远,翻过一座达坂就可以看见了。地震产生的滑坡,让无数泥石堆积在卡依尔特河出口处,形成了这座堰塞湖。也正是有了这座湖,才有了海子口地下水电站。湖水幽蓝,远远可见,要走近,却不容易。一条紧贴悬壁的山路,曲折蜿蜒,险象环生,稍有不慎,就可能遭遇不测。但只要坚持前行,就有无限风光可以领略。

大自然的神奇美丽,在可可托海无处不有。但二十世纪三十年代的那群人来到这里,却并不是为了看它的风景。

因为绚烂的可可托海,还有着残酷可怕的另一面。

这里的海拔和纬度决定了它的冬季比别的地方更漫长,往往到了十月份就会落下雪片,大地封冻,一直到来年五月份才会冰雪消融。

冬天不但时间长,还极其寒冷,最冷的时候,气温可达零下五十多摄氏度。这样的气温,无法不让人望而生畏。虽然自古以来,年年都有全国各地人逃荒到塞外,但几乎很少会有人把落脚处选在这个地方。

显然,这群人的到来,不会是为了寻找一片可以收获粮食的耕地,也不是为了得到安居的衣食温饱。

吸引他们来此居住的原因,一定让许多人都很难想象得到。

自那一群人到来之后,历史的车轮不断往前滚动,这个叫可可托海的地方,看起来似乎并没有发生太大的变化。

它仍然还是一个小镇,甚至连人数也并没有增加太多。虽然这里曾经一度聚集了五万人之多,但这会儿,常住人口也就是两千左右。

最早来的那群人盖起的房子,还挺立在风雨阳光中。他们修筑的路,他们架起的桥,还在使用中。

大河还是那条大河,河水还是那样清澈湍急。树还是那些树,草还是那些草,在四季轮回中重复着不变的枯荣。但历史的日历牌,却翻到了崭新的一页。

虽然此时的小镇安静得如同一位老者,坐在温暖的夕阳里,打发着时光。但此时的可可托海,却不再默默无闻,不再鲜为人知。

原来,在它美丽的面容下面,却有着许多地方都没有的传奇身世。

到新疆,不去可可托海,等于没来。此生不去可可托海看一看,是最大的遗憾。

可可托海已经成为中国当代旅游词典中,最热最火的一个名词。

在穿越准噶尔盆地，途经卡拉麦里自然保护区的高速公路上，行驶着大大小小来自不同地方的车辆。它们要到达的目的地只有一个，那就是新疆阿勒泰地区富蕴县的可可托海镇。

到底发生了什么，让可可托海这样一个小镇，产生如此巨大的吸引力，使得无数人从四面八方赶来，扑入它的怀抱？

也有人说，其实可可托海也没有什么，只不过是有一个坑。

然而，听了这个话的人，不但没有失去兴趣，反而会更加好奇。

这是一个什么样的坑，值得人们千里迢迢赶去，只是为了看它一眼？

想要弄明白这一点，说难也不难，说不难也有点难。

说不难，是因为只要把这本书读完，关于可可托海所有的疑问都会烟消云散。

说难，是因为这个故事有点长，再加上历史变化的曲折复杂，读这本书时，可能需要点耐性，需要静下心来，认真思考一些问题。这可能会让人在阅读过程中，不会觉得轻松愉快。

说到可可托海，不能不说到苏联。

苏联挨着中国，与中国新疆的边界线有数千公里长。中国的河流有好几条都流到了它的境内。其中，就包括额尔齐斯河。

和这么个大国挨着，中国和它的关系，就不可能太一般。

只是，这么一个大国，要和一个在中国地图上都找不到标注的地方扯到一起，似乎难度有些大。虽然看地理上的位置，相距并不算远，但有划分的国境线拦挡，有界桩阻隔，想要发生一点关系，怎么看，都不太容易。

不容易是不容易，但天下事，只要是机缘巧合，没有什么是不能发生的。现实生活中，不知有多少事，看起来一点可能性都没有，但偏偏就发生了。

许多事情发生过后，再去看，就会发现蕴含于其间的必然了。关于偶然与必然这个哲学问题，似乎从来就没有人说清楚过。

俄国变成苏联时，中国还没共产党呢。正是两国挨得近，苏联有什么动静，中国不会听不到。那年，攻打冬宫的炮声，传到了中国，中国人知道了马克思主义。于是，一九二一年，中国也有了共产党。

二十八年后,不知流了多少血,牺牲了多少人,马克思主义才在中国取得了胜利,中国共产党领导的中华人民共和国成立了。

新中国一成立,就派出了代表团,毛泽东主席亲自任团长,来到了莫斯科。

一九五〇年,中苏之间签订了友好条约,主要内容就是苏联如何帮助中国发展经济。

这些协议中,其中有一份,就关系到了可可托海。

想要弄明白这是怎么回事,我们还要把时钟再往回拨,拨回到二十世纪三十年代的民国时期。

民国自成立后,一直战事不断,没有安稳过。孤悬塞外的新疆,并没有因偏远,而成为世外桃源。

杨增新被刺杀后,金树仁成了"新疆王"。只是他这个"王",治疆无方,没干几年,就被一场兵变逼下台,带着家人,狼狈跑回关内。

读过日本陆军大学的盛世才抓住这难得的机会,当上督办,抓住了军权。

盛世才会打仗,可马仲英也不是熊包。盛世才想打败马仲英,不得不玩弄计谋。他的计谋就是找苏联人帮忙。

新疆是中国的,可新疆对苏联来说,可是唇齿相依。一个和平友好、亲密无间的新疆，正是苏联日盼夜想的。

盛世才说，只要你们帮我打败马仲英，我就联共，我就亲苏，我就反帝，我就把所有外国人都赶走，只让你们苏联人在这里活动。

苏联人一听，这个条件不错，马上就出动了飞机坦克，还派出了整团的红军，换成盛军的服装，开进了盛马大战的前沿阵地。

结果就不用多说了。马仲英败退南疆后，率百人前去苏联，从此再无消息。新疆从此开始了长达十一年之久的盛世才时代。

盛世才上台后，兑现了他对苏联人的承诺，得到了苏联人的信任。盛世才之所以这么做，不是他也想搞社会主义，而是他想靠着苏联这棵大树，坐稳他的宝座。

为了让盛世才能完全摆脱南京政府的控制，苏联还派了一个红军机械化团，驻扎在哈密，替他守卫东大门。别说是土匪强盗了，就是蒋介石对他也无可奈何。

盛世才也不含糊。为了报答苏联人，他挥舞大棒，把新疆境内的英国人、美国人还有其他国家的人，全都赶了出去。

延安与莫斯科的联系，正是有了新疆这样一条安全通道，才让许多中共党员有了去苏联学习深造和就医治病的机会。

盛世才伪装得很积极，请延安派干部到新疆来帮助工作。当时说联共，不是假的，而是真的要联合共产党治理新疆。那些年，有不少共产党员，就成了盛世才政府中的官员。

亲苏联共是着妙棋。苏联各方面都很先进发达。苏联人来了，是带着资金、带着技术、带着机器设备来的。修公路，采石油，建工厂，还兴办学校，发展文化，影剧院盖到了各县。说俄语，看苏联电影，唱苏联歌曲，读苏联小说，喝卡瓦斯，拉手风琴，跳踢踏舞，吃黑列巴，成为时尚。

盛世才知道这一切都是靠苏联人才有的，也就越发贴紧苏联人。苏联大使成了他家常客，两个人亲如兄弟。不管苏联方面提出什么要求，他都会爽快答应。

苏联人说，新疆有许多大山，一定有许多宝贵的矿石，我们来帮你寻找，帮你开采。盛世才一听，说，这是好事，你们来吧，想去哪儿都行。

于是，一支地质勘探队从苏联出发了，带队的是地矿专家亚柯夫。队伍中有一个中国人，叫陈志远，是他的学生。陈志远是新疆人，在莫斯科留学。陈志远勤奋好学，成了亚柯夫的得意门生。到中国干事情，有陈志远在身边，会减少许多麻烦。

进新疆有两个口岸,一个是伊犁的霍尔果斯,一个是塔城的巴克图。可亚柯夫没有走这两个口岸,他带着一队人马沿着一条河进入新疆境内。

这条河就是额尔齐斯河。选择沿着这条河进入新疆,不是一个随意的安排。亚柯夫在进行野外勘探时,偶尔从这条河的泥沙中发现了闪着光亮的矿粉。经检测,这是一种名为绿柱石的矿物粉渣。以此推断,在这条河的上游的某一处,一定藏着大量含有这种矿物的岩石。亚柯夫沿着这条河往上游走,走到了与中国的交界处,还是没有找到,便得出了这些矿石是在中国境内的结论。

亚柯夫越过边境,先是到了新疆的布尔津县。河的两岸是大片的草原,不可能有矿石。只能再往前走,走到富蕴县,看到了阿尔泰山。再往山里走,走到了额尔齐斯河的源头。他们在河边搭起帐篷,建起勘探队的营地。

勘探队员们在河边的石头里找到了含有这种粉渣的矿石,但它们是被洪水从哪座山上冲下来的就不知道了。也就是说,找到产生这种矿石的矿脉在什么地方,才是勘探队的工作目标。

勘探队只有百十个人,想要找到藏有矿石的矿脉,不知要花费多少时间和精力。亚柯夫是名布尔什维克,知道人民群众的力量有多大。他让队员们拿着矿石样本和照片走进牧民们的毡房,对他们说,如果能找到同样的矿石,可以换取两头羊的奖赏。

闪着蓝光的绿柱石,早就被当地人当作装饰品,用来做项链和戒指。因为数量多,也不值什么钱,几乎每个牧羊人都知道几处可以找到矿石的地方。苏联人大方的奖赏让他们高兴极了,纷纷为苏联人四处寻找矿石。

根据牧民们送来的矿石,亚柯夫的勘探队很快就发现了数条储量可观的矿脉。

三个月后,亚柯夫给苏联当局写了一份勘探和开采的可行性报告。

写报告之前,他遇到了一点麻烦。因为发现矿脉的这片地方,在地图上还没有名字。他问当地人这个地方叫什么名字,当地人说,这个地方的树多水蓝,我们叫它可可托海。

随后,一份关于苏联人开发可可托海矿山的协议摆在了盛世才的办公桌上。他并没有仔细看条款内容,就在上面签了字。能用一堆石头换来苏联人的信任,还有物资和军事力量的支持,在他看来实在是件很划算的事。

这是一九三五年的七月。

也是这一年的这个月,有一个孩子出生了。

这是个女孩子。她出生在东北一家农户里。家里人给她起名叫孙惠兰。

她的出生没有给家里人带来多少欢喜,反倒增加了一些忧愁。因为,她的上面,已经有两个姐姐了,父母希望她是个男孩子。她让他们失望了,这就注定了她很难有一个愉快的童年。

同样也是在这一年,一个十七岁的哈萨克族少年,经常赶着羊群走在转场的山路上。他叫巴克拜尔。

这群羊有一百多只,可没有一只羊是他的。

他在很小的时候就失去了父母,靠给别人家放羊换一口饭吃。

这个时候的他,虽然看起来瘦弱,可已经是一个什么苦都能吃的小伙子了。只是他对自己以后的日子能过成什么样子,心里一点数都没有。

他想有一匹自己的马,有一间自己的木屋。这些东西,除了做梦可以得到外,他不知道还能用什么方式获得。

孙惠兰和巴克拜尔,一个出生在东北,一个出生在新疆。从地图上看,这两个地方差不多处于同一纬度上。也就是说,到了冬天,都会大雪纷飞,非常寒冷,但在经度上,相隔至少四千公里的距离。

不但在地理位置上,两个人难以发生交集,在岁数上,也相差了十七岁,差不多算是两代人了。而且,一个是汉族,一个是哈萨克族,语言习俗都不同,把他们放在一起,连日常交流都难以进行。

也就是说,无论怎么看,似乎都没有理由把他们扯到一起。

没有人会想到,二十年后,也就是一九五五年,这个叫巴克拜尔的哈萨克族中年汉子,会端着一碗清炖羊肉,走进二十岁汉族姑娘孙惠兰住的房子。

看到巴克拜尔走进来,孙惠兰有些痛苦地摇摇头,说,大叔,我不吃,你端走吧!

巴克拜尔说,你到了这个地方,不能吃羊肉是不行的!你尝尝,它真的没有那么难吃。

巴克拜尔说着,把一碗冒着热气连着骨头的羊肉放在桌子上,不等孙惠兰再说什么,就转身离开了。

要说清楚这到底是怎么回事,倒是不难。

巴克拜尔看到小孙姑娘嘴上起了泡,气色也不好,问她怎么回事。

孙惠兰说,食堂里的羊肉味让她受不了,一进食堂就想呕吐。炒的菜里有羊肉,更是一口也吃不下。只能买个馒头蘸着豆瓣酱吃,没想到连着吃了几天后,就满嘴起了泡。

巴克拜尔记住了这个事,回到家对老婆帕夏说,那个东北来的小孙姑娘太可怜了,受不了羊肉的膻味,吃不下羊肉。这么下去,她的身体就会垮了。

帕夏说,清炖羊肉那么香,她怎么会吃不下?她是没有吃,真的吃了,她就会喜欢了。咱们煮一点,让她尝尝。

孙惠兰看着碗里的羊肉,想着是拿到屋外去,还是再给巴克拜尔大叔送回去。反正不能让它在眼前放着,她怕冒出的气味会让她呕吐。她伸手打算把装着羊肉的碗先放到门外去,可又觉得这么做不太好,有些对不起巴克拜尔大叔。

其实一进新疆,赵义勋和张秋凤都劝她要学会吃羊肉,她心里边也想学会吃羊肉。来之前听人说过,新疆还很落后,生活条件很艰苦。她做好了吃苦的准备,只是怎么也没有想到摆在她面前的第一个困难居然是吃羊肉。

孙惠兰在学校时就入了党。共产党员是什么都不怕的,可她居然被羊肉的膻味吓住了,这让她觉得很丢人。

许多共产党人为了中国革命的胜利把生命都献出来了,自己却连眼前这点困难都克服不了,实在是太不像话了。

与流血牺牲相比,吃几块羊肉又算得了什么,孙惠兰一下子有了勇气。

她硬着头皮凑近那碗清炖羊肉,闻了一下,似乎没有闻到那么浓的膻味,再闻了闻,居然闻到了一股香味。她想也许巴克拜尔大叔拿来的羊肉与她以前见过的羊肉,真的有些不一样。

不能吃羊肉,就别想在新疆活下去。这种话,她听到了不止一次。她不但想在新疆活下去,还打算要活得轰轰烈烈。

孙惠兰小心地拿筷子夹了一小块,慢慢地放进嘴里。

舌尖触到了羊肉,确实有点膻味。可只是有一点,没有膻到让她要吐出来。再轻轻嚼几下,膻味居然开始发生微妙的变化。

有一种舌尖从来没有接触过的味道从膻味中飘了出来,并变得越来越浓烈。

她终于咽下了人生的第一口羊肉。

连着数日只吃豆瓣酱,她的胃早就对她不满了。所以第一口羊肉刚进到肚子里,胃就张开了大口,向她索要更多的羊肉。

别说人的意志有多坚强,有时胃发起脾气来,再厉害的人也得听它的。比如说,这会儿,孙惠兰就被她的胃支配了,不由自主地把那一碗羊肉全献给了她年轻的胃。

孙惠兰拉开门跑了出去,对着从门前流淌而过的长河大声喊道,我可以吃羊肉了! 我可以吃羊肉了!

明白了巴克拜尔送一碗羊肉是怎么回事,可还是会有疑问:东北出生的孙惠兰,怎么会在新疆遇到吃羊肉的麻烦,而这个麻烦怎么会被巴克拜尔帮忙解决了?

说到这里,还是得回到一九三五年。

一九三五年,苏联人在可可托海发现了具有开采价值的矿石。这些矿石对于正在发展现代化工业的苏联很重要。而这个时候,主政新疆的盛世才又对苏联百依百顺,苏联就没有理由不在可可托海建一座矿山了。

自十月革命后,苏联的社会主义已经建成快二十年了。凭着公有制的优势,苏联已经成为一个强大的国家。建一座矿山对它来说,是一件很容易的事。

很快,亚柯夫就带着更多的人,还有大批的机械设备来到可可托海,边开采边继续勘探。

矿上的管理人员和技术人员包括后勤人员,除了陈志远,全都是苏联人。在确定了矿址后,他们迅速在大河的南边建起生活营地,并且在河上搭了一座木桥,方便生产人员前往北边的矿山生产区。

苏联人开来大卡车,还有推土机和挖掘机,可这些机器并不能解决所有问题。要把埋在山里的矿石挖出来,还需要大量体力劳动者用古老传统的手段去完成。

苏联决定从伊犁、塔城、阿勒泰(时称"阿山区")等地招收一批中国工人。而附近的这些地方生活着的,主要是牧民。所以,前来报名当工人的多数都是曾经的牧羊人。

巴克拜尔就是这些牧羊人中的一个。

那天早上,他赶着羊群往山坡上走,经过通往可可托海的山路时,看到几个骑马的年轻人在赶路。他正好与他们认识,就问他们干什么去。他们说可可托海正在招收工人,他们要去当工人。还说在那里干一个月的活挣到的钱,可以买七八只羊。

他看着他们在山路上越走越远,心里想着他们说过的话。可可托海是个陌生的名字,他没有兴趣。但可以去当工人,一个月挣的钱可以买七八只羊,还是让他动心了。

他马上十八岁了,不能一辈子给别人放羊,得想办法让自己过上更好的日子。好多事已经在脑子里想了好长时间,这会儿用不着再去多想了。

他没有去过可可托海,不知道通往那里的路怎么走,他得跟着这几个年轻人一块儿走。他不再迟疑,骑上马朝着快看不到影子的几个年轻人追了上去。

不用担心那群羊,它们知道去什么地方吃草,也知道怎么回到毡房跟前的羊圈里。再说了,还有那只懂事的牧羊犬管理羊群。有它在,羊群就算没人看着也不会走丢,不会被狼袭击。

他想好了,如果当不上工人,就在天黑以前赶回来,继续放他的羊。

矿山招收工人没有什么条件,只要四肢健全、身体强壮,又没有什么疾病就行。巴克拜尔和那几个他认识的年轻人,都顺利地通过了体检,成为可可托海第一批中国矿工。这一批矿工差不多有三百人。

这三百人的营地建在了河的北边。来不及盖那么多房子,就挖了许多地窝子住进去。这些工人对此毫无怨言。不管是来自农区还是牧区,他们的住所本来就不比地窝子好多少。

他们被告知不能随便进入苏联人住的地方。苏联人有自己的食堂和俱乐部,有自己的饮食习惯和娱乐方式。苏联人喝酒拉手风琴,在新盖起的俱乐部里跳舞看电影。他们穿的衣服,看上去很干净,样式也很好看。

看着苏联人过的日子,要说不羡慕,那是不可能的,但要说因此不高兴,真的是没有。至少巴克拜尔没有。他有自己对幸福生活的定义,不管日子有多苦,他都能找到让自己乐观起来的理由。

成为矿工后,马上就发了工作服,还有大头翻毛皮鞋。到了吃饭的时间,只要拿上碗走进那个很大的食堂,就可以吃饱肚子。

干的是与石头打交道的活,累是累,可没有一滴汗会白流。到了月底,就会准时领到一份工钱。这份工钱是给牧主放一年羊也挣不到的。

每个矿工都发了一个铝制的小圆牌,上面印着五角星、齿轮和铁锤,还有一个编号。巴克拜尔的编号是00127。

这个圆形的工牌相当于身份证,不管出入矿洞,还是食堂,不管是领工钱,还是领劳保用品,都要出示它。

巴克拜尔对这个圆牌十分看重,生怕把它弄丢了。

后来,矿山收回管理权后,这个证明身份的工牌用不上了,替代它的是盖着红色印章的工作证。

原先的那个工牌,巴克拜尔没有扔掉,而是擦干净,放到了箱底。他想,等到老了以后,再看到它,不知会想起多少年轻时候的事情。

也就是说，一九三五年，巴克拜尔成为可可托海矿山的一名工人时，孙惠兰刚刚出生。这当然是两件毫不相干的事。

如果硬要说有什么相干的话，那就是正因为巴克拜尔成为可可托海的一名矿工，才使得二十年后，孙惠兰有了在可可托海矿井中遇到他的机会。

二十年对于一个人来说，是一段很长的时间，它足以让一个人的生命发生巨大的变化。

就说孙惠兰吧，五岁以前不懂事不记事，到了七岁想去上学，父母不让去，让她天天陪着比她小两岁的弟弟。弟弟去读书了，也要让她陪着去。不是领着弟弟走在上学的路上，而是要背着弟弟去上学。弟弟娇生惯养，孙惠兰成了他的丫鬟。因要天天背着弟弟去上学，放学了还要再背他回来，父亲终于同意她也跟着一块儿上。不指望她学个什么，只想让她能照顾弟弟。

弟弟贪玩，上课不用心思，结果小学上完，考初中，弟弟没考上，她倒考上了。父母说没钱，不让她上。可这时的东北已经解放了，村子里有了共产党干部。

孙惠兰去找干部。干部来到她家里。

干部说，新中国，男女平等，姑娘一样有权利上学。

父亲一听,就啥都不说了,不但让孙惠兰去上学,还给了她几元钱当学费。

孙惠兰上完了初中,中华人民共和国成立也三年了。她没有再上高中,而是直接考了一个中专,上的是冶金部在长春办的电力学校。

学校并不是什么名校,可毕业分配是面向全国。其实,当时分到新疆的是另一个女同学。可那个女同学的家长找到学校,说家里有困难,不想让她去那么远的地方。孙惠兰知道了以后,主动跟学校说,她愿意去。

她在学校时一直是团支部委员,快毕业时还入了党。能够继续上学,多亏了共产党的干部。从此,她对共产党就有了感情。她想好了,这一辈子都要听党的话,跟着党走。

父母生养了她,对她有恩。可小鸟长大了,翅膀硬了,可以自己飞了,就想飞得越高越远越好。父母不想让她去新疆,想让她离家近一点,有什么事可以帮上忙。但孙惠兰这会儿已经有了大志向,要干大事情。她是有组织的人,是国家的人,当然不会再听父母的安排了。

就这样,因为各种巧合,孙惠兰来到了新疆。如果当时不主动要求替那位同学来新疆,那她的人生会是什么样子,谁也不知道了。

再说巴克拜尔吧。其实,他都没有想到自己会在这个矿上,一干就是二十多年。

说到底,开矿的这些人都是些外国人。说不上哪一天,这些外国人就会走了。他们走了,矿就开不成了。

不开矿了,矿工们就得失业。巴克拜尔想到以后可能会有这么一天,就做了准备。每个月挣的钱,他不会全花掉,悄悄存起来一些,打算有一天不挖矿了,就去买一些羊,再娶一个姑娘,当一个自由的牧羊人。

那是个乱世,明天会发生什么,谁也不知道。他这种想法,不能说没有道理。

一九四二年,盛世才对苏联人变脸了。德国人闪电一般打进苏联,如入无人之境,一下子打到了莫斯科郊外。盛世才想着这下子苏联可能不行了,不能再依靠了,决定投奔蒋介石。为了证明他的忠诚,他把所有延安来的共产党人全都抓了起来,还把包括毛泽民在内的一批杰出人物,直接枪毙了。他还撕毁了所有和苏联人的协议,一夜之间,把所有的苏联人,不管是干什么的,全都赶了出去。

可可托海的苏联人也被赶走了。苏联人一走,矿石的挖掘也就停了下来。所有的工人都没事干了,许多人离开矿区,回到了原先的草原部落。

这时的巴克拜尔已经二十四岁。这七年间,他跟着苏联人,不知挖出了多少矿石,已经成为一名熟练的采矿工。

他和别人不一样。别人有父母,在草原上还有一个家。他父母不在了,他在什么地方,什么地方就是他的家。所以就算苏联人走了,不挖矿了,他也没有离开可可托海。他用挖矿挣的钱买了几十只羊,还在河边盖起一座木头房子。

别忘了,可可托海不但有矿石,还有河流,还有树木和花草。也许这个地方种地不太适合,可要说放牧,那可是个好地方。有自己的羊群,还有自己的房子,想找个姑娘当然就不难了。

一位把羊卖给了巴克拜尔的牧民,看中了他的能干,就让自己的姑娘帕夏烧了奶茶,端给巴克拜尔喝。过后,牧民问巴克拜尔,奶茶好不好喝?巴克拜尔说,太好喝了。

牧民说,你如果想经常喝到这样的奶茶,可以找人来提亲。

就这样,巴克拜尔结婚了。

又过了一年,他有了自己的儿子,起名叫达吾力江。

不当矿工了,也挺好。牧羊人,只要有羊、有草原,就能把日子过得很好。

正在他打算就这样在可可托海的河边,把牧羊人的生活一直过下去时,苏联人又回来了。

这是一九四六年。

原来,盛世才的做法激怒了斯大林。他和蒋介石都是盟国领导人,虽然制度不同,但有共同的敌人和战争目标。他向蒋介石承诺,苏联会出兵东北,消灭关东军,但新疆这边,盛世才这个人得换掉,苏联人的利益不能受到损害。正好这时,控告盛世才横行霸道、滥杀无辜的举报信雪片般飞来,蒋介石也想借机拿回新疆的控制权。就在一九四四年,盛世才被调回重庆当农林部部长。

重新返回可可托海的苏联人,带队的还是亚柯夫,但带来的人和机器更多了,摆出一副要大干一场的架势。这其中的原因,只有亚柯夫这样的少数高级干部才知道。

因为美国人在日本扔下的两颗原子弹,虽然没有炸到苏联人,但也把苏联人给吓了一大跳。美国有了原子弹,苏联怎么能没有?苏联立刻快马加鞭进行原子弹研制。

苏联专家们马上就发现,制造原子弹需要的一些重要材料,竟然是藏在先前从中国新疆可可托海运回来的矿石里。如绿柱石里的铍,锂辉石中的锂,还有钽和铌等,都是非常宝贵的制造核武器所需要的稀有金属。

为了满足正在研制的原子弹的需要,可可托海的矿工们也由数百人，增加到了三千人左右。

这个时候的巴克拜尔看起来还是那么年轻。

自一九四五年至一九六五年，可可托海生产的矿石，大部分都先由大卡车运到了数百公里外的布尔津县。额尔齐斯河道已在多年前通航。苏联人在这里建起了码头盖起了房子，成立了有四十多人工作，并有一个连的苏联军人守护的物资储存转运中心。大批开采矿山需要的各种生产机器生活用品，在这里卸下后再通过陆路运到可可托海。而可可托海的矿石也在这里被装上轮船，运到了苏联境内的斋桑码头。为了保证这条航道的畅通，苏联还在布尔津设立领事馆的办事处。每年的六月，河水暴涨，利于大船航行，布尔津的码头总是一片繁忙。苏联人忙不过来，会雇许多中国人来干活。这些矿石不管在陆路上还是在水路上，都会有武装人员押运，直到它们全部进入苏联远东秘密工厂的冶炼炉。

一九四九年八月二十九日，苏联第一颗原子弹试验成功。

那天，亚柯夫带着一群苏联人，在可可托海俱乐部里狂欢了一夜。作为奖励，他给工人食堂送去了牛羊肉，给每个班组都发了一瓶伏特加烧酒。只有他知道，苏联的原子弹试验成功,中国工人也有一份功劳,他们理应得到更多的奖赏。

一九五〇年,可可托海由苏联人单独经营变成了中苏联合经营。亚柯夫还是总经理,但在管理层出现了中国人的身影。除了原来一直跟着苏联人干的亚柯夫的助理陈志远之外,还有一些刚刚从清华大学等著名院校毕业的相关专业的大学生。其中有一个叫吴成朋的,毕业于北京外国语学校。他的专业和采矿无关,被分配到这里,只有一个原因,那就是他学的专业是俄语。可可托海有许多苏联人,他学的这个专业在这里大有用处。

不过,他这个俄语专业的大学生,无论是口语还是笔译,都不能和陈志远比。因为陈志远不但在苏联读了大学,还一直和苏联人一起工作。他的俄语水平比起纯正的俄罗斯人,一点也不差。

近一年来,陈志远的心情从来没有这么好过。

在别人看来,他心情好,是因为妻子李莎跟他来到可可托海以后,奇迹般地怀上了孩子,这之前他们结婚十年都没有孩子。

只有他自己知道,他的心情之所以这么好,除了妻子来到身边,让他享受到美好的爱情,以及他们马上就会有孩子的喜事外，还有一个原因，那就是中华人民共和国在一九四九年十月一日成立了。

陈志远在苏联学的是矿业，但接受的教育是红色的马克思列宁主义。他一直认为中国的贫弱，是源于落后的封建制度。

苏联的经验证明，国家的强大必须有赖于先进的制度。没有想到，共产党不但在中国胜利了，还建立了一个新的政权。

那天他和许多苏联人一起围坐在一台晶体管收音机前，收听由莫斯科电台转播的来自北京天安门的实况。听着听着，陈志远的泪水就不由得流了下来。

紧接着，就传来毛泽东主席访问莫斯科并签订了许多协议的消息。

亚柯夫对他说，从现在开始，这座矿由我们两个国家共同管理了。

他对妻子李莎说，我终于可以报效自己的国家了！

在这节日般欢乐的日子里，陈志远多次带着爱妻李莎，骑着马沿着额尔齐斯河边欣赏美景，边寻找着各种矿石。

陈志远在河边的浅滩中找到了一块碧玺。他还想再找到一块蓝宝石，作为结婚纪念日礼物送给妻子。

对矿石的熟悉,已经让陈志远一眼就可以从一片乱石中,发现哪块是最有价值的。

他和李莎在河边的树林里吃了香肠喝了红酒后,轻声哼着一首苏联歌曲,手拉手走进清澈见底的浅水处。

李莎调皮地用脚踢出片片水花,让弯腰寻找蓝宝石的陈志远总是无法看清水中的石头。李莎说,我才不在乎什么蓝宝石呢,只要肚子里的孩子能顺利出生,就是上苍送给我们最宝贵的礼物。

说到孩子,两个人都有些激动,不由得又讨论起该给孩子起个什么名字。

名字还没有商量好,就发生了一件事。这件事的发生,使得起名字的事就不可能再继续了。

事情开始于一阵枪响。

枪声中,一群土匪出现了。

都知道附近的大山中有土匪,但矿山一直有苏联红军守卫,所以都认为土匪没有胆量前来骚扰。

只是,此处离矿山数公里,矿上的红军无法知道这里发生的事。

土匪逼过来,让两个人交出身上的宝石。陈志远说没有宝石,只交出了手表。

土匪们知道陈志远是谁，也知道苏联矿长对他很信任，放着宝石的房子钥匙，就在他手上。

那些宝石，其实就是矿石标本，每一块都价值连城。亚柯夫把钥匙交给他时，对他说，它们属于这块土地，也属于整个人类，你要保管好。

土匪看到陈志远没有宝石，威胁他说，不交出宝石，就打死他的妻子。

陈志远说矿上有宝石，他可以带他们去矿上拿。土匪不上他的当，说可以让他去拿，但要把他的妻子留下来做人质。

这些土匪有多么凶残，父亲的死已经告诉了他。就算是拿来了宝石，他和妻子李莎也不可能活命。

陈志远趁着土匪不注意，拉着李莎的手往树林里跑，想逃出土匪的魔爪。

只是，他们虽然跑进了树林，却没有跑过土匪的子弹。

子弹射中了李莎。李莎倒在了地上。

李莎是他的生命。李莎倒在了地上，他也就不可能再往前跑了。

陈志远抱起李莎，对着土匪说，你们也把我打死吧！

土匪已经杀红了眼，一路上不知杀死了多少人，当然不会在乎陈志远这条命了。

几条枪一齐举起来,对准了他。

枪响了。只是倒下去的不是陈志远,而是那群土匪。

进入新疆的解放军,接受了国民党军队的和平起义,却无法使得各地土匪自动放下武器。六军骑兵团政委安怀民,从哈密经巴里坤,至木垒县和奇台县,再穿越五彩湾进入富蕴县,一路追击各路残匪。

没想到在额尔齐斯河边,调到陈志远正抱着妻子与土匪对峙。

安怀民让身边的神枪手,瞄准朝陈志远举起枪的土匪,抢先一步扣动了扳机。

看着怀抱妻子尸首悲伤欲绝的陈志远,安怀民对他说,对不起,我们晚到了一步。

那天下午,安怀民带着士兵与陈志远一起掩埋了李莎后,跟随着陈志远,举着猎猎飘扬的军旗走进了小镇可可托海。

陈志远带着安怀民来到矿长亚柯夫跟前。两个人分别代表不同的国家,相互致以同志的问候,并激动地握了手。

当天黄昏时分,矿区各处的防务,都换上了中国人民解放军的哨兵。

在接下来的日子里,骑兵团战士放下刀枪,拿起各种劳动工具,承担起小镇多项基本建设任务,在苏联人打下的基础上,对小镇的房屋和道路进行改造和扩建。

随着生产规模的扩大,中国干部工人的增多,原有的几座俄式楼房和平房已经不能满足需要。一座座新的食堂和住宅宿舍,还有商店和学校,在河北岸的生活区拔地而起,使得可可托海小镇的面貌一下子就发生了很大的变化。

这些解放军官兵,在完成建设以后,并没有离开。他们中的大部分人都留了下来,成为第一批冶金工业的建设者。

安怀民带人接管了可可托海后,也没有离开。

首长找他谈话,问他不打仗了,有什么打算。

他说,我是共产党员,听党的安排。

首长说,组织决定,让你作为中方代表,与苏联同志一起管理矿山。

他说,我是外行。

首长说,许多事,我们都是外行,但国家已经是我们的国家了,就算是外行,也要承担起责任。

他不懂开矿专业上的事。但这些日子,在和陈志远的接触中,他已经知道可可托海有多么重要。

连着多日,陈志远茶饭不进,一脸愁苦悲伤。安怀民让炊事员做了好吃的,端到他面前,与他聊天,劝他吃饭。

说到了历史说到了国家说到了民族,两个人生经历完全不同的人,却有着许多共同语言。

安怀民说,生者更好地活着,才是对死者最大的安慰。

陈志远说,多想和她一起看到祖国富强起来的样子。

安怀民说,她在另一个世界里,世间的事,她全能看见。

陈志远说,是的,我不该让她失望。

安怀民说,你的身体很重要!因为这个时候,无论是可可托海,还是新生的国家,都非常需要你。

陈志远说,我会尽力的。

安怀民说,那你就要先吃好饭。饭就是人身上的钢铁。

陈志远说,我听你的。

以前,国家对这个矿从来就没有在意过,一切都由苏联人说了算。现在,国家由共产党来领导了,这个矿是中国土地上的矿,中国人不能不管。

谈判和管理矿山的都是共产党人,大家有共同的理想,有什么事就好商量了。于是,中国人和苏联人很快就达成了协议。

考虑到中国人缺少管理经验,先由两方一起管理一段时间,等到中国人学会如何管理后,就全部交给中国人来管理。

安怀民就是代表中国人,与苏联人一起管理可可托海矿的。

担任可可托海中苏联合冶金公司的党委书记,这个任务对安怀民来说,不能不说有些艰巨而又光荣。

带兵打仗,安怀民一身本领,但管理矿山,他却不知道从哪里下手。好在有陈志远这样一个有知识又爱国的专家在身边,安怀民满怀信心。

安怀民是山西人,抗日战争爆发前,在县城中学当教师。娶了同为教师的姑娘史云娟后,他不再有更多想法,打算好好做个教书先生,过平常人的日子。

不想有一天,日本人的飞机飞来了,不但炸毁了学校,也炸毁了他的生活。逼得他不得不告别新婚妻子,走向烽火连天的战场。

部队里的兵,大部分都是种地的庄稼汉,像他这样当过教书先生的不多。打仗时,他不贪生怕死,敢冲锋陷阵,有勇有谋。解放战争快要胜利时,他就已经当上团政委,成了一名经常带兵打仗的指挥官。

知道不会一辈子带兵打仗,早晚有一天会脱下军装去干别的事,但安怀民并没想着将来去干什么。这个时候的他,已经入党多年,明白作为一名党员,他的人生选择,已经不能完全由自己做主了。

虽然他知道再想回到过去,当教书先生的可能性几乎是不存在了,却从来没有想到,自己会到边疆的一座矿山当领导。

没有想到,不等于会不接受,更不意味着没有信心。他曾经被三颗子弹洞穿过身体,早就具有了应对各种困难的毅力。最重要的是,在革命战争中建立起的对党的忠诚,使他不管在什么时候,除了奉献与牺牲外,不会去计较个人的利益与得失。

实际上,管理一座矿山和管理一支军队,指挥劳动生产和指挥一场战役有着太多的相似。从战场上归来的安怀民,同样也会在和平年代里继续书写他注定不会平淡的人生篇章。

安怀民对亚柯夫说,生产上的事,你说了算。

亚柯夫说,现在我们是兄弟加同志,可以说是不分你我了,让我们一起为社会主义事业奋斗吧!

安怀民说,你们是老大哥,我们要向你们学习。

给中方的干部和工人们开大会时,他总忘不了给大家说,一定要尊重我们的苏联老大哥。

安怀民经常带着问题去向苏联专家请教。语言不通不要紧,只要把陈志远带在身边就行了。

到可可托海才一个多月,安怀民就可以叫得出每个苏联专家的名字了。

也就是在安怀民来到可可托海这一年,巴克拜尔被提升为开采班的班长。这个时候,他的想法有些改变了,头一次有了一辈子当一个矿工的想法。因为来到矿上的中国人越来越多了。这说明这个矿正在成为中国人自己的矿,就算是外国人都走了,矿石的开采也不会停下来,生产还会继续。

后来发生的事,证明了巴克拜尔的想法是正确的。

一九五五年对可可托海来说,是非常重要的一年。和苏联人共同管理矿山的合作,到这一年画上了句号。

苏联人退出了可可托海,把整个矿交给了中方。不是发生了什么不愉快的事,这是在五年前就说好,并写进合作协议中的。

这五年,中国的专家和工程技术人员跟着苏联人边干边学,成长迅速,已经具备了管理整座矿山的全部能力。苏联人的退出，已经不会对矿山生产造成任何影响。

再说了，苏联人当初开发这座矿，目的就是想得到这里的稀有矿石。这些年，从可可托海挖出的矿石，大部分运往苏联境内。而这种情况，并不会因为苏联人的退出发生改变。可可托海的矿石开采后，还是源源不断地销售给苏联。不是说这些矿石对我们来说不重要，而是我们的工业水平，这个时候还不具备提炼这些矿石的条件。

还有，这会儿和苏联正好得如亲兄弟一样。国家在建设上完全把苏联当成了榜样，走苏联的道路，建设新的共和国，成为时代的主旋律。不管是在工厂还是在农村，使用的机器，差不多都是从苏联运来的；大大小小正在实施的项目中，都可以看到苏联专家的身影；大部分学校的外语课都教授俄语；民众的精神生活主要依赖的是苏联的文化艺术产品。可以说，有文化的青年们，人人都在读苏联小说，唱苏联歌曲，看苏联电影。

孙惠兰算不得是个文艺青年，她对电学的兴趣超过了文学。但她也会看小说，为故事中的人物开心或者流泪。她嗓子不亮，不敢在人前放声唱歌。那些好听的歌，她怕忘掉歌词，全都抄写在本子上。一个人在屋子里，或者走在路上，心情好了，便会低声唱起自己喜欢的歌。不管是在学校,还是在矿山,她可以不去跳舞,但只要放电影,她一定会去看。

和许多青年一样,孙惠兰盼望着自己的国家也能变成苏联那样,自己的生活也能像苏联人一样浪漫多彩。不过,除了苏联歌,她还喜欢上了新疆歌。尤其是那个叫王洛宾的人改编的民歌,每一首都那么好听。她当时愿意来新疆,和喜欢那些新疆歌多少有些关系。

孙惠兰来得晚了一步,没有赶上和苏联人一块儿工作的机会,可她看到了苏联人从可可托海离开的场景。

那是到可可托海的第五天,她接到通知,去参加欢送苏联人回国的大会。

大会上,先是安怀民书记讲了话,说是苏联人帮着中国人发现了这个矿,建起了这个矿。苏联人对中国有色金属工业的发展做出了巨大的贡献,对此,中国人民将永远记在心上。

接着,苏联人亚柯夫也讲了话。他没有用俄语讲,而是操着半生不熟的汉语。看来,可可托海不但让他获得了列宁勋章,还让他学会了一门外语。

亚柯夫用了诗一样的语句,抒发了他对中国人民的热爱,对可可托海难以割舍的留恋之情。他还真诚地祝愿中国人民在毛泽东主席的领导下,真正过上幸福的好生活。

两个人讲完话,会场上响起口号声。喊的是毛主席万岁,斯大林万岁,伟大的中苏友谊万岁。

孙惠兰举起拳头,也大声地喊着。

苏联人往车上搬行李时,许多和他们认识的中国人过去帮忙,说着告别的话。

她只是个不起眼的小青年,在这种场合,没有什么事需要她来做,她只能站在一边看热闹。

吴成朋是俄语翻译,这会儿最忙。不会说汉语的苏联人和不会说俄语的中国人想要交流时,就会拉他去帮忙翻译。

人太多,说话声音小,别人听不见,他就要用很大的声音说。站在不远处的孙惠兰也听到了,她看了他一眼,看他戴了副眼镜,长得十分清秀。

看了一眼,再没有多看,也没想知道他叫什么。用不着打听,大家都在一个地方、一个矿上工作,早晚都会互相知道名字的。

满载着苏联人的汽车,缓缓地从可可托海驶出。大家站在道路两边,朝他们挥动着双手。

不管是坐在车上的苏联人,还是站在路边的中国人,都流露出难舍之情。和国家、族别无关,只要是人,在一起时间长了,就会有感情。

孙惠兰是个年轻姑娘,心肠软。虽然这些苏联人没有一个和她打过交道,相互之间没有什么情分,可这种依依不舍的场景,让她深受感动,不由得眼眶湿润。

倒是一直与苏联人关系密切的陈志远,在这个时候并没有太多的难过。

如果说在整个矿上,苏联人对哪个中国人最好,除了陈志远,大概再没有第二个人了。

从一开始建矿,苏联人就让陈志远与他们同吃同住。不许中国人出入的场所,从来不包括陈志远。

有一个新来的苏联工程师不知道陈志远的特殊地位,一次喝多了酒骂了陈志远。这件事被亚柯夫知道了,不但让他向陈志远道了歉,还当着许多人的面,扇了这个工程师几个耳光。

陈志远享受着与别的苏联专家同样的待遇,并且由于和亚柯夫不同一般的师生关系,只有他可以不敲门就进入亚柯夫的办公室。

别的人如果与亚柯夫的意见不一样,只能悄悄地不再吭声,陈志远却总是会告诉亚柯夫他是怎么想的。就算结果证明陈志远错了,亚柯夫也不会责怪陈志远。

陈志远知道亚柯夫把他当亲生的孩子一样对待,也知道跟着亚柯夫,这一辈子会过得很滋润。但当亚柯夫提出让陈志远跟着他一块儿离开矿山去苏联时,陈志远还是坚决拒绝了他。

确实是苏联人让他成为一个优秀的矿山专家,也让他有了喝咖啡、吃牛排面包的生活习惯。可他的骨子里对于生养他的这块土地的情感,却从来没有发生过改变。他虽然一直住在苏联人的专家楼里,但对于苏联人在可可托海许多高人一等的行为难以接受。

陈志远早就盼望着矿山能完全回到中国人的手中,所以对于苏联人的退出,他在内心深处是无法抑制的欢喜。不过,在和亚柯夫这个老头儿拥抱告别时,他还是有些想哭。这个世界上,可能不会再有第二个异族的老人会对他这么好了。

可可托海不仅仅是座矿山,对陈志远来说,它就是故乡就是祖国,是他灵魂的归宿。

一九五五年,苏联人退出经营,可可托海由中国人整体接管。可可托海的历史,由此翻开了新的一页。

只论矿山规模,可可托海不知在中国能排老几。位于西北角落,干部工人及家属加起来也不过万把人,实在是个太小的矿山。

但它的地位,却因为它储藏的矿石,变得不同寻常起来。

它被划定为冶金部直属企业。不管是人事安排,还是生产计划,都必须得到中央的批准才能得以实施。

这么做,只有一个原因,那就是中国也要造原子弹。

要不要有原子弹?新中国一成立就有争论。美国有了,苏联有了,中国要不要有?

大部分人认为,中国落后,工业基础薄弱,当务之急是战后重建,发展经济,恢复民生。造核武器,各方面条件还不具备。

但是,国际上的事,谁也不知道以后会怎么变化。不管什么时候,都要把主动权掌握在自己手上才行。原子弹这个东西,有了,不等于会用得上。但有和没有,是大不一样的。中国人为啥一直被欺负,就是有些东西,人家有了,咱们没有。所以,原子弹这个东西,美国有了,苏联有了,我们不能没有。

有了这样的共识,可可托海一下子就不一样了。只是这个时候,这个不一样,可可托海人还并不知道。他们只知道矿石生产出来后,全都运到了苏联,知道苏联人用矿石造原子弹,并不知道新中国也要造原子弹。

不过,消息正在路上。它们通过声音、通过文字、通过电波,很快就会飞到可可托海,让可可托海人知道他们所要肩负的历史使命是什么。

第二章　路在脚下，心在远方

建立一个国家很难，让国家在这个世界上成为一个不让别人随便欺负的国家更难。

在它发展过程中，某个时间点，某件很具体的事情，往往会成为一个关键点，可以起到改变历史走向的作用。这种走向，又常常可以通过个人的命运得到体现。

孙惠兰和一群年轻学生毕业时，正逢国家对可可托海的开发高度重视，急需一批有生力量。每一个来到可可托海的人，都带有一种极大的偶然性和必然性。

人这一辈子不出意外，活个七八十年不算个啥。这七八十年中，总有某个年份对一个人来说，显得十分重要。一九五五年对孙惠兰来说，应该是她人生中一个决定性的年份。

中国有那么多地方，偏偏就来了可可托海，看起来是毕业分配的结果，可何尝不是命运之手暗暗起了作用。只是二十岁的孙惠兰没有想那么多，对她来说，分到什么地方都一样。因为到处都回荡着建设社会主义的口号声，都在党的阳光照耀下。她只要踏实努力地工作，就不会庸庸碌碌，就不会因虚度人生而悔恨。

她明白人生的道路不会平坦。对于参加工作走向社会要遇到困难，她做好了充分的思想准备。只是她怎么也没有想到，她遇到的第一个困难，居然是和吃有关。不过，这个困难在巴克拜尔师傅的帮助下，终于被克服了。

吃下了那碗清炖羊肉后，孙惠兰整个人马上不一样了。她站在镜子前，看自己的脸色，似乎多了些红晕。

睡了个好觉，孙惠兰早上起来，精神比平常都好。她穿上工作服，打算出门去上班，看到桌子上的空碗，想了想，把碗装进了挎包。她想好了，把碗还给巴克拜尔师傅时，一定要好好谢谢他。

新分来的学生都要先下到基层锻炼。孙惠兰是学电气的，应该到发电厂工作才对。负责分配的人对她说，都要先去生产第一线，所以就让她先到一矿当电工。

此时，可可托海一共有四个矿，分布在可可托海镇的四周。其中一矿就在镇的边上，站在房子前面，就可以看到那座被命名为三号矿脉的山丘。离得最远的是四矿，离镇上的矿务局总部有四十多公里。一块儿来的赵义勋就分到了四矿。他是北京地质学院毕业的。

这批分到新疆可可托海的学生,从全国各地来到北京冶金部报到,再一块儿从北京出发前往新疆。火车上坐的是硬座,为了不让这些学生太累,带队干部在火车经过西安时,让大家下火车到宾馆睡了一夜,在大雁塔附近玩了一天。

当时,火车只通到甘肃武威,接下来的路程要坐汽车。汽车走了十天左右才到新疆。前前后后算起来,从北京来到新疆,光在路上就走了差不多一个月。

一个月时间天天在一起,来自不同学校的毕业生,也就相互认识了。

知道谁叫什么,来自什么学校,可在熟悉程度上,还是有所不同。

一共二十五个人,年纪都差不多。女青年中,孙惠兰和张秋凤说话最多。张秋凤是南方人,说话声音柔和,很好听。在路上不管干什么,孙惠兰都会把张秋凤拉上。张秋凤也喜欢孙惠兰,说孙惠兰举止大方,性格开朗。

男青年中,和孙惠兰说话最多的是赵义勋。不是赵义勋比别的男青年有什么更突出的地方,而是因为赵义勋坐在孙惠兰对面,不管孙惠兰与坐在身边的张秋凤说到什么话,他都可以接得上,似乎天下没有他不知道的事。

张秋凤是学化学的,分配到化验室,当了一名化验员。孙惠兰分到矿井当电工。两个人没有在一个部门工作,但都在一矿,所以分配宿舍时就把她俩分到了一间房子里。

除了上班不在一起,其余时间,两个人经常成双结对出现在路上、河边、商店和大食堂里。

和所有矿山一样,可可托海这个地方,女人也很少。没有结过婚的年轻女人更少。这里的矿工到了结婚的年纪,大部分都是从老家或附近的牧场、村庄找女人组成家庭。

像孙惠兰和张秋凤这样的女学生,一年里来不了几个。所以,她们走在路上会被注意,就一点也不奇怪了。

吃过饭,或者散完步,回到宿舍里,张秋凤总是会问孙惠兰,你发现没有,咱们从木桥上走过,几个站在桥边的男人一直在盯着我们看。

孙惠兰想了想,说,我怎么没有发现?

张秋凤说,你也太迟钝了。

下一次出门,张秋凤发现有男人在盯着她们看时,就提醒孙惠兰注意。

孙惠兰注意到了,果然看到有男人盯着她们看。

孙惠兰说,这些男同志太不像话,怎么可以随便盯着女同志看!

没想到张秋凤不同意孙惠兰的话,说,咱们这个年纪的女人,走在街上,要是没有男人愿意多看一眼,那只能说明咱们长得太难看了。

孙惠兰说,这么说,你倒是喜欢有男人盯着看了。

张秋凤说,当然了。只是不知咱俩走在一起,他们盯着看的是谁。

孙惠兰说,肯定是你了,你长得比我秀气。

张秋凤说,才不是呢!你浓眉大眼,男人最喜欢。

孙惠兰说,算了,不说这些了,还是说说工作上遇到的事吧。

孙惠兰下到矿井,正好分在巴克拜尔师傅这个班。一个班有十台左右的风钻,每一台风钻都连着三百伏左右的电流。作为当班的电工,要保证每一台风钻的正常用电,还要保证用电的安全,不能让电伤害到工人。听说在这以前,发生过由于用电不慎让风钻手失去生命的大事故。所以,矿井电工的责任是很大的。

这个工作对于学电气专业的人来说,没有难度。别看孙惠兰是个女的,在学校里,不管是书面考试,还是实际操作考试,她的成绩总是优秀。

作为风钻班班长的巴克拜尔与电工孙惠兰难免会打交道。

一开始,巴克拜尔对这个满脸稚气的小姑娘有点不太信任。可孙惠兰好几次发现连接风钻的电线表皮破裂,并及时进行了处理,从而避免了因为漏电可能引起的事故。这让他不得不对这个姑娘刮目相看。知道了孙惠兰闻不了膻味吃不了羊肉,就想帮着她渡过这一关。

在巴克拜尔看来,这世界上最好吃的东西就是羊肉了,而最好吃的羊肉就是阿勒泰的羊肉了。一个人来到阿勒泰,生活在可可托海,却不能吃羊肉,那这个人就活得有些太冤枉了。自己不认识的人受了这种冤枉,他不知道也就算了。可自己身边的同志遇到了这种事,他可不能不管。

看到孙惠兰真的把一碗羊肉全吃了,巴克拜尔说不出的高兴。说过两天是休息日,请她去他的家里做客,他会让妻子给她烤羊肉串吃。说他可以保证,只要孙惠兰吃过烤羊肉串,就会更喜欢羊肉了。

孙惠兰听说过新疆的烤羊肉串好吃,可还没有吃过,所以巴克拜尔请她去家里吃烤羊肉串,她也就没有推辞。

巴克拜尔接着又说,可以带上你的朋友一块儿来。

听到巴克拜尔让带朋友,她马上想到了赵义勋。可再一想,赵义勋在四矿上班,离得太远,不可能来。接着又想到了住在同一个屋子里的张秋凤。她对巴克拜尔说,我和我的一个女朋友一块儿去。

巴克拜尔说,我更希望你能带男朋友来。

孙惠兰知道巴克拜尔说的男朋友是什么意思。

孙惠兰说,你说的那种男朋友,我还没有。

巴克拜尔说,会有的,一定会有的。

孙惠兰说,我还小着呢,不想这么早谈男朋友。

只是这样说时,孙惠兰的脸有些红了。

说到男朋友这个事,孙惠兰无法不脸红。不是她做过什么事让她羞愧脸红。只有她自己知道,二十岁的她,到目前为止,对如何谈恋爱一无所知,就像一个大字不识的文盲。

关于男朋友的事,不能说孙惠兰没有想到过。女孩子发育早,只要到了一定年龄,就会被这个事纠缠。只是孙惠兰不像别的一些女孩子,被纠缠后把握不住,做出出格的事。从初中到中专,身边总是有女同学犯下同类错误,弄得最后走到什么地方都抬不起头。

孙惠兰从一懂事,就想做个好孩子,上学以后,就想做个好学生,长成大姑娘后,就想做个好姑娘。不管是好孩子、好学生还是好姑娘,都要在某一件事上,对自己严格要求才行。

上中学和中专时,有男生给孙惠兰写条子,表达爱意。接到条子后,孙惠兰也会心跳。只是心跳过后,孙惠兰找到男生,当着男生的面,把条子撕碎,告诉男生,要好好学习,不要把心思用在乱七八糟的事上。有的女生接到条子,会去交给老师,可孙惠兰不这么干。她认为这个事不是光彩的事,还是知道的人越少越好。

女生们凑到一起,爱说穿什么衣服好看,把头发梳成什么样好看。可孙惠兰对这些话题从来没有什么兴趣。她不爱花衣服,也不愿意留辫子,嫌梳理起来花时间。参加劳动时,孙惠兰总是表现得不怕苦,不怕累。所以,班里的团支部委员中,只有她一个女生。

在学校读书时,有规定不能谈恋爱,但工作了,这个事就没有人管了。青年男女们走向社会,在恋爱上,就等于开了绿灯,男女交往不会再被限制。被压抑的情感,一下子有了释放渠道,自由恋爱就成了大家不约而同的选择。

不过,也会有例外,比如说孙惠兰在这方面,就不想和别人一样。

晚上睡觉前,孙惠兰和张秋凤躺在床上,熄了灯,会说一会儿话,常常就会说到找对象的事上。不是孙惠兰要说,每次都是张秋凤主动挑起话题。

张秋凤问孙惠兰是怎么想的。

孙惠兰说,没有想。

张秋凤说,怎么可能不想?

孙惠兰说,我不想那么早结婚,所以也不想那么早谈恋爱。

张秋凤说,我可和你想的不一样。在学校想谈不敢谈,好不容易毕业了,可以名正言顺地谈了,再不谈就对不起自己了。

孙惠兰说,人的时间是有限的,用在了谈情说爱上,工作事业就会受影响。

张秋凤说,上班时间好好工作就行了,八小时以外,还是要去做自己想做的事。

孙惠兰说,咱们上的是中专,还缺许多知识,应该多看看专业书,提高技术水平。

张秋凤说,我一个化学实验员,用不着读那么多书。

孙惠兰说,你怎么这样想?我们这么年轻,应该有远大的志向啊!

张秋凤说,我的远大志向,就是找个好丈夫,生几个可爱的孩子。

孙惠兰说,真没有想到,你会这么没出息。

听了张秋凤的话,孙惠兰真的有点不高兴了。她知道自己虽然不能成为保尔·柯察金那样的英雄,但至少也应该在老了以后,回首往事时,不会因为碌碌无为而羞愧呀!

张秋凤的想法,实在太不符合时代青年的要求了。孙惠兰想以后有机会,还是要在这方面多帮助张秋凤。

一辈子不结婚,可能是做不到的,但晚恋晚婚,还是可以做到的。比起许多优秀青年来,连这一点都做不到,也实在有点太不像话了。

在村子里,像孙惠兰这样的姑娘,能上学能出去工作,还是很了不起的。但来到可可托海以后,她发现来到这里的青年知识分子中,光是清华大学的就有七八个。像她这样的中专毕业生,实在不算个什么,这让她有了一种压力。

要在这样一群人中表现出色,不被看不起,还要在专业上有所作为,自己得更加努力才行。头一个月拿上工资,她就去邮局订了两份杂志,一份是《电世界》,一份是《无线电》。

电的发明,不但让人类走出了黑暗,还带来了工业革命。离开电,不知有多少机器会停止转动,像死了一样不能发出一点声响。从走进电气学校那一天起,孙惠兰就把自己的未来和电联系在了一起。成为一名电力工程师,是她革命理想中最重要的一部分。在矿井里当一名电工,可不是她想要的结果。

有了这样的目标,吃过晚饭,她顶多和张秋凤走出房间,沿着额尔齐斯河散一会儿步,就会和她分开。因为,她和张秋凤在接下来要做什么事上,有了不同的意见。

走到靠近俱乐部那个地方时,会听到从里边传出来的音乐声。

张秋凤说,走,我们去跳舞吧!

什么都跟苏联人学。苏联人天性奔放,爱跳交谊舞,中国人也跳。年轻人不会,团支部还组织学着跳。孙惠兰是团支部委员,要起带头作用,所以早早就学会了跳探戈和华尔兹。

张秋凤提议去跳舞。说实话,孙惠兰也想去。与一个异性,拉手搭肩,踏着同一个节奏转动,这种感觉很微妙,会给身心带来一种说不出的愉悦。

问题是白天在矿井里忙,没有什么时间干自己的事,就剩下晚上睡觉前这段时间可以自己支配了。所以,这段时间用来干什么就很重要了。据她了解,矿上的发电厂用的是柴油发电机,可她在学校学的是火力发电和水力发电。现在她在矿井里干电工,要是过些日子调她去发电厂工作,不懂柴油发电机可怎么能行?所以前几天她去矿上的图书资料室，借了一本关于柴油发电机的书，打算利用晚上的这段时间，读明白这本书。再通过所订的电方面的杂志，掌握更多关于柴油发电机的知识。

孙惠兰说，你去吧，我就不去了。

张秋凤说，在屋子里看那些专业书，多枯燥呀！走吧！

张秋凤拉着孙惠兰往舞厅里走，孙惠兰硬是挣脱了，不肯进去。弄得张秋凤没有办法，只能一个人走进舞厅。她弄不明白，孙惠兰为什么对这么美妙的事情没有兴趣。

张秋凤去跳舞了，屋子里只有孙惠兰一个人。四周安静得可以听到虫子的叫声。孙惠兰翻开书，很容易就走进那个由许多专业术语和线路图组成的世界。

干别的事，人越多越好，只有读书这个事，旁边最好一个人也没有。张秋凤不在屋子里，正合孙惠兰的意。泡一杯茶，边喝着茶，边看着书，孙惠兰觉得很充实。只要把眼前做的事与远大理想联系在一起，不管做的是什么事，都会是一种享受。

有时实在被张秋凤纠缠不过，或者说，内心也有了冲动，就难免会跟着张秋凤走进舞厅。

男多女少，年轻姑娘更少。她们两个一进去，马上就成了焦点。舞曲还没有响，身边就站了好几位男士。乐曲一响,马上有好几只胳膊同时伸过来,让她不知该跟谁跳。

　　舞厅里灯光昏暗,互相之间看不清脸。两个小时的舞跳下来,孙惠兰记不住跟哪些人跳过,也没看清楚舞伴们长什么样子。

　　因为舞曲一响就有人来请,不想跳都不行。跳到最后,难免是大汗淋漓。回到屋子里,得赶紧用毛巾擦一下身体才行。

　　看着孙惠兰用毛巾擦身上的汗,张秋凤问,怎么样,来劲吧?

　　孙惠兰说,来什么劲呀,比上班还累!

　　张秋凤说,那些小伙子抢着和你跳舞,你难道没有一种兴奋感?

　　孙惠兰说,那会儿,我只想着我是个男人该多好呀!

　　张秋凤说,你怎么会这么想?

　　孙惠兰说,这样我就可以想跟谁跳就跟谁跳,想跳几曲就跳几曲,不会把自己搞得出这么多汗了。

　　张秋凤说,别不知好歹,要是坐在那里,没有一个男人来请你跳,那才叫痛苦呢!

　　到了舞厅,没有被冷落,说明自己有吸引力,这让她有些兴奋。就想下一次,是不是应该好好打扮一下再去跳。

只是这么一想,她就马上自责起来,骂自己怎么会这么没出息,冒出如此低级的俗念。

隔日,张秋凤再拉孙惠兰去舞厅,孙惠兰说啥都不去了,还劝张秋凤也不要去。说跳舞这个事,真的是不但会消磨时间,还会消磨斗志。可张秋凤却不打算听孙惠兰的,也不和孙惠兰争论。她说,你要是不去,我就一个人去了。

张秋凤走出门去。孙惠兰坐在灯下,翻开书,可总有好一阵子,一个字也看不下去。想起前天跳舞时,有一个小伙子扯她转圈,让她当时有了一种说不出的眩晕感。问题是这种眩晕感带来的不是难受,而是畅快。这让她一下子警惕起来,甚至为自己跟着张秋凤去跳舞而后悔起来。

人要进步,如同上山,步步难,可要退步,稍有不慎,就会一落千丈。孙惠兰可不想年纪轻轻就犯下什么错误。所以,不管做什么事,她都会三思而行。

自己不去跳舞,可不等于不知道舞厅里发生的事。

张秋凤从舞厅回来,总是一脸的兴奋。她看到孙惠兰还在读书,就把她的书拿开,扔在一边,给孙惠兰说她在舞会上遇到的事情。

孙惠兰对张秋凤扔她的书有些不满,可也不会生气。她知道张秋凤不想让她看书太久,怕把眼睛看坏了,也是为了她好。再说了,听张秋凤说说舞会上的事情,也挺有意思的。

张秋凤说,你不去跳,可把我害苦了。

孙惠兰说,我不去,和你有什么关系?

张秋凤说,好几个小伙子都来向我打听你,问你为什么不来了。

孙惠兰说,你别骗人,人家谁会记得我呢!

张秋凤说,还问我你有没有对象。

孙惠兰说,我不信,没有人会这么无聊。

张秋凤说,你长得这么水灵,不知道有多少小伙子为你睡不着觉呀!

孙惠兰说,你再别胡说八道了。

张秋凤说,你不愿意去舞会跳舞,是不是已经有男朋友了,怕去了以后,会惹男朋友不高兴?

孙惠兰当然是否认了,可张秋凤才不会因为她这一否认,就相信了她说的话。她说,那你和赵义勋到底是怎么回事?

孙惠兰说,我和赵义勋是怎么回事,你还不知道吗?

张秋凤说,正因为我知道,我才这么问你呢!

孙惠兰说,我们可是正常的同志关系。

张秋凤说,正常的关系也可以变化呀!除了血缘关系外,别的关系都是慢慢变出来的。

不能不承认张秋凤说得有道理。除了家人以外,别的人都是上了学参加了工作以后才认识的。和一些人的关系,也会发生变化。上学是同学关系,工作以后,就变成同事关系。其中一些人,说得来,脾气相投,就会变成朋友。比如说,和张秋凤,一年前,还不知道天底下有这么一个人,这会儿不但住在了一间房子里,还成了无话不说的好朋友。

两个人住的房子是平房,没有卫生间。有一个公共厕所,在院子的角落里。白天去还算方便,可晚上就不方便了。不远处就是河流树林,狼和狗熊时常出没其间,伤害人的事时有发生。为了安全,大家就会在屋子里放一个尿盆。夜里内急了,就在屋子里解决。到了早上,再端着尿盆去公共厕所倒掉。说好了,两个人轮流倒尿盆,可张秋凤有个睡懒觉的毛病,为了多睡一会儿觉,经常是不吃早饭。不吃早饭和孙惠兰没有什么关系,可不早早起来倒尿盆,屋子里的空气就会受影响。孙惠兰只要早起,就会先去倒尿盆,弄得张秋凤很不好意思。她给孙惠兰说,真不好意思,又让你受累了。孙惠兰说,都是姐妹,没什么不好意思的。张秋凤就说,那以后扫地的事,你就不要管了。

屋子里的地,不用天天扫,可尿盆,却要天天倒。比较起来，孙惠兰明显干得多了，可她对这个事，心里没有在意过。好朋友嘛，好在什么地方了，就是好在一起做事不会斤斤计较。再说了，与张秋凤比较起来，自己是个党员，多受点累，多吃点苦，也是应该的。

女人里，孙惠兰和张秋凤好，男人中，孙惠兰和赵义勋好。都是好，这两个好，却大不一样。女人和女人好，怎么好，别人也不会说什么。一个女人和一个男人好，稍稍把握不好，别人就会往多里想，就会在后边说闲话。

孙惠兰生长在农村，可上了学，又入了团，后来还入了党，思想可没有那么封建。和男人交往，她向来很大方。在班里，和男同学个个关系好，却没有惹来什么闲话。不是没有男同学对她有想法，主要是一个巴掌拍不响。你有想法，可我没有，就不可能会有结果。身正不怕影子斜。男女事情上，女人只要能把握得住，就不会有太大麻烦。

孙惠兰承认，在可可托海要说和哪个男青年好，只能是赵义勋。原因很简单，一路走来，不管是在火车上，还是在汽车上，两人都正好坐在一起。不但坐在一起，还说了许多话，关系自然就比别人近了。

换乘到汽车上，没有票，也没有座位，就把行李往车厢边一靠，坐在上面。赵义勋个子高，一下子就跳上车。孙惠兰是女的,没有这个本事,用手扒着车厢板往上爬。赵义勋看到了,伸手拉住孙惠兰的手,一使劲,就把她拉到了车上。没有问孙惠兰坐在哪里,就把她的行李放在他的行李旁边,让孙惠兰坐在他的身边。

孙惠兰当然不会对此有一点意见,因为同行的二十几个人中,这会儿,和赵义勋最熟悉,坐在一起可以聊天说话。

孙惠兰坐下来,马上就把张秋凤拉到了她身边。

车在大漠上走,颠得很。风景荒凉单调,看一会儿就不想看了。

好在有赵义勋,总是有话可说,并且还会讲笑话,惹得孙惠兰和张秋凤不断笑出声来。

看三个人凑在一起快活的样子,不会想到他们才认识不久,会以为他们已经相识多年。

过了甘肃武威再往前走,是嘉峪关。这个关口极其重要。进入塞外,往往以它为标志。再往前会过一个山口,叫星星峡。星星峡一过,是哈密了,就进入了新疆的东大门。

坐在孙惠兰旁边的赵义勋,往往会在车子到达之前,就把前边那个地方的相关地理、历史知识说给孙惠兰听。

孙惠兰问他怎么知道得那么多。赵义勋说,我是学地质的,又喜欢历史。

这以前,孙惠兰只知道哈密瓜,知道吐鲁番的葡萄,别的就不清楚了。与赵义勋比起来,她有点像个学生,许多东西都不知道。这让她无法不对知识渊博的赵义勋有点佩服了。

此时进入新疆,正逢瓜果成熟的季节,孙惠兰他们有了口福。哈密瓜和吐鲁番的葡萄,不再只是歌词了,全都有形有色地摆在了面前。什么叫鲜香,什么叫甘甜,他们真正尝到了滋味。

过了吐鲁番,再有一百公里,就到了达坂城。这让他们一下子就想起一首歌。大家一起唱起《达坂城的姑娘》,边唱边往车两边看,看有没有达坂城的姑娘,看她们到底有多么漂亮。

可能是他们的歌声还不够嘹亮,不够美妙,达坂城的姑娘没有听到。汽车驶过时,路边除了一位赶着毛驴车的老汉外,再没看到别人。

赵义勋告诉孙惠兰,这是一首维吾尔族民歌,一个叫王洛宾的人改编后,就传遍了全国。这个编歌人,现在就生活在新疆。

没想到赵义勋也知道王洛宾,她一下子觉得和赵义勋的关系更近了。孙惠兰说,那我们是不是可以见到他了?

赵义勋说,他是个名人,认识他的人多,没准一打听就打听到了。到了乌鲁木齐,我们一块儿去找找他。

孙惠兰说,太好了,我的本子上抄了不少他的歌,我要让他给我签个名。

乌鲁木齐可真远呀!坐上卡车后,又走了两千多公里才到。大部分的公路都是泥土路,一点也不好走。破旧的汽车还不断出毛病,走走停停,差不多走了半个月。不过,大家不嫌时间长,都没有来过新疆,正好可以多看看塞外风光。

赵义勋对孙惠兰说,别看这路不好,可这路有一个不寻常的名字。

孙惠兰问,叫什么名字?

赵义勋说,叫丝绸之路。

孙惠兰说,为什么叫丝绸之路?

赵义勋说,过去,丝绸这东西,只有中国才有。这条路,是中国人和外国人做生意的通道,丝绸是用来交换的主要货物,所以就把这条路叫丝绸之路了。不过,虽然我们有丝绸,但也有许多东西我们没有。我们现在吃的好多东西,比如说,西红柿、胡萝卜、菠菜、黄瓜,还有一些乐器,像最常见的胡琴,都是通过这条路传到中原去的。

孙惠兰说,这么说,这条路实在太重要了。

发现赵义勋知道的东西多,一路上,有什么不知道的,如果赵义勋不主动说,孙惠兰就会主动问。

这个时候,孙惠兰他们还不知道可可托海。分配时只说到新疆去,没有说到可可托海。

到了乌鲁木齐,汽车从乌拉泊驶入市区,老远就看到了一座颜色有些发红的山,山顶上还立着一座塔。穿过大、小十字街时,看到许多商铺与银行,还有政府的建筑,觉得这座城市看起来并不比疆外其他城市落后多少。他们还以为以后就要在这座城市工作了。没想到车子到了明园,见到了冶金局的领导以后,才知道他们要去的地方叫可可托海,那离乌鲁木齐还有五百多公里。

宣布了分配名单后,没有马上让大家起程。放了两天假,让大家在乌鲁木齐转转玩玩。说到了可可托海以后,再想出来,就没有那么容易了。

孙惠兰和赵义勋,还有张秋凤,在乌鲁木齐的大街上闲逛。

孙惠兰想到了赵义勋说的话,问赵义勋,你不是说要去找找那个叫王洛宾的人吗?

赵义勋说,是啊,走,咱们现在就去找他。

不知道他住在什么地方,但知道他是个音乐家,他的工作单位应该是一个文艺单位。

走在街上,就往路两边挂着的牌子上看。看到一个写着"歌舞团"的牌子,进去问,人家说没有这个人。又看到一个写着"京剧团"的牌子,又进去问,人家也说没有这个人。

走过西大桥,又走到老城的北门处,看到一幢苏式建筑上挂着"新疆军区文工团"的牌子,又走进去问,这次还真问到了。

一个穿着军装的人说,这个人是我们部队的,但他目前还在喀什二军文工团工作,不在乌鲁木齐。但因为他的作曲水平很高,正在往乌鲁木齐调,很快就可以调来了。

不管这个王洛宾有多快可以调到乌鲁木齐,孙惠兰他们肯定等不及了。因为两天后的一大早,送他们去可可托海的大卡车,就停在了招待所门前。

五百多公里的路,汽车一天到不了,要在路上住两个晚上。

第一天晚上住在吉木萨尔县,第二天穿过一片叫卡拉麦里的荒漠。从早上走到天黑也没有走出去,只能是睡在沙丘上了。

司机是个老新疆人,他让大伙儿分头捡来红柳枝,烧起一大堆火。说这里温差大,到了后半夜,会很冷,围着火堆睡,不会被冻着。

大家把行李从车上拿下来,没有打开,把被子当枕头,靠着被子睡。

听到远处传来的狼叫声,大家兴奋起来,说狼会不会来找麻烦。

老司机说,狼怕火,有火烧着,狼不敢来。

孙惠兰的老家,有深山有老林,也有狼,她从小听过不少狼的故事。听到了狼叫,不由得想起了老家。

知道有火堆,还有这么多人,不会被狼伤害,可她还是有点不敢睡。赵义勋看到孙惠兰望着天上的星星眨巴眼睛,问她咋不睡。孙惠兰说,怕被狼叼走了。

赵义勋说,你放心,有我在,狼不敢来。

孙惠兰笑了,没想到自己顺口一句玩笑话,他倒认真了。

车在简易的公路上行驶,像船在风浪中颠簸。晃着晃着就有了睡意。好几次孙惠兰不知不觉睡着了,醒过来才发现自己靠在赵义勋的肩膀上,弄得她十分不好意思。

赵义勋说,瞌睡虫跑来了,别的方法赶不走,只有一个办法,那就是闭起眼睛睡一会儿。

不能不承认赵义勋说得对。靠着赵义勋的肩膀打个盹后，整个人马上不一样了，似乎一下子有了精神。

其实，车上的二十多个人，都在不同的时间段里打着盹。打盹时，也是不由自主地把头靠在了旁边人的肩膀上。只不过孙惠兰是个女的，赵义勋是个男的。孙惠兰靠过了以后，才觉得有点不好意思。

说来也怪，她的另一边坐着的是张秋凤。她也可以靠着张秋凤的肩膀打盹。她也这么想，想着往张秋凤的肩头上靠，可一睡着，就靠在了赵义勋的肩膀上。

到了可可托海，一块儿来的毕业生们，就分到了各个单位。都在矿务局，可单位不同，就不会经常见面了。别人分到了什么单位，孙惠兰没有在意。知道赵义勋去的那个矿最远，她心里却有一点失落。正是这种失落，让她意识到她已经把赵义勋当成好朋友了。既然是好朋友了，那就会比一般的同志、同事，多一些互相间的关心和问候。

赵义勋坐车离开前，来跟孙惠兰告别。孙惠兰把他送到了路边。

孙惠兰说，到局里来办事，别忘了到我这里来坐坐。

赵义勋说，那是一定的！都在可可托海，见面还是很容易的。

两人脸上都带着笑，挥手说了再见。

说容易,也不容易。这不,来一个多月了,孙惠兰还一直没有见过赵义勋。

张秋凤倒是在她跟前老说起赵义勋。看她有时候一个人发呆,就逗她说,是不是想赵义勋了。孙惠兰不会恼,会说,你可别乱开玩笑,他一路上对咱们挺照顾的,他是一个好人。

张秋凤说,是对我们挺照顾的,但对你最照顾。你还记得吧,在火车上你说想吃苹果,结果经过一个车站,他就跑到站台上买了好几个。

孙惠兰说,我是说了想吃苹果,可买来以后,大家都吃了。

张秋凤说,还不是沾了你的光。

孙惠兰不去跳舞,不承认这件事和赵义勋有关。只是一个人时,她也会想,如果赵义勋在,喊她去跳舞,她会不会去呢?如果知道赵义勋也在那个舞场上,她还能一个人在屋子里,沉醉在她的电世界里吗?

没错,目前她和赵义勋确实是正常的同志朋友关系,但万事万物都在变化中,谁又能说,在接下来的日子里,他们的关系不会发生变化呢?如果发生变化,又会变成什么样子呢?

每逢这样想时,孙惠兰就会生出一些自责。这种男女的事,说好了,现在不去想,为什么要去想呢?自己立下了誓言,一定要晚恋晚婚,可不能说了不算。如果连这样一件事都不能说到做到,那么远大的革命理想,又怎么可能去实现呢?

所以,当张秋凤拿赵义勋与她开玩笑时,她虽然不会生气,但一定会坚决否认。并且她一再告诫自己,在和赵义勋的关系上,一定要处理好,绝对不能让自己的事业理想因此受到影响。

不想这个事,也不想说这个事,只想把精力集中在读书工作上。可那个张秋凤似乎故意要与她过不去,只要屋子里没有别人,就会凑过来和她聊天。

聊天就聊天吧,她偏偏对别的话题没有什么兴趣,不管说什么,说着说着就会说到男女的事情上。

张秋凤对孙惠兰说,我遇到了麻烦。

孙惠兰说,什么麻烦?

张秋凤说,两个男人,一个是工程师,另一个也是工程师,条件都差不多,他们都看上了我,我也看上了他们。现在要让我从两个人中间选一个,我真的不知道该选谁呀!

孙惠兰说,是跳舞认识的?

张秋凤说,对。那么多人都和我跳过舞,能看上他们俩,真是太不容易了。

孙惠兰说,你怎么能同时看上两个呀!你这不是让自己为难吗?

张秋凤说,我也不想这样,可是没有办法呀,事情不知不觉,就到了这个地步。

孙惠兰说,我就不信,他们会完全一样。

张秋凤说,我也不信,他们肯定会有不同的地方。只是光跳舞,有什么不同,我也看不出来呀。

孙惠兰说,那就算了,不理他们了!

张秋凤说,这可不行,可可托海是个小地方,这个机会可不能轻易错过。

孙惠兰说,那你总不能和他们同时谈对象吧?

张秋凤说,为什么不行?不谈,我怎么知道他们到底谁好,谁行。只有放在一起比较,才能分出高低呀!

孙惠兰说,什么?你想脚踩两只船?这可是道德败坏的行为,你千万不能这么干!

张秋凤笑了起来,说,没有那么可怕。你放心,我会处理好的。

孙惠兰说,不管怎么说,你只能和其中一个好,不能够和两个人同时好。

张秋凤说,又不是嫁人。交朋友,谁规定了只能交一个。你不是也给我说过朋友越多越好吗。

孙惠兰说,我说的朋友,和你说的朋友不是一个意思。

张秋凤说,反正我已经想好了要怎么做。

吃过晚饭,张秋凤又要出门。

张秋凤说,不去跳舞了,舞厅里太吵,说不成话,我去散散步。

孙惠兰问,和谁去散步?

张秋凤说,李工。

孙惠兰问,那申工呢?

张秋凤说,约了明天晚上。

张秋凤出了门,孙惠兰站在窗子前看。

看到不远处的路边站着一个年轻男子。张秋凤走到他跟前,说了什么没有听到,只看到张秋凤的一只手伸进了男子的臂弯里,两个人慢慢地消失在夜色中。

看不到张秋凤和李工了,孙惠兰重新坐到桌子前,翻开新的一期《电世界》,只是好一阵子看不进去一个字,心里边不由得为张秋凤担心,怕她把握不好,犯下什么错误。

定下去巴克拜尔家的时间后,孙惠兰问张秋凤想不想一块儿去。

张秋凤说,当然想去了,只是人家请的是你,我去了合适不合适?

孙惠兰说,我说了,要带一个朋友去。巴师傅希望我带朋友去,人多热闹嘛!

张秋凤问,那你怎么不把赵义勋也喊上呢?

孙惠兰说,他在四矿,离得那么远,怎么可能去?

张秋凤说,他分配到四矿后,你们再没有见过吧?

孙惠兰说,没有。

张秋凤说,这有点不像话。好朋友就要常来常往。

孙惠兰说,刚参加工作,都忙得很,哪有那么多闲时间。

张秋凤说,那倒也是。古人说,两情若是久长时,又岂在朝朝暮暮。

孙惠兰说,别胡说,我们之间,和你说的那个情,可扯不上。

定下了一块儿去巴克拜尔家,两人商量着买什么。

巴克拜尔是哈萨克族。来新疆前,在北京培训时,领队就说了,到了新疆,对少数民族,一定要尊重人家的风俗习惯,千万不能在这方面犯错误。

赵义勋要是在身边就好了,他懂得多,天下事似乎没有他不知道的。不过,他不在也没关系。单位还有别的汉族同志,他们在新疆生活多年了,和少数民族同志打交道要注意什么,他们都很清楚,去问问他们就行了。

孙惠兰想得没有错。班组里有一个在新疆长大的同志,自他爷爷那一辈就来到了新疆。他在阿勒泰的一个村子里长大,邻居就是一家哈萨克族人。他不但会说普通话,还会说哈萨克语。他告诉孙惠兰,去哈萨克族人家做客,一般情况下,带上一块砖茶就行了。哈萨克族人每天早上都要煮奶茶,吃过了肉以后也要喝茶,茶是他们日常生活中离不开的重要东西。

矿上有一个很大的商店,一般的生活用品在那里都可以买到。

巴克拜尔让她们中午去他家吃饭,孙惠兰和张秋凤一点钟离开宿舍,先去商店买礼物。买了一块砖茶后,又买了些水果糖。

巴克拜尔说他有三个孩子。只要是孩子,没有不爱吃糖的。孙惠兰记得小时候,只有过年时才能吃到糖果。家里穷,买回来的糖果不多。到了大年三十,让她最激动的时刻,就是被母亲喊到身边,给他们分发糖果时。因为弟弟的地位特别,分的时候会多给他十几块。可弟弟没有像她那么爱吃糖。几天后,她的糖果吃完了,她就会想办法从弟弟那哄上几块吃。

买了砖茶和糖果往商店外面走时,孙惠兰看到了赵义勋。她先看到了他,有点不敢相信自己的眼睛。她激动地喊了赵义勋的名字。赵义勋这才看到了她,脸上同样出现了惊喜。

他说,他是搭矿上来办事的车来的,打算到商店买些日用品后,就去宿舍看她,没想到在这儿碰上了。

孙惠兰问赵义勋什么时候回四矿。

赵义勋说,最晚下午四点钟得搭车回。

孙惠兰说,那正好我们一起去巴克拜尔师傅家吃中午饭。

弄明白了去巴克拜尔师傅家吃饭是怎么回事,赵义勋也就没有再多说什么,表示愿意和孙惠兰她们一起去做客。看孙惠兰和张秋凤手里提的礼物,他觉得有点少,又转身进商店买了两瓶奇台县酒厂生产的高粱烧酒。

三个人都是头一次去哈萨克族人家做客,兴奋中也有些稍稍的紧张。

三人到巴克拜尔家后,马上拿出带来的礼物。巴克拜尔的三个孩子拿到糖果后的那种欢喜,让孙惠兰想到了自己小时候的样子。

巴克拜尔的妻子说着不太标准的普通话,给他们倒上了刚烧好的奶茶。知道哈萨克族人天天喝奶茶,没想到奶茶会这么好喝。

看他们喝了一碗还要再喝一碗,巴克拜尔让他们少喝一点。说奶茶喝多了,更好吃的东西就吃不下了。

巴克拜尔说的更好吃的东西就是烤羊肉和清炖羊肉。让孙惠兰到家里来吃饭,就是想让孙惠兰喜欢上羊肉。如果说清炖羊肉还有一点膻味,那么放了孜然粉和辣椒面的烤羊肉,就尽是辣香和肉香了。

孙惠兰边吃边对巴克拜尔说,真不知该怎么感谢您了。如果不是您,这世界上最好吃的东西就和我无缘了,那我就活得太冤枉了。

赵义勋把买来的两瓶子酒,当场打开了一瓶,给孙惠兰和张秋凤只倒了一点点,让她们尝尝,剩下的全让他和巴克拜尔喝了。

巴克拜尔比赵义勋又多喝了一点。

喝了酒的巴克拜尔取下挂在墙上的冬不拉,给他们唱起了哈萨克族民歌。其中一首的名字叫《可爱的一朵玫瑰花》,也是被王洛宾改编以后,传唱到了全国各地。这首歌孙惠兰他们都会唱,听到巴克拜尔唱起来,他们也伴着冬不拉的琴声唱了起来。

肉煮出来以后,用手抓着吃。吃肉的时候,还要喝酒。

喝酒不用酒杯,用大碗,一口就把一碗酒喝掉。喝酒的时候,还要弹琴还要唱歌。把一顿饭吃成这个样子,对三个年轻人来说是头一次。他们无法不高兴、不激动,个个像换了一个人似的。

这里的冬天来得早,到了十月份就是冰天雪地了。这里的房子和东北的有一个很大的不同。屋子里有床,但没有那种可以烧火的炕。在屋子里的空地上,放了一个铁皮做的铁桶一样的炉子,一根铁皮烟囱弯了三道弯伸出了屋顶。

屋门口倒是放了几截圆木头墩子,可以用来当柴火烧,可前提是要把它们劈成小块才行。别说没有劈柴的斧头,就是有,孙惠兰和张秋凤也劈不动呀。别人家的烟囱冒起了烟,她们的宿舍还是一点热气都没有。张秋凤急得差一点哭出了声,说,这么下去,我们会被冻成冰棍的!

和张秋凤比起来,孙惠兰没有那么娇弱。她说,我去找把斧头,把那些木头劈开。说完推开门往外走。只是刚推开门,她就站住了。不是她改变主意,不借斧头劈柴火了,而是看到巴克拜尔手里拿着一把斧子,正朝着她们的房子走过来。

巴克拜尔把木头墩子变成了木头板条。生炉子时,他一边操作着,一边给孙惠兰说着生火的方法。

引火的木柴一定要细要干燥,要把它们放在易燃的纸上。先把纸点着,等到细木柴烧起来以后再放大块的木头板条。铁皮炉子烧起来后,屋子里很快就热起来了。到了要睡觉时,可以压一大块煤炭在炉膛里,让它慢慢地烧。这样炉子就不会灭,一直到天亮都散发着热气。

学会生火后,孙惠兰让巴克拜尔把斧头留下来,说以后她就自己劈柴了。

巴克拜尔说,这把斧头太重了,你用不了。我这次给你们劈的柴,可以用十天半个月。等到快用完了,我再来帮你们劈。

这个事不管是说起来,还是听起来,都是件算不了什么的事。革命队伍里,讲的就是要互相关心、互相爱护、互相帮助。巴克拜尔冒着严寒跑来,让孙惠兰她们的房子温暖起来。两个姑娘感激地朝巴克拜尔说了一声"谢谢",并在心里边记住他的好。

除了少数几个专家外,管理层的苏联干部及大部分工作人员都走了。从此以后,矿山的所有生产与勘探全都由中国人自己来负责,而压力最大的当属党委书记安怀民了。

派来矿山时组织跟他谈话,让他代表党来管理这座矿山,管得好不好不是他个人有什么得失,而是直接关系到党的事业。找矿开矿对他来说,是一件完全陌生的事。不懂得专业技术确实会给他的工作带来许多困难,但好在担任过亚柯夫助手的陈志远留了下来。安怀民与他认真地长谈后,知道他对这座矿山了如指掌,专业水平绝不亚于苏联专家。

安怀民想让陈志远担任局长,征求其他干部的意见时,一块儿来的战友提醒他,这个陈志远和苏联人关系太密切,不知道会不会和我们一条心。安怀民说,他本来是可以和苏联人一起走的,可他没有走,就是想留下来报效祖国。和打仗的时候不一样了,这样的专家才是我们目前最需要的人。

安怀民决定让陈志远担任局长,这让陈志远没有想到。矿上有一批打过仗的干部,为打江山流过血,他们当什么样的干部,都是应该的。陈志远说,这么重要的岗位,还是让别人来干吧,我当个助手就行了。

安怀民说,我了解了,目前这个矿上,局长只有你当才最合适。除了当局长外,我还想让你当我们的老师。我会安排时间,让你来给我们这些门外汉上课。

陈志远说,安书记,你是我的领导,你这么信任我,我听你的。

安怀民说，不，在找矿开矿这个事上，你是我的领导，我听你的。咱们一起把这座矿山管好。

陈志远说，共产党把天下都打下来了，怎么可能把一座矿山管不好？

安怀民说，我也是这么想，因为共产党相信群众、依靠群众。自己不懂不要紧，不会不要紧，把事情交给懂的人、会的人，问题肯定就会解决。比如说，现在矿上生产需要马上解决什么问题，你心里肯定很清楚，是不是呀？

陈志远说，书记这么信任我，我就说了。一矿是重点矿，三号矿脉是主力矿脉。生产要上去，一矿是关键。

安怀民说，你有什么想法，就直说。

陈志远说，一矿原来的矿长是苏联人，他走了以后，一直没任命新矿长……

安怀民问，你有合适人选吗？

陈志远说，有。

安怀民问，谁？

陈志远说，肖长峰。

肖长峰这个人，安怀民还不太熟悉。陈志远向安怀民简单介绍了他的情况。说他曾是东北抗联的军官，来到矿上后，从矿工干起，不但能干，还有勇有谋，很快就在工人中建立起了威信。

一九四二年,盛世才以为苏联会在二战中失败,决定另寻靠山。他与苏联翻脸,撕毁了所有的协议合同,把所有苏联人赶出了新疆。

把苏联人赶走的盛世才,也遇到了麻烦。他杀人太多,激起民愤,被调离新疆。而宗教极端分子和民族分裂分子趁机闹事,天山南北顿时腥风血雨。父亲的商队在伊犁果子沟遭遇劫匪,奋起抵抗,无奈寡不敌众,父亲倒在了乱刀下。闻讯后,陈志远泪如雨下,伤心不已。

此时,阿勒泰也不太平,苏联专家、苏联红军走了,匪徒的马队试图横扫矿山抢夺宝石。陈志远着急了,知道肖长峰当过军官,打过仗,便找他商量对策。肖长峰让他不要着急,有他,保证矿山不会被抢劫。

矿上有枪,有炸药,缺的就是会打仗的人。矿工们平常就听肖长峰的,他一招呼,全来了。经过几天训练,一支护矿队就有了相当的战斗力。

乌合之众的匪徒,其实都是些贪生怕死的家伙。他们看到矿山守卫者们不但团结一心,还掌握着火力猛烈的武器,在几次尝试后,付出了十余人死伤的代价,却不能进入传说中藏有大批宝石的红房子,只能狼狈地逃走。

其实,所谓的大批宝石,就是苏联人离开时,没有来得及带走的绿柱石和伟晶岩等标本。放置它们的房间的钥匙,一直都带在陈志远身上。

打退了土匪,保护了矿山,是肖长峰的功劳。后来,苏联人重新回到可可托海,看到矿山安然无恙,说陈志远是个英雄,了不起。

陈志远一再说,不是他,是一个叫肖长峰的,他才是真正的英雄。但苏联人不听陈志远的,非要把一枚大勋章发给陈志远。

拿着那枚勋章,陈志远去了肖长峰家。他说,这枚勋章是你的。肖长峰说,要这个东西有什么用,能和你成为朋友,就是对我最大的奖赏。

原来在矿上,陈志远天天与苏联人在一起。自认识肖长峰后,尤其李莎离开后,肖长峰的家,也成了他的家。如果在办公室或家里找不到他,去肖长峰家,肯定可以找到他。

虽然不认识肖长峰,可听陈志远这么一说,安怀民就对这人有了好感。他心想,这样的汉子,不管干什么,都会干得很好。

安怀民说,有机会了,让我也认识一下他。

陈志远说,我只是建议,等你认识他、了解他了,再让他当矿长也行。

安怀民说,不,你说让他当,就让他当。你可以跟他谈谈,如果他自己没有什么意见,我就让党办发文件正式任命。

陈志远说,真的就这么定了?

安怀民说,当然。我们自己的矿,不管什么事,都可以自己说了算。

在离河岸不远的山坡上,一些能干的中国矿工们,不愿意老是住在地窝子里和土平房里,就利用充足的木材资源,自己动手盖起了带前后院落和阳台走廊的木头房子。

肖长峰在东北就会盖这种木头房子,所以他盖的房子就比别人盖的更结实、更好看。

提议让他当矿长这个事,在苏联人管理矿山时就有过。但亚柯夫考虑再三,还是以肖长峰没有上过大学、不具备这个能力为理由,最终没有采纳陈志远的建议。当时,肖长峰知道了这个事,大笑起来说,幸亏没有让我当!给老毛子卖力,我还真有些不情愿。你不知道我们东北人,说到老毛子,全都是咬牙切齿。陈志远说,你不能把当年的沙俄帝国和现在的苏联扯到一起。

一片木房子里,肖长峰家的房子很显眼,远远就看见了。走到跟前,看到肖长峰坐在走廊上,边晒太阳边喝茶。

陈志远走过来,像进自己家一样,没打招呼,就坐在了肖长峰旁边的一把木椅上。

陈志远说,好日子该到头了。

肖长峰一下子坐起来,问,发生了什么事?

陈志远说,你以后就是一矿的矿长了,还能这么悠闲吗?

肖长峰说,你吓了我一跳,我以为是什么事呢!我现在日子过得挺好,可不想去当什么矿长。

陈志远说,不行,你必须得干。

肖长峰说,还能强迫呀!

陈志远说,别人不会强迫你,我会。

肖长峰说,你为什么要跟我过不去?

陈志远说,因为安怀民书记让我当局长,我就提议你当矿长。我需要你帮我。

肖长峰说,安怀民书记同意了?可是他不了解我呀!

陈志远说,我介绍了你,他就同意了。

肖长峰说,这么说,我不干,既对不起你,也对不起安书记了?

陈志远说,还对不起咱们新成立的人民政府。

肖长峰说,我可从来不欠别人的情。

正说着,肖长峰的妻子柳芭端着茶走了过来,把一杯茶放在了陈志远跟前。

陈志远问,孩子们呢?

柳芭说,写作业呢。

柳芭是跟着苏联人一块儿来的护士,休息时跑到河边山上玩,遇到一只狗熊,逃跑时被狗熊追赶。眼看要被追上时,正在山上打猎的肖长峰听到了呼救声,冲了过来,一枪打伤了狗熊。狗熊不追柳芭了,朝着肖长峰扑过来。没想到肖长峰不但没有跑,反而端着猎枪迎了上去。没有子弹了,就用枪托把狗熊砸得滚下了山坡。柳芭从来没有见过这么勇敢的男人,故意躺在地上不起来,等肖长峰过来扶她时,就扑进他的怀里,以身相许报答救命之恩。

柳芭要嫁给肖长峰,那些苏联人全反对。但爱的力量实在太大。柳芭说,你们要是不让我嫁,我就跳进额尔齐斯河,不活了!

一看柳芭就是死了也要嫁给肖长峰,想阻拦的人也就不拦了。

陈志远问,有什么好吃的?

柳芭说,有熏马肉。

陈志远说,快切一盘来。

肖长峰说,再把白酒拿来。

柳芭说,你们要大白天喝酒呀?

陈志远说,我要敬肖长峰矿长一杯。

一座俄式二层楼的门前,写着中俄两种文字的老牌子被取下来。新挂上去的牌子上只有一行中文。

锣鼓与鞭炮齐声响起,意味着这座矿山进入一个轰轰烈烈的时代。

安怀民站在麦克风前,宣布了冶金部做出的关于成立可可托海矿务局的决定。

新的厂矿领导任命名单里,出现了陈志远和肖长峰的名字。

阳光和往日一样灿烂,吹来的风中还是一样带着额尔齐斯河的凉爽,但可可托海不再是以前那个可可托海了。

坐在台下的孙惠兰也和别的人一样,除了欢呼就是不停地鼓掌。她无法不兴奋,因为她知道,以后她会活成什么样子,都和可可托海密切相关。所以,她不可能对眼前的人与事无动于衷。

昨天她接到了调令,因为在矿井中表现出色,组织上决定把她调整到发电厂担任技术员。看来努力没有白费,才干了一年就让她到发电厂当技术员,这是对她工作态度和能力的认可。虽然技术员是个不起眼的岗位,可要成为工程师、成为专家,这一步是必须要走的,并且是走得越早越好。所以,接到调令那一刻,她真的有些心花怒放。

不过,在和巴克拜尔及工友们告别时,她还是有些伤感。这一年多,这些看起来粗犷的男人们,带给她的却是阳光一样的温情。他们对她像是对亲人一样呵护关爱,使她很快就适应了这里的生活,少了那种远离家乡亲人的孤独。这让她不管在什么时候,哪怕走在幽暗寒冷的矿洞里,也觉得眼前是一片晴朗温暖。

看出孙惠兰的不舍,巴克拜尔反而来安慰孙惠兰,说,你去当技术员,我们都为你高兴。你很能干,矿洞太小了,你早晚会成为大专家的。我们已经是朋友了,不管你在哪里工作,我们都是好朋友,一辈子的好朋友。我家的门会一直为你开着,想吃羊肉了,就来我家。

孙惠兰说,巴师傅,我会永远把你当亲人的。

饭做好了,看陈志远还没有过来,柳芭让儿子冬冬去叫。

陈志远原本不打算去吃的,没有了李莎给他做饭,矿上还有食堂。虽然不那么可口,还是可以吃饱的。

看到冬冬跑来叫他,陈志远不好意思不去了,就拉着冬冬的手,一起往肖长峰家走。冬冬出生在冬天,小名就叫冬冬。

陈志远很想去吃柳芭做的饭，可只要一去吃饭，柳芭就会给他说再找个女人过日子的事。

从来没有想到李莎会突然遇难，一开始过于悲伤，不可能去想再找个女人的事。悲伤慢慢消散，老被柳芭催，也被肖长峰劝，陈志远也觉得该找个女人，开始新的生活了。

只是不知为什么，看身边的女人，不管长相如何，年纪大小，没有一个让他动心的。听他这么说，柳芭不相信，说那是你身边的女人不行。柳芭就在医院里帮他找。至少有三个姑娘，各方面条件看起来都挺合适的，长相也都不差。柳芭以吃饭的名义，请她们来家里和陈志远见面。结果，人家三个姑娘，都对陈志远很满意。其中还有一个大姑娘，不嫌陈志远年纪大，也愿意嫁给他。倒是陈志远，三人中没看上一个。

柳芭问陈志远到底咋回事，陈志远想了想，说，不是人家不好，还是我心里过不去。一看到别的女人，就会想到李莎。一想到李莎，就无法让别人走进自己心里了。

看来，这个事着急还不行，只能等陈志远不再那么想李莎了，才能给他说再娶的事。只是这个时间也没有个准确的点。这会儿，五年马上就要过去了，按说应该可以了。所以只要见到陈志远，柳芭就总是忘不了问一句，怎么样了？我们医院有一个女孩，真的挺好，你要不要见一见呀？

只要柳芭这么问,陈志远总是苦笑一下,说,还是再等等吧!

到了肖长峰家,吃过饭,两个人坐在走廊上喝起小酒。

新疆这个地方,太偏西,太阳升起来早,落下去晚,夏天晚上十点钟以后才会黑透。常常吃过晚饭后,还可以坐在门口看夕阳西下。

陈志远说,怎么样,没有人和你这个矿长过不去吧?

肖长峰说,管人,还行。就是生产技术上,还有许多地方不够精通。

陈志远说,采矿这一块,靠的就是人力。把人管好了,矿产量就上来了。

肖长峰说,矿工们和我像兄弟一样,都听我的。

陈志远说,你负责管人,我负责技术,我们一块儿干,没有干不成的。

两个人正说着话,看到有一个人沿着河边的小路,慢慢走过来。

离得远,又有傍晚的烟雾飘荡,看不太清楚,认不出是谁。两个人相互看了一眼,似乎想猜出这个人是谁,但猜了一会儿,都没有猜出来。

过了一会儿,这个人走近,烟雾遮不住他了,两个人才看清楚是谁。

看清楚是谁后,两个人几乎同时站了起来。

他们谁都没有想到,走过来的人会是安怀民。

连着许多天,安怀民都会在吃过晚饭后,在外面走一阵子。和别人饭后散步不一样,他可不是为了消化胃里的食物,也不是为了锻炼身体。他只是觉得,作为可可托海的党委书记,他应该尽快熟悉这里的每一个人、每一寸土地。

他尽量每天都换一条路线走。他会与每一个路上遇到的人打招呼,还会停下来与他们聊一会儿天。通过聊天的方式,他记住他们的长相和名字,当然还会通过他们了解矿上生产、生活中存在的问题。比如说,一个矿工说到孩子上学的事——孩子上了半天课就回到家里,问是怎么回事,孩子说下午没有老师上课了。

他没有想到,沿着河边走会走到肖长峰的家门口,更没有想到正好遇到肖长峰和陈志远把酒论道。

这两个人可不是普通人。安怀民走到他们跟前,说他们太不像话了,有美酒只顾自己喝,也不把他喊上一块儿喝。

这些天,两人和安怀民有了些接触,觉得这个领导真的是一点架子都没有,不管什么时候都是那么和蔼可亲。

柳芭搬出一把椅子,放到木桌旁边。安怀民也没有客气,坐下来以后,马上端起了一杯酒,要和两人干一杯。

安怀民坐下来后,从太阳还没有落山,聊到月亮越过了树梢。

眼前这三个男人,目前可是可可托海的顶梁柱。他们坐在一起,当然会有说不完的话。

安怀民说,我过两天要去北京,你们有什么要办的事?

陈志远说,去清华大学,带几个大学毕业生来吧!矿山要发展,没有人才可不行。

半个月后,安怀民来到北京。可可托海直属冶金部领导。他接到通知,让他到冶金部开会,亲自向部长汇报工作。

他并不知道,就在可可托海收归中方管理经营之时,在中南海的一间会议室里,可可托海的名字被多次提到。

会议桌上铺着白色台布,上面放了一黄一绿两块矿石,它们只有拳头大小,看上去似乎和普通的石头差不多。

只是坐在会议室四周的人,却是一群了不得的人,他们正是领导着全国人民进行社会主义建设的国家领导人。

这些打下江山的领导人,知道要建设一个强大的国家,光靠枪杆子是不行的。他们不但想尽办法,把留洋在外的华人科学家请回国，还虚心请教，请他们来给自己上课。

眼前，正在给国家领导人上课的就是著名科学家钱三强。他拿起那块黄色矿石靠近一台仪器，仪器顿时发出吱吱啦啦的声音。

钱三强介绍说，这块矿石里面含有制造原子弹的核心材料——铀元素。正是这种元素，才让仪器发出了报警声。不过大家不要担心，现在这块矿石的放射剂量极小，不会对人造成伤害。但如果把它提炼出来，就会有着极强的放射性。

说到这，钱三强用手比画了起来。他说，也就是一个足球那么大吧，产生的破坏力大家并不陌生，美国人已经在广岛证实了它的威力。这个东西，也就是现在地球上最有杀伤力的炸弹，它就是原子弹。

钱三强继续说，不过，光有铀矿石还不能制造出原子弹。原子弹的结构非常复杂，是由多种性能不同的金属制成的零部件组合而成。比如说，这种矿石就必不可少。说着，他顺手拿起桌上的另一块矿石。

听到钱三强这么说，所有人的目光就集中在了另一块绿色的矿石上。

钱三强接着说，这种矿石就是绿柱石，可以用它提炼出铍金属，而铍金属是原子能工业的宝贵材料。因为，原子弹的外壳必须用铍来制造。

有国家领导问钱三强,这个绿柱石什么地方有?

钱三强说,据我掌握的资料,在新疆的可可托海,就有丰富的藏量。苏联人这些年从那里弄走了不少矿石,用于发展他们的核工业。

领导又问冶金部部长,那个可可托海现在是什么情况?

冶金部部长说,苏联人已经撤出了,现在由我们自己经营。

领导指示说,好,这么重要的资源,一定要掌握在我们的手里。

钱三强上的这一课,让国家领导人对于搞原子弹的事,心里更有底了,也让可可托海这个小镇陡然变得极其重要。

两天后,中国地图出版社收到一份文件。拿到这份文件后,社长走进地图编辑部,对编辑部主任说,地图上只要有标注了可可托海地名的,全都要去掉,什么时候标注上去,再等通知。

其实不但是地图出版社收到了这样的通知,也是从这个时候起的很长一个时期,可可托海这个地名,在所有公开的报刊上,还有通信地址上,都不再出现了。

因为它与国家正在进行的核武器试验制造密切相关。

它的特殊身份,也就让它有了不同于一般地方的待遇。

寄出的信件上不能再出现"可可托海"四个字,只能以111信箱的编号代之。几种主要矿石产品也被编成了数字代号。对已经入厂的干部工人不断地进行相关保密制度的教育。招收新员工时,把个人的政治审查放在了第一重要的位置。

厂里的保卫处,增加了护矿队的编制。在可可苏里湿地出入小镇的路口处,建起了检查站。不管是白天黑夜,都会对进出的人员和车辆进行严格盘查,没有通行证决不允许放行。

中央领导请科学家上课,按说冶金部部长是不参加的。但因为核材料需要冶金部提供,所以就请他参加了。

参加了这个会议后,冶金部部长就要亲自见见可可托海的一把手。

想到部长找他来会有重要的事情,尽管有充分的思想准备,可听了部长的话后,安怀民还是有些意外。

对于原子弹,安怀民也只是因为美国人用它逼得日本人投了降,才知道它是一种威力巨大的武器,目前只有美国和苏联才有。他从来没有想到过自己的工作,会和这种武器发生联系。

意外是意外,可并不会因为意外,而对于部长提出的要求,产生畏难情绪。没有战争了,不打仗了,可他还是把自己当军人。对于上级安排的任务,从来只会说坚决完成,而不会打半点折扣。任务越是艰巨,越是充满困难,越是会觉得这是一种荣耀,从而激发出更顽强的斗志。

党中央的指示让安怀民意识到他承担的任务更重了,责任更大了,当然也意味着有机会为国家做更大的贡献了。

正因为这种特殊需要,他在走出部长办公室后,就想直接走进清华大学。苏联人的退出,给可可托海带来的最大困难,就是专业技术人员的缺乏。这几年,矿上年年都会接收一些全国各地来的大中专毕业生,但还是缺少高端的科技人才。随着更多矿石资源的发现和矿石产量的提高,可可托海急需一批懂专业的高端技术人员。

知道安怀民要去北京,局长陈志远再三对他说,到北京后,一定要想办法接一些大学生回来。开挖矿石的工人好找,管理与科研人员却很难从工人中培养出来。所以,当部长问他有什么困难时,他就说出了要去清华招人的想法。

这个想法,如果在以前提出来,要变成现实的可能性不大。所有大学生都会由教育部门来分配,不可能让用人单位自己跑到学校去招收。可在钱三强给中央领导人上过课以后,情况就不一样了。教育部不但让安怀民直接进清华园挑人,还保证,只要是安怀民要的人,一定会一路绿灯放行。

在清华大学,安怀民并没有费什么事,就招到了五名应届大学毕业生。不要说新疆太远了,条件太苦了,不会有人愿意去。在那个年代,到边疆去,到祖国最需要的地方去,已经不再是唱在嘴上的一支歌了,而是变成了一种信念,燃烧在血液里。这些毕业生,生在旧社会,刚一解放,就上了大学,对于祖国曾经经历的黑暗与蒙受的耻辱,有着深刻的了解。大学四五年,他们接受的是共产主义理想教育,也就对社会与人生有了崭新的认识。二十世纪五十年代的青年们,在听到祖国召唤时,几乎没有一个人不毅然前往。尤其是校园里的学生,谁要是不这么想,自己都会不好意思。

安怀民给他们说了实话,说要去的地方,不但偏远,还非常寒冷,冷到不可想象的地步。还因为单位的性质,所有的研究都要保密,不管写出什么样的论文,都不能公开发表。当然,物质与文化生活,更是不能与大城市相比。不过,他说得再多,也不如一句话有用,这句话就是:这个地方,将会为建设一个强大的国家发挥作用。

其中有一个地球物理系的学生,叫余明杰。学校已经找他谈过话,打算让他留校当助教,可他听了安怀民对可可托海的介绍后,坚决要跟他来新疆。他说他不想在校园里当教授,想把学到的知识用到国家建设上,做一个伟大的科学家。

就算是坐飞机,从北京到新疆也得四五个小时。到可可托海工作后,由于要到北京开会汇报工作,安怀民已经坐过好几次飞机。坐飞机对他来说,已经没有什么新鲜感。不像跟着他的几个大学生,都是第一次坐飞机,难免会有些激动。从飞机上看地面上的景物,产生的视觉冲击力,只有身临其境才真正体验得到。都说站得高看得远,只是不管站得多高,也没有在飞机上看到的那么远。曾经置身于其间的城市乡村还有山川河流,一下子全变成了微缩景观,尽收眼底。对于"俯瞰"这个词语的意思,只有坐在飞机上才会真正理解。

飞机飞越天山时,几个年轻人发出惊叫。因为正是七月,是一年中最热的时候,居然可以看到连绵不绝的雪山冰川,这不能不让他们觉得神奇。虽然在课堂上学地理时,知道新疆有一条山脉叫天山,横卧于戈壁荒漠间,正是靠着从这山中流下来的雪水河,才有了瓜果飘香的绿洲,有了广阔无边的草原。但真的看到它,尤其是从天上往下看,它的雄伟壮丽还是会让人身心震撼。

听到他们的惊叫,安怀民对他们说,新疆有太多让人感叹的东西,等安了家落了户以后,你们就会有更多的发现、感受,并且会越来越爱这个地方。

带着清华的大学生回到新疆,住在明园的招待所里。这里有一个可可托海的办事处,负责接待矿上的干部工人。办事处主任一见安怀民就叫起了苦,说这些日子,从全国各地分来不少学生,都住在这里等车接。可矿上的车一直没有来。这么下去,招待所就住不下了。安怀民说,这些人可是宝贝,你可不能慢待他们。车子的事,我来解决。

吃过晚饭,安怀民让办事处主任带着,一间挨一间房子看望分来的学生。一共有五十多个人,只是见个面聊几句,很难把名字记住。安怀民在战场上被炮弹震昏过去一次后,记忆力似乎就有些不如以前了。不过,有一个人他倒是记住了。这个人不是分来的学生,而是来进行职业病防治调查的医生。她叫冯青,是个年轻姑娘。能记住她,一个主要原因就是头一次见面,她看到他在抽烟,就给他说抽烟的坏处,说抽烟可以引起各种肺部疾病,让他以后不要再抽了。

都要去可可托海,在招待所食堂吃饭时,正好坐在一起,就不由得交谈起来。余明杰是坐飞机来的,冯青是坐火车来的,冯青早到三天。那天晚上吃饭时他们坐一张桌子,一听都是北京口音,就拉上了老乡关系。说来也怪,在家乡,一个地方的人在一起不觉得有啥,可到了新疆,一听乡音,马上就不一样了。正如那句话:老乡见老乡,两眼泪汪汪。余明杰和冯青,倒不会泪汪汪,但在一块儿,确实可以找到话说。

安怀民找了两辆蒙了篷布的大卡车运送学生。

五十多个人,分成两支分队朝可可托海出发。巧的是,余明杰和冯青分到了同一辆卡车上。

第三章　高耸入云的树

安怀民随着王震大军进入新疆后,并没有打算留在新疆,以为解放新疆以后,可以回家乡工作。他没想到,在完成平叛作战任务后,大部分的士兵,包括起义的国民党士兵,都以屯垦戍边的方式留了下来。他以为自己也会被派去开荒,没想到会被派到可可托海和苏联人一块儿管矿山。虽然没有想到,可却也不会有什么别的想法。自从在党旗下宣了誓,自己的一切都不重要了,任何时候,都会听从安排、服从指挥。

到可可托海后,安怀民马上就把妻子史云娟和孩子接了过来。妻子起初觉得可可托海太偏僻,不太愿意来,结果来了不到半年,就对他说,这个地方真好,像个花园。这里的水又清又甜,在老家喝的黄河水,里边尽是沙土。其实,水清不清没有那么重要,真正让史云娟喜欢上这里的原因,是一家人团圆了,是没有了战争,再也不用为安怀民担惊受怕,可以踏踏实实地过日子了。

回到可可托海的安怀民马上召集矿区领导开会。部长给他说的话,他又给干部说了一遍。他要求每个干部都明白,自己肩负的责任有多么重大。众人拾柴火焰高。一个人不管有多大能耐,就算是长了三头六臂,本事也是有限的。要想完成部里交给的生产任务,就要动员起矿山所有的力量。

给干部们开完会,干部们回去再给工人开。以前工人们只知道干活挣钱,很少会想那么多。听干部们传达了来自北京的消息后,他们马上就觉得身上有了不同的感觉,似乎自己一下子了不起了,变得十分重要了。

为让干部工人们切实提高保密意识,安怀民让吴成朋列出保密规则,让每个干部明白什么事能做,什么事不能做,以免由于自己的无知犯下不该犯的错误。

对于保守机密,办公室主任并不陌生。上级下发的文件,其中就有一些会标明"秘密""机密"等字样。吴成朋有一个带锁的文件柜,就是用来存放保密文件的。一些文件允许什么人看,都是有规定的。违反这些规定,就等于泄露了国家机密,受到的处罚是很严厉的。

吴成朋根据相关保密规定和可可托海的实际情况,草拟了矿务局关于全体人员必须遵守的保守机密规定。

不该议论的秘密不议论。

不该打听的秘密不打听。

不该记录的秘密不记录。

不该传播的秘密不传播。

工作内容保密。

工作地点保密。

开采的矿石保密。

矿石的去向保密。

邮件地址只能写111号信箱。

发表论文和文章,必须经过政治处审核。

草拟好保密规定后,吴成朋拿去给安怀民看。安怀民看了以后说,能够把这些要求做到,保密工作也就算是做到家了。我看再加一条,也是最重要的一条,人人都要记住,十四个字:国家利益高于天,保密责任重如山。

这十四个字,不但好记,还很有分量。安怀民书记不但是个武将,还是个文人。他当过教师,又当兵,再当领导,就是不一样。

连着三个晚上,全矿的人,开了大会又开小会,只有一个内容,那就是学习党委下达的关于保密工作的文件。要求每一个人都要记住保密规定,并且结合自己的工作岗位,谈体会表决心。最后,每个人要宣誓,做一个保守国家机密的人。

许多人还把这些具体的保密条例写在本子上。

孙惠兰有一个本子,不大,可以装在口袋里,平常总是带在身上,把自己认为重要的事情和话记下来。许多话,不可能听一遍就能记住的。

看干部、技术人员是不是记住了保密规定,办公室主任吴成朋奉命来抽查,要求大家当他的面背出来。好多人背不出来,受到了批评。

他来到发电厂,孙惠兰正在处理一个电机故障,手上脸上全是油污,但动作很熟练。等她干完活,吴成朋让她说出保密规定。结果孙惠兰没有多想,就流利地、一字不差地背了出来。因为她当时记在了本子上,回到宿舍后,又拿出本子读了几遍,就完全记住了。

这是个小事情,可给吴成朋留下了好印象。后来,任命孙惠兰为工程师时,吴成朋也参加了会议。说到她,吴成朋就说这个姑娘很聪明、很能干。

吴成朋说得没错,孙惠兰确实能干。女人当电工的不多。孙惠兰当了电工以后,腰间也会扎着配有电工工具的皮带。一开始,别人有些看不起她,认为"电老虎"不是好惹的,她一个小姑娘制服不了。可好几次,电上有问题,孙惠兰全都给解决了,并且一点力气不费。这让大家改变了对她的看法,觉得她不愧是电力专业毕业的,不但有书本知识,实际解决问题的能力也很强。

没有人知道,孙惠兰为了不让大家小看她,牺牲了多少次跳舞的时间,捧着《电世界》那样的杂志读。电是神秘的,是可怕的,所以会被称为"电老虎"。不小心触了电,就可能会把命丢掉。但只要了解了电在各种情况下的脾性,它就一点也不难对付了。

这时的可可托海镇,只要一进来,就可以看到一座山。这座山与不远处的大山比起来,只是一座小山。

都说山不在高,不在大,有仙则灵。这座小山上没有神仙,只有许多人。面朝它,无法不生出膜拜之情;踏上它,会心情激动。

这会儿,局长陈志远朝着小山走去,随着离小山越来越近,他的表情不由得发生了变化。苏联人曾经对他说过,苏联那么大,却没有一座这样的山,它是一座宝山呀!

宝山不属于苏联人,可苏联人对它眼红得厉害,想尽办法,把山上的矿石挖出来,运到苏联去。每每看到矿石装上卡车,再装上轮船,运出国门,陈志远心里总有一种说不出的滋味。不过,现在,他不会这样了。矿还是那个矿,矿的主人不再是苏联人,从生产到销售,全都由中国人做主了。

这座山以前没有名字,中方收归后,给它起了一个新的名字,叫三号矿脉。一个没有一点诗意的名字,却一点不影响它将会产生的巨大声誉。

跟在陈志远身后的,是十几个新的可可托海人,其中就有余明杰和冯青。近些日子,只要是从全国各地分来的学生,都会被陈志远带到这里来,给他们上一课。几个月前,孙惠兰和赵义勋他们也被带到了这里,听陈志远给他们讲眼前这座山。

陈志远站在一块大石头上,面对年轻人说起了山。

陈志远说,在我们可可托海,目前已经发现的矿脉有上千条。但这么多的矿脉中,最重要的就是这个三号矿脉了。因为目前在世界上已经发现的花岗伟晶岩矿脉中,它属于最大和最典型之一。它含有的稀有金属,种类之多,储量之大,品位之高,不但在国内是唯一的,在国际上也是罕见的。我们已经知道的化学元素有一百多种,其中有八十六种,都可以在这里的矿石中找到。化学元素周期表中七种稀有元素,都不可思议地汇集在三号矿脉中。搞地质的人见了它,无不肃然起敬,把这里当作圣地。

余明杰问,这么说,制造原子弹需要的金属材料,也藏在它的怀抱里了?

陈志远说,你说得很对。为什么要让大家举手宣誓保守机密?就是因为这里已经成为我国核工业部分材料的来源地。

听陈志远这么一说,青年们再次把目光投向眼前的这座山。原本看起来并不起眼的小山头,顿时巍峨高大起来。

陈志远带着大学生们走到一个矿洞口,指着上面的几个字说,大家想知道这个矿洞为什么叫阿依果孜吗?

大学生们露出了好奇的神情,想听陈志远说出为什么。

陈志远说,阿依果孜是一个人的名字。这个人是一位塔吉克族男人,四十年代初来到矿上挖矿,被任命为值班长。他有一个习惯,没事了,就在三号矿脉附近的山上转悠。一九四五年五月的一天,当他转悠到南面这座山上时,有些累了,就坐下来休息。看到草丛中有什么闪着亮光,他就拨开草丛,看到一块石头。他是矿工,认出是一块绿柱石,想把它挖出来,结果挖下去,发现赋存的绿柱石单晶远不止这一块。他喊来了地质工程师,经过勘探,一条新的矿脉就这样被发现了。

余明杰问,阿依果孜现在在哪里?

陈志远说,充分发挥他找矿的特长——他这会儿正带着人在阿尔泰山里转悠呢!不断发现新的矿脉,是矿山生产持续发展的重要保证。

站在矿洞口,可以听到里边传出来的矿石与金属碰撞发出的响声。

陈志远说,去看看我们是怎样采矿的吧!

看到矿洞口有烟尘从里边冒出来,再一看陈志远没有戴防尘口罩,就要带着大家往洞里进,冯青上前拦住了陈志远,说,陈局长,您这样不行!

陈志远不明白冯青说的不行是什么,有点不解地看着冯青。

冯青说,洞里的灰尘太大,不戴口罩不能进。

陈志远说,开矿的洞里怎么能没有灰尘?这么多年就这样进进出出,大家都习惯了,也没有看到谁有大毛病!

冯青说,等吸进去的粉尘多了,就会有大毛病了。

知道冯青是新来的医生,她这么说,也是为了大家的健康,作为领导,还是应该表示支持才对。陈志远说,你说得对,以后在安全生产方面,还要请你多费心。

说完,陈志远还是第一个钻进洞里。

一看陈志远钻进洞里,余明杰也跟在了后边。从冯青身边经过时,余明杰说,咱们不能太娇气了。冯青说,这和娇气没关系,而是关系到人的生命。

听到冯青这么说,余明杰笑了笑,没有再说什么,随着大家,跟在陈志远身后,走进矿洞。冯青摇了摇头,从衣服口袋里摸出一个口罩戴在脸上,也随着别人一块儿走了进去。

矿洞里本来就灯光昏暗,再有烟尘飞扬,就更是一下子难以看清什么。只有在里边等一会儿,适应了烟尘与昏暗后,才能看清洞里的情况。

看到陈志远局长来了,工人们都与他打招呼。虽然是局长,属于矿领导,但早先的时候,和苏联人一块儿开矿时,作为技术人员,也在矿洞里同工人一块儿摸爬滚打过。矿上的工人几乎每个都认识他,他也差不多能叫出每个人的名字。尤其是在三号矿脉采矿的工人,见了他以后,不但要和他打招呼,还会和他开几句玩笑。

巴克拜尔停下了手中的风钻,对走到身边的陈志远说,你怎么回事？当了局长,是个大官了,怎么没有把肚子挺起来,反倒瘦了下来！是不是这个官不好当呀？

陈志远说,比当技术员操心多是肯定的,但瘦下来这个事,还得你负责。

巴克拜尔说,这和我有什么关系呀?

陈志远说,主要是好长时间没有吃到你煮的手抓肉了。

巴克拜尔哈哈大笑起来,注意到了跟在他身后的年轻人,问陈志远,你带这么多娃娃来干什么?

陈志远说,他们可不是一般的娃娃,都是名牌大学的大学生,以后全都是咱们矿的顶梁柱。

巴克拜尔说,那我就代表老工人向你们表示欢迎,同时向你们提一个要求。

陈志远说,老巴,这些孩子刚来,你就别难为他们了。

巴克拜尔说,我的要求,对他们来说,一点也不难。只要会喝水,就能做到。孩子们,咱们可可托海,冬天冷,就是到了夏天,进到矿洞里,也是又阴又湿,所以你们一定要学会喝酒。我呀,每天都要喝几口酒,看我的身体多好!

没想到巴克拜尔提出的是这么个要求,年轻人全笑了起来。

陈志远从地上拾起一块巴克拜尔刚刚打下来的矿石,对年轻人说,这就是锂辉石。许多工业产品需要的锂,就是通过它提炼出来的。

余明杰说,锂是一种既耐高温、重量又轻的稀有金属,与别的金属合成,可以制成许多新型工业材料。

陈志远带着年轻人在矿洞里继续参观。冯青与巴克拜尔聊起了天,她知道了巴克拜尔是苏联人招收到矿上的第一批中国工人,到了这会儿,矿上已经没有谁比他的资格更老了。

冯青问他在矿洞里干活是不是从来就不戴口罩。

巴克拜尔说,发过口罩,也戴过,只是戴上口罩干活,会憋得喘不过气来,戴了一阵子,就不戴了。

冯青说,那您不担心会得肺病吗?

巴克拜尔说,你看,我不是好好的吗?

冯青说,您要是有时间,还是到矿医院来检查一下。

巴克拜尔说,我的身体好得很,牛一样强壮,倒是陈局长瘦得这么厉害,不要是得了什么病。

陈志远听见了,说,我一直都很瘦,我是瘦肉型的,和身体好不好没关系。

冯青说,陈局长,您和工人们应该经常体检。

冯青的话,没有人再理。学生们被洞壁上各种矿石晶体吸引,好奇地打听着它们的学名。

陈志远说起各种矿石,如数家珍。学生们完全被他的介绍所吸引,啧啧地赞叹着矿洞里矿石的丰富多彩。

参观结束后,陈志远走到余明杰跟前,把他喊到了一边,对他说,我一直想找个助手,你愿意跟着我吗?

余明杰说,只怕我会让您失望。

陈志远说,清华大学培养出来的人,不会差的。我在莫斯科上大学时,说到中国的大学,第一个就是清华。

余明杰说,我愿意做您的学生。

矿党委开会,由安怀民主持,主要研究建立选矿厂的事。

开采下来的矿石,含有元素的质和量都不同,并不是每一块矿石都有提炼的价值。实际上,矿洞里运出的矿石,至少有一半都不能进行提炼。如何把那些优良的矿石选出来,是稀有金属冶炼的重要环节。

安怀民说,过去出产的矿石,主要都运到了苏联。现在咱们自己要用这些矿石了,就要有自己的选矿厂。

陈志远说,咱们现在的人力和技术水平都具备了建选矿厂的条件,这项工程必须尽快上马。

肖长峰说,建选矿厂面临的最大困难,不是厂房和机器,也不是技术人员,而是选矿厂的运行需要大量的电力。苏联人留下的几台柴油发电机,显然是不够的。

陈志远说,肖矿长说到了要害上。目前的发电量,的确严重制约了可可托海的生产。

安怀民说,那咱们就建发电厂呀!不怕有困难,就怕找不到克服困难的办法。上次去北京见部长,给我一个最大的信心:咱们可可托海的事,就是国家的事。只要我们提出的要求是合理的,是有助于生产建设的,一定可以得到党中央的支持。

肖长峰说,如果能得到国家支持就太好了!我看,咱们要建就建一个大电站,把可可托海以后几十年的用电问题一下子解决了。

肖长峰说,咱们这个地方不产煤,搞火力发电没条件,但这里位于额尔齐斯河上游,水源丰富,是不是可以建一个水力发电站。

陈志远说,我看可行。

安怀民说,水力发电,最节省能源。

安怀民一直保持着军人雷厉风行的作风。看大家的意见达成了一致,他马上让办公室的吴成朋起草修建水电站的报告,直接向冶金部请求支持。

第二天,安怀民就带着陈志远和肖长峰,坐上一辆穿越过战火硝烟的吉普车,沿着额尔齐斯河的河谷,寻找合适建水电站的地方。

车子开到了没有路的山野尽头，他们从牧民那里借到马，继续前行。骑马上不去的地方，他们就手脚并用往上爬。

看了一处又一处的河谷与高山湖泊，总想着下一处会更理想。

五天以后，终于在离可可托海十五公里处的一个河谷里，看到了一片低洼地带，那里长满了树木。

这里有额尔齐斯河提供的充足水源，不用担心缺水。本身的自然坡度有利于蓄水，筑坝抬高水位以后，在山体里凿一条引流洞，就能引水发电了。如果按这个设想在这里建一座发电站，这个电站的发电量足够一座小型城市使用，供应矿区应该说绰绰有余。

初步选定了建水电站的地址，并且有了具体的设想后，一份更详细的报告又送到了北京。

这个报告是吴成朋写的。俄文专业的高才生，不但口译与笔译能力很强，由于受俄罗斯文学的影响，文字表达能力也很出色。在与苏联人合营时，他既是党委书记的贴身翻译，也负责起草各种协议合同。苏联专家们走了以后，他用不着再当翻译了，可矿上大量的文字材料，还是离不开他。吴成朋以为不合营了，苏联专家走了，就不需要他了，琢磨着是不是换个地方,比如说到某个大学里当个俄文教师。没想到安怀民找到他,和他拉家常。了解到他在想什么后,安怀民告诉他,像他这样的人才,正是矿山发展非常需要的。

新的矿山领导机构成立后,给了吴成朋一个职位——党委办公室主任。这个主任,说起来不是矿领导,但矿领导们商量事情时,他几乎都会在场。因为他要记录,要把会议精神变成文字、变成文件,传达到各个部门。安怀民没有秘书,吴成朋实际上也就成了他的工作秘书。安怀民的办公室,他进出的次数比谁都多。安怀民与他说话,从来都是一口一个小吴,让吴成朋听着甚觉亲切。本来想着安怀民当过兵,脾气暴烈,一块儿工作一段时间后,发现不是这样的。安怀民在和下属说话时,总会把声音放低变慢,尽量让对方不要紧张,能听明白他在说什么。大概是当过老师的原因,他的言行总是那样得体,给与他接触的人留下了良好印象。

吴成朋老家在苏州,是鱼米之乡。家人常给他寄茶叶,他会拿一些给安怀民。安怀民家里做了什么好吃的,会叫吴成朋一块儿吃。知道吴成朋不能吃辣椒,他就让妻子史云娟炒菜不要放辣椒。

吴成朋二十五岁了,还没有结婚。问他为什么还是一个人,吴成朋说,一直没有遇到合适的。安怀民说,我也注意到了,可可托海这个地方男人多,女人少,尤其是年轻女人少。吴成朋说,我不着急的,婚姻这个事,要讲究缘分,着急不得。安怀民说,一辈子的大事,是要慎重。不过,最近分来的学生中,有好几个姑娘,你可以多注意点。个人问题解决好了,工作起来也就更安心、更有劲头了。

实际上,就算是安怀民书记不提醒,到了这个年纪,吴成朋也不可能不去想这个事。原想着不会一直待在可可托海这么偏远的一个小镇,打算找到最终的安身处后,再成家。现在看来,这个可能性不大了。连安怀民这样打江山的功臣,都举家定居在了可可托海,他一个年轻学生,又有什么理由想离开就能离开呢?

不再想离开的事,就得想自己的终身大事。最近来了好几批各地的学生,其中也确实有好几个姑娘。他这个主任的工作主要是为领导服务,与一般干部及技术人员接触的机会并不多。他似乎在一些场合上见到过她们晃动的身影,但直到现在也没有几个让他能记住样子,说出名字。倒是有一个叫孙惠兰的,有过一点接触,似乎还挺有上进心的,但别的方面就不了解了。谈对象和别的事不一样,至少得和别人认识,有所了解,并且双方感觉还不错,才有进一步的可能。这也是为什么许多年轻人到了一定的年纪,婚姻就成了一个大问题。原因就是它太复杂了,解决起来总是充满了太多想不到的麻烦。

吴成朋当然不会被这个麻烦难住,但如果说要让他马上就把个人问题解决掉,他可是一点把握都没有。

报告送到北京。十天后,北京的一家水电设计院设计人员就来到了可可托海,肯定了安怀民他们的选址和设想。他们围绕着伊雷木湖工作了差不多一个月,就完成了实地勘测和图纸设计。

又过了一个月,一支建设大军开进可可托海,开进额尔齐斯河山谷。

这支大军,有男有女,却无老幼,一色的青壮劳力。他们携带着劈山的斧、凿石的钻、挖掘的镐、筑坝不可缺少的石夯和抬筐等工具。

他们背着行装,举着红旗,在河边,在树林里,在草坡上,建起宿营地。他们分成营,分成连,分成班组,每个人的任务具体又明确,同上了前线的士兵没有两样。

这支大军一共一千多人,相当于一个标准团的编制。他们没有穿军装,也没有扛枪,但他们真的也是军人。他们的番号是中国人民解放军生产建设兵团工一师五团。

新疆和平解放后,没有了大的战事,十几万军人如何安排,这对新政府来说,也是一种执政能力的考验。好在我们的祖先在这方面提供了可以借鉴的经验。从汉到唐再到清,维护西域主权的方式之一就是屯垦戍边。于是,在新疆这片辽阔的土地上,就有了一支由十几万官兵就地转业,不断壮大为百万人员的生产建设队伍。他们一手拿枪一手拿锄,半军事化的管理,保证了一切行动听指挥的组织纪律性。会集的各种人才,强化了"召之能来、来之能战、战之能胜"的战斗力。所以,把修建可可托海水电站的任务交给他们,实在是再理想不过了。

安怀民带着矿区领导站在路边,与许多工人一起欢迎工一师五团的到来。就像当年自己带着队伍穿过村镇,受到老百姓热情款待一样,安怀民让食堂准备了茶水茶叶蛋还有瓜果。不是担心他们会被饿着渴着,只是想用这个方式告诉建设者们,他们将要修建的水电站对于可可托海来说有多么重要,使他们在劳动时有更加昂扬的斗志。

工一师五团张团长的吉普车停在安怀民面前。两人见面后,马上就认出对方,喊出名字。原来他们曾是一个军团的,作为团长在师部召集的会议上经常见面。虽没有像朋友一样常来常往,但互相都知道彼此的名字和战功。

安怀民带着当年的战友、现在的生产建设兵团的团长去矿务局的一间展览室参观。从苏联人算起,可可托海到了这会儿,也有差不多二十年的历史,它的历程已经足以写成一本厚厚的书了。所以,安怀民安排建了一个展览室。走进这个展览室,对可可托海的前世今生就差不多全都了解了。

看过展览,听了安怀民的介绍,张团长说,没想到在这么一个不起眼的小地方,还藏着那么多国家急需的宝物。看来,我们要修的这个水电站,也有了不同于一般水电站的意义。

安怀民说,张团长,你担负的这个任务很重呀!这个水电站不是建在地面上,而是建在地底下,会遇到许多意想不到的困难。

张团长说,再困难,不会比打鬼子难吧?那么凶恶的日本人都被我们打败了,还有什么能挡住我们往前走的路?只要不怕苦、不怕死,就没有打不胜的仗。

安怀民说,有你坐镇指挥,看来我们的水电站可以提前建成了。

张团长说,你放心,绝不会让你这个老战友失望。

冯青手里拿着一包口罩来到矿洞口。戴上口罩后,她走了进去。里边干活的工人看到她走进来,像没有看见一样,继续干着手中的活。冯青拿出口罩,挨个给每个工人发。拿到口罩后，只有个别人戴在了脸上，其他人随手就塞进了口袋。

冯青走到巴克拜尔跟前，给他一个口罩，让他戴上，说，巴师傅，这里的工人都听您的，请您让他们都把口罩戴上。

巴克拜尔说，姑娘，你的好意我明白。只是这么多年，大家习惯了不戴口罩，现在让他们戴着口罩干活，会影响他们干活的速度。

冯青说，不管干什么活，都不能影响到身体健康。您这样做，是对自己不负责任。长期看，没有好身体，不但不能多给国家做贡献，还会给国家增加负担。

巴克拜尔说，听你这么说，似乎还是很有道理的。兄弟们，给这位漂亮姑娘点面子，大家都把口罩戴上吧！

听到巴克拜尔这么说，工人们才都把口罩戴上了。

冯青说，谢谢了，巴师傅。上次给您说，让您抽空去医院拍个片子，做个检查，一定要去呀！

巴克拜尔说，等有时间了我就去。

冯青走出洞口。她知道，这会儿很可能工人们已经把口罩摘下来，扔到了一边。

尘肺的防治，首先是要防。得尽量不让粉尘进入肺部，或者少进一点。如果做不到这一点，后面的治疗就会有许多麻烦。重要的是到目前为止，并没有很好的治疗手段。

肺部一旦形成病变,就很难治愈了。

她决定为这个事,去找安怀民书记谈一谈。安书记在机场时给她说过,有什么事情可以直接找他汇报。不过,安书记也实在太忙了,去了两次他的办公室,他都不在。问办公室主任吴成朋,说他大部分时间都不会在办公室,而是在各个矿点忙碌。

走过河上架的木桥时,冯青遇到了余明杰。都在可可托海工作,但不在一个部门,见一次面也不太容易。遇上了,不能不停下来说几句话。大家能坐同一辆大卡车来到可可托海,不能不说是一种缘分。当时和她一起来的还有几个人,可冯青对他们的印象都没有对余明杰的深。别人叫什么她都记不住了,只有余明杰她还能叫得出名字。

余明杰当了局长助理,在那座两层的红砖俄式建筑里办公。旁边就是给苏联人盖的俱乐部,里边经常会有文艺演出和电影放映。

余明杰问冯青想不想看电影,冯青说,当然想看了,到了可可托海还没看过电影呢!

余明杰拿出一张电影票,递给冯青,说是苏联电影《被开垦的处女地》。

冯青说,你把票给我了,你就看不上了。

余明杰说,我可以再找一张,你不用担心我。

新疆成立了冶金局,再开什么会,再接受什么任务,可以不用去北京了。

新疆冶金局通知安怀民到乌鲁木齐,说有一个重要的任务,要给他安排。

一大早,安怀民就上路了。吉普车比卡车快,不过,五百多公里,想一天跑到,还是得抓紧时间。他给司机说,带上干粮,路上就不停下来找地方吃饭了。

一路上,汽车驶过荒漠戈壁。戈壁烈日如一幅风格热烈的油画,铺展于天地之间。

无论什么人,只要经过此地,无不驻足观赏。感叹的同时,眼前的景象,就会深刻于脑海中,挥之不去。

新疆这个地方,有太多神奇。可可托海也属于神奇之地。来疆工作不过才几年,安怀民已经把新疆喜欢到了骨子里。

冶金局局长的办公室里,与安怀民谈话的不是局长一个人。局长旁边还坐着一个人,一个穿着军装的人。

只是,这个军人有点不一样。他的身材和气质,都让安怀民想到曾经见过的首长。也就是说,这个军人是一个职位不低的首长。

果然，经局长介绍，他才知道眼前这个军人是部队某个部门的将军。

局长说，老安，这次让你来，是给你安排一项重要又艰巨的任务。这个任务，不是我们冶金局安排的。这是中央军委的朱将军，还是请他给你说吧！

朱将军说，中央要求大幅度提高可可托海的矿石产量，必须保证三年内供应给我们军工厂足够的含锂和含铍的矿石。

朱将军说出一个具体数字。一听这个数字，安怀民说，您说的这个数字，可是我们的五年计划。为什么突然需要这么多的矿石？

朱将军说，我们的原子弹工程有了重大突破，要提前进入试爆阶段，需要大量的核试验原料。而绿柱石只有可可托海有，是否能保证充足的供应，将决定着原子弹什么时候能够试验成功。我说的这个生产量，对你们来说，不管有多大困难，都必须完成。

安怀民有些激动，说，我明白了！

局长说，安书记，要完成这个任务，肯定有很大的困难。但这个任务不同于一般的任务，是一个拼了命也要完成的任务。如果完不成，你这个书记，我这个局长，都没法向党中央交代了。

安怀民说，请转告党中央，可可托海全体干部工人保证完成任务！

保证完成任务，说出来是容易的，可真的要把它变成现实，就没有那么容易了。

安怀民带着陈志远和肖长峰来到三号矿脉。

他们走上三号矿脉的山顶，坐在岩石上。

安怀民告诉他俩，他见到了一位姓朱的将军。

姓朱的将军，是代表中央军委来给他下达命令的。

既然是命令，那就是军令。军令如山。他要让陈志远和肖长峰知道这个军令的内容是什么。因为这个军令能不能完成，他们俩将会起到决定性的作用。

朱将军要的东西，主要就在他们坐着的这座山丘下面。它们确实有很多很多，但它们混在各种石头中间，要把它们从中挖出来，再挑选出来，每一块矿石都会沾满劳动者的汗水。不流汗水，肯定不行，但有些问题是流再多的汗水也不能解决的。井洞式的采矿方式，决定了进入矿洞中的人数是有限的，就算是二十四个小时不停地轮流采掘，挖出的矿石也不可能达到朱将军要求的数字。

安怀民问，能不能多开几个竖井，多挖几条矿洞？

肖长峰一听马上摆手说，这个办法不行。三号矿脉紧邻额尔齐斯河，一旦竖井标高超过一定高度，井内大量涌水，采矿作业根本无法进行。目前的二号竖井，在采挖到七十多米深时，就发生了这种情况，目前已排水一个星期，仍然无法使用。

陈志远说，如果再无法把水完全排掉，就只能把这口井关掉。

肖长峰说，依我看，想要增加产量，只能加大露天开采的力度。

陈志远说，三号矿脉目前探明有八个矿带，每个矿带的矿石主要种类都不同。为了降低贫化率、损失率，不能混采，只能分带开采。

肖长峰说，分带开采牵涉爆破作业，一般只能让两个矿带同时作业，并且还要错开前后距离。

陈志远说，小眼爆破，岩矿块度容易控制，但采剥量太少，难以提高产量。

肖长峰说，最近，因为有了新的冲击钻，小眼爆破就用得少了。不过，深孔爆破方法虽然让产量有一定的提高，但离我们想要达到的效果，还有一定的距离。

安怀民说，当年我们攻城，攻不下来，就挖地道，挖到了城墙的下面，在地底下修一间大房子，再放上炸药，不管多么坚固的城墙，没有炸不垮的。

陈志远说,你是说不但要打深孔,还要在深孔下挖一个硐室。

安怀民说,在硐室里放满炸药。

陈志远说,这种方法,苏联人在大型采矿作业中使用过,叫深孔硐室结合爆破法。

肖长峰说,这种爆炸方法的威力肯定会很大,但也会有风险。药量掌握不好,会对矿带造成破坏。

安怀民说,不过,炸出来的矿石会很多。

陈志远说,我在苏联矿山实习时,参加过这种爆破试验。只要火药量合适,就可以在矿石剥离时,避免可能带来的各种次生灾害。

肖长峰说,你是说可以通过试验,找到最佳的用药量?

好的想法,总容易产生共鸣。三个人把从来没有过的一个想法,当作了一个重要问题进行研究时,发现这个想法并不是异想天开、不着边际。

过去可可托海是个小矿,采用一般的开采方法就能对付,但现在它承担的任务,已经让它正在变成一座大矿,老的开采方法不可能再满足需要,必须找到一个新的有效的开采手段。

任何事情都难以两全其美,有利总有弊。我们需要权衡的就是利大于弊,还是弊大于利。两害取其轻,其实是举棋不定时的最终选择。

两位专家说出自己的意见后,就把目光落在了安怀民身上。

不是安怀民比他们更高明,而是他的位置决定了他的重要性。身为可可托海矿山的决策者,这里的每一个变化,都与他密切相关。

安怀民说,行不行,我们至少得试一试。你们大胆干,失败算我的!

前些年,使用的是风钻,打孔的能力有限,只能进行小眼爆破。现在开始,有了冲击钻,可以打十米深的孔,一般爆破就不再用风钻打孔了。

巴克拜尔这个班组,最早换上了冲击钻。决定进行深孔硐室结合爆破的试验后,就把巴克拜尔班组作为主要成员。

深孔并不难打,只要确定了位置及孔眼的伸展方向和角度,就能很快打出来。难就难在了硐室的挖掘上。

在什么地方挖,离地层表面的距离是多少,长多少,宽多少,必须要有非常准确的数字。要算出这些数字,光有数学知识还不行,还要懂得力学、化学和矿物学才行。

一个以陈志远为组长、肖长峰和余明杰为副组长的攻关小组成立了。其中的成员就有巴克拜尔。

别看巴克拜尔文化程度不高,但多年的实践经验,让他总是能在确定试爆方案时发挥作用。

在硐室挖掘上,主要还得依靠巴克拜尔和工友们。

硐室开挖的作业力度非常大,冲击钻过大无法使用,主要得靠钢钎铁镐人工作业。流汗受累倒没什么,主要是那些飞溅起的粉尘,直往鼻孔和眼睛里钻,就算是戴着口罩也没有多大作用。而狭窄的空间又让人呼吸不畅,所以工人们都把嘴上的口罩扯到了下巴处,口罩成了摆设。

看到陈志远站在粉尘中指挥,巴克拜尔说他不用在现场,他们可以把活干好。陈志远说,我在现场,遇到什么问题,可以马上解决,不会浪费时间。

偏偏这个时候,冯青来了,看到工人都没戴口罩,就对陈志远和肖长峰发了脾气。没想到陈志远一听就火了,说这个时候,还在谈什么戴不戴口罩的事,简直是在捣乱。

冯青气得差一点掉下眼泪。她明白了,看起来是工人们不愿意戴口罩,其实根子上还是干部们不把这事当回事。

冯青生气了,陈志远高兴了。因为放置炸药的硐室,比预定的时间提前两天就全部开挖好了。

看到冯青一脸不高兴,陈志远给冯青道歉,说他态度不好,请她原谅。

冯青说,我是不想让你们的身体受到损害。

陈志远说,你放心,我身体好得很,你就放心吧!

是没有什么事。硐室开挖好了,与工人们一块儿走出来的陈志远,无非是一脸粉尘,像换了一个人似的,惹得大家看着他哈哈大笑。而他只要到河边洗把脸,就又是副干干净净的知识分子模样了。

洗脸的时候,他还喝了几口河水,似乎漱一下口,洗一下胃,就可以把吸到肚子里的粉尘冲出来似的。

冯青在路上遇到了安怀民,主动上前打招呼。安怀民认出了冯青,问冯青有什么事。

冯青说,去您办公室找了您几次,您都不在。

安怀民说,这么说你找我有很重要的事情了?

冯青说,当然重要了,因为这是人命关天的事。

安怀民一听吓了一跳,以为冯青要说的是一件多么可怕的事,没想到冯青给他说的只是戴口罩的事。

说实话,对于这件事,他并不是一点情况也不了解。医院方面给他反映过,不少工人的呼吸系统都有了毛病,而这个毛病形成的原因,大部分都是因为干活时没有戴口罩。在党委会上,他还把这件事当作议题讨论过。但包括陈志远在内的多数干部，都对这个问题不以为意，说这么多年过去了，还没有谁因为粉尘原因，身体出现严重问题。所以可以提出要求，但也没有必要强求。因为工人们戴上口罩，在矿洞里确实会觉得呼吸不畅，这会影响他们的工作效率。

冯青说，短时间内，吸入的粉尘量小，确实看不出有什么太大影响。但长年累月就不行了，肯定会出大问题的。最近医生给工人做肺部检查时，发现个别工人的尘肺已经有些严重了。

安怀民说，下次开党委会，我一定要对各个矿长提出要求。你可以替我当监管员，看哪个矿的工人不戴口罩干活，就来告诉我，我一定严厉批评他们。

连着一个多月，张秋凤几乎天天晚上都会出去与李工或者申工散步。这件事本来与孙惠兰没有什么关系，可她怕张秋凤犯错误，不由得对这件事关心起来。她想等张秋凤自己说，可张秋凤不说，她就主动问。

这个事不像别的事，就算孙惠兰主动问，张秋凤也没有说太多，只是说，还要再深入了解一下才行。

孙惠兰不明白张秋凤说的再深入了解一下的具体内容是什么，她总觉得张秋凤这么做有些不太好，并且拖的时间越长越不好。所以当张秋凤说，不然的话，你帮我看一看，哪一个更好一点时,孙惠兰立刻同意了。

于是,连着两个晚上,张秋凤没有再去散步,而是分别带着李工和申工来到宿舍,与孙惠兰一起,边嗑瓜子边聊着天。

孙惠兰并不是个笨女人,但在对男人的判断上,她其实还不如张秋凤。

聊天聊得很热闹,聊过了天,张秋凤问孙惠兰哪个男人更好一些。

孙惠兰认真地想了一会儿,竟说不出哪一个更好一些。这两个男人无论是长相,还是学识谈吐,真的是不分上下。

看来张秋凤的犹豫不定是有道理的,而孙惠兰在这件事上想帮张秋凤的忙也帮不上。她只能告诉张秋凤,不要惹出什么麻烦,把自己的名声搞坏了。

这个时候的社会风气,是不主张男女青年在恋爱上投入太多精力的。谁要是因为谈对象与异性过于亲热,会被认为作风不正派。像张秋凤这样同时和两个男人接触,要是被别人知道了,肯定会受到谴责。孙惠兰和张秋凤关系好,当然不想她被别人骂。可她自己在这方面又缺少经验,想帮她解决问题,又使不上劲,弄得她干着急。

孙惠兰现在还没有谈对象,关于怎么谈对象,也没有想得太具体。但有一点可以肯定,她肯定不会像张秋凤一样,同时喜欢上两个人。今天和这个约会,明天再和那个约会,像玩游戏一样。

似乎怕孙惠兰再为她担心,半个月后,张秋凤告诉孙惠兰她决定要嫁给哪一个了。

孙惠兰问,你要嫁给哪一个?

张秋凤说,申工。

孙惠兰问,为什么嫁给申工,不嫁给李工?

张秋凤说,申工比李工强壮一点。

孙惠兰说,看不出来呀!

张秋凤说,这个强壮是看不出来的。

孙惠兰说,那你是怎么知道的?

张秋凤不好意思了,说,这我可没法给你说。你要是想知道,就赶紧去谈个对象吧!

第四章　藏在石头里的秘密有多少

　　爆破现场的硐室挖好了,开始往里面放炸药。这个活不但繁重还很危险,有一点闪失就可能带来可怕的后果。

　　安怀民亲自来到施工现场,站到传递炸药的队伍里。

　　肖长峰说,这个活有危险,我都安排好了,不用你亲自上阵。

　　安怀民说,正是知道有危险,我才来了。

　　跟着安怀民的干部,也都一个挨一个站到了队伍里。

　　一箱箱炸药,通过由党员干部和工人的手臂连成的传送带,不停地运进遍布山头的硐室。

　　放满了炸药的硐室再用石块封闭起来,只留一根导火索从石块的缝隙间伸出来。

　　导火索的长度按照要求留出,不能长也不能短,必须要保证所有硐室里的炸药在指定时刻炸响。

这一天注定要写入可可托海的历史。

要对三号矿脉进行新的爆破试验的消息,早在半个月前就在可可托海传开了。所以,到了这一天,没有谁再有心思干别的事,大家都把注意力放在三号矿脉的爆破试验上。

各个部门都接到了通知,在这个时间段内,大家都要停下手头的工作,加入安全防护的行动中。比如说,两公里内被设为禁区,所有人都要撤出来。护矿队用绳子扯起一道警戒线,不许闲杂人员和牲畜进入。

爆炸分五次进行,每次间隔一个小时。因为每次爆炸后,都要对爆炸的情况进行评估。

五次爆炸的当量不同,威力最大的一次,让整个可可托海都感觉到了震动。几块飞起的石头越过警戒区,砸死了一头猪和两只羊,还好,没有伤到人。

技术攻关小组在进行了实地勘测、数据分析后,最终确定了深孔硐室结合爆破最佳效果的各种参数。

从此,几乎每天都会从三号矿脉传来数声巨响。而每次巨响以后,三号矿脉的地形地貌就会发生一点变化。

这个变化,如果是天天出入三号矿脉的人,不会有什么感觉。但如果是好些天没有去的人,再次来到三号矿脉,就会发现这座山丘正在变小、变矮。

山丘上曾经的树和草已经没有了,只有遍地含多种元素的矿石,在阳光下闪烁着五颜六色的光芒。

可可托海的三号矿脉从此进入了露天大规模开采的阶段,而开采的主要方式就是深孔硐室结合爆破法。

当然,小眼爆破和深孔硐室结合爆破法,还在其他矿脉的开采中发挥着作用。另外四个矿的矿脉没有三号矿的矿脉这么集中和丰富,仍然采用平硐和竖井的采掘方式。洞中的爆破首先要保证人员的安全和矿洞的完整。

这时的爆破还是用手工点燃导火索引爆雷管,一直到了二十世纪七十年代才用上了微差起爆器。巴克拜尔已经记不清他亲手引爆的雷管有多少根了。

各种运输大卡车直接开到矿层断面前。汽车排成长队,每班至少有八十辆,把开采出来的矿石,不断运送到各个选矿厂。

没有了作业面的限制,每班工人由几十人变成了二百多人。他们按照不同的分工,在岩壁上凿打炮眼,用炸药把大块石头炸成了大小差不多的石块,再把它们装上各种型号的进口和国产的运输车。

安怀民每天都会看生产报表。当他看到报表上标志着产量的红色箭头像火箭一样向上蹿时,兴奋地拍着桌子叫起了好。

巴克拜尔还是风钻手兼爆破手。从一个牧民成为一个矿工,从一个学徒成为一个老师傅。现在,他是采矿班的班长,直接管着十七个人。这个工作和职位对他来说,已经没有一点难度了。不识字并不影响他接受各项生产任务,并去出色地完成。这么多年和各族工人一起工作,已经让他这个哈萨克族人可以熟练地运用普通话和维吾尔语,甚至还可以用俄语跟苏联人进行简单的对话。

那个叫冯青的女医生已经来找过他很多次,要求他和工人们戴上口罩。他知道这个姑娘是为了他们好,他不能不知好歹。所以他不但自己戴上了口罩,也让他管的十几个工人戴上了。为此,冯青医生当面夸了他,连肖长峰矿长也说他做得对。

没想到,生产任务完成得好会受到表扬,戴口罩干活也会受到表扬。

为了多挖矿石,三号矿实行了三班倒的工作制。白天还看不出什么,到了晚上,三号矿脉作业面灯火通明,机器轰鸣,人声沸腾,场面倒比白天看着还要壮观。

这个时候,在中国大地上,类似的壮观场面到处可见。

不断吹响的"大跃进"的号角,使得各条战线都恨不得一年完成十年的工作任务。

一九五八年六月,在湖南衡阳的水口山,一个秘密工厂落成。这个工厂有一条年产二十吨氧化铍的生产线。一辆在夜色中奔驰的火车,喷着滚滚浓烟,在武装人员的押运下,满载着来自可可托海的绿柱石,向着水口山六厂驶去。

次年的十二月二十四日,也是在一列火车上,也是由重兵看守。只是这列火车是从苏联境内驶出,一路不停地驶入了满洲里口岸。在车站迎接它的是一些军工科技工作者。他们等了许久了,等着火车上的一个大箱子。

因为这个大箱子里装的不是别的东西,而是一个可以运载核武器的导弹。

看起来这是两件没有关系的事情,但实际上,它们有着非常密切的联系。因为,导弹就是原子弹的翅膀,要想让原子弹飞起来,发挥作用,就离不开导弹。

孙惠兰出色的工作表现已经让她成为电力工程师,这个年轻的姑娘,朝着成为一名电力专家的理想又前进了一步。

只是,这个时候的孙惠兰已经二十三岁了。她看上去,已经十分成熟。她的言谈举止和体态,都透出年轻姑娘的韵味。她并没有在意自己的微妙变化,但比她年长的已经为人妻和为人父的同事们,都会忍不住问到她的个人问题,并表示愿意帮她牵线做媒。

每逢这个时候,她总是呵呵一笑说,我还小呢,不着急解决这个问题。

年纪差不多,又正好还是单身的男人看到她,就会忍不住对她想入非非。自古以来,关于如何追求女性,已经有不计其数的办法。这些男人们想尽办法接近孙惠兰。

只是不管什么办法,用到孙惠兰身上,就都不灵验了。不是男子不出色,敢向孙惠兰表白的,不是干部就是科技人员。也不是孙惠兰眼光太高,没有看得上的,而是孙惠兰早就给自己立下了规矩——不过二十五岁不谈恋爱,不到二十八不结婚。

自己定下的规矩,当然要遵守了。不管是谁都不能让她动摇,就算是赵义勋也不例外。

赵义勋不知道孙惠兰是怎么想的。来镇上办事,见到孙惠兰越发出众了,他就想把和孙惠兰的关系往前推进一步。

没想到赵义勋的话刚一说出来,就遭到了孙惠兰的拒绝。她说自己不想早婚,也不想早恋。

赵义勋说出的话，看起来很随意，其实是认真想过的。和孙惠兰交往三年多了，他对孙惠兰的印象越来越好，而孙惠兰也没有表现出对他的反感，应该说是完全具备了进一步发展关系的条件。他想，在这件事上，男人应该更主动一些才对。他有这个把握，心想就算是孙惠兰不答应，也不会因此生他的气。

所以，孙惠兰的严词拒绝，还是让他有些吃惊。

吃惊是吃惊，可赵义勋并没有觉得自尊心受到伤害。因为，孙惠兰并不是看上了别的男人，或者说讨厌他才拒绝了他，而只是因为不想早婚早恋才这么说。

而赵义勋也只不过比孙惠兰大两岁，也一样处在把事业看得比婚姻更重要的阶段。所以，此时他不但不生孙惠兰的气，反而更看重孙惠兰了，觉得她是个要求进步的了不起的女人。

赵义勋说，就当我什么都没说。要是我的话让你不高兴了，我向你赔礼道歉。

这么一说，孙惠兰也有些不好意思了。人家赵义勋对她多好呀，自己凭什么对人家板着面孔说出那些决绝的话？

孙惠兰笑了起来，说，我们还是好朋友，对吗？

赵义勋说，当然。

安怀民和工五团张团长的关系,使得修建水电站的工人们和矿上的工人们关系也密切了起来。矿上有一个电影放映队,安怀民要求他们每十天去水电站工地给工人们放一场电影。

每个月张团长都会带着工五团业余篮球队来到矿上,与矿上的工人篮球队进行一场友谊比赛。

去放电影时,安怀民不但要跟着去,还要在放映前发表讲话,向辛苦奋战在水电站上的工人们表示亲切慰问。

安怀民来了,张团长再忙也会抽出时间陪他参观工程,向他介绍正在进行的施工项目。

这个工程的最后设计方案,是在海子口两山间建一道拦河水坝,把水位抬高。再利用抬高的水位形成的落差,带动大功率的发电机组。再往地下挖一百三十六米后,建一个三层的厂房车间,总深度达到二百多米。

建造难度这么大的水电站,不知世界上有没有先例,但在中国肯定是从来没有过。

这么多建设者一齐拥来,没有房子住,只能在地面挖个坑,再盖上树枝和野草,就成了睡觉的窝。拦水筑坝,劈山挖洞,没有什么机械。铁镐钢钎、抬筐推车成了主要劳动工具。石头山和花岗岩都太硬了,风钻头和钢钎头磨损得太快,不得不建个铁匠铺来维修。

想要掏空一座山，光流汗可不行。山石块块凶险，随便碰一下，就会皮开肉绽，流出鲜血。几乎天天都有人受伤，开工不到三个月，就有四个人失去了生命。随着通向厂房的竖井的深入，只能搭起井架，用卷扬机把挖下来的岩块吊上来，再铺到大坝上。一块石头在吊上来的过程中从铁吊斗中滑出，落向了作业面，正好砸在一个工人头上，这个工人当场就没了呼吸。死者是个年轻人，才二十岁，连恋爱都没谈过。

每次从水电站的工地上回来，安怀民都要在大会上把看到听到的事，说给矿上的干部工人们听。他想让大伙儿明白，为了国家的强大，并不是只有他们在辛勤劳动，还有许多人也在奋斗和牺牲着。

似乎是为了印证安怀民的话，就在他这样说了不到一个月，水电站的建设工地上就发生了一起大事故。

地下一百多米深处的作业面，出现了复杂的地质状况，坚硬的岩石层发生意外崩塌。

一个班的二十四位工人，当时正坐在一起吃中午饭。因为吃到了好吃的羊肉炖萝卜，大家全都高兴得有说有笑。

一位工人发现一块岩石碎渣落到了碗里，抬头看是怎么回事。

他看到岩石顶面在晃动，刚说了一句"不好了！"，大片的岩石顶面就砸了下来。

二十四人全坐在地上,捧着饭碗,没有一个来得及逃开。

张团长和安怀民赶到工地,指挥抢救工作。

所有被压在岩石下面的人依次被抬到地面上。

矿上的救护车鸣着笛,把他们全都送到了医院的手术室。

冯青和几个医生一直站在手术台前,连吃口饭的时间都没有。时间就是生命。对于伤员来说,迟一分钟,带来的结果可能就是阴阳两隔。

伤员需要输血的消息通过高音喇叭在小镇上传开,正在各处忙碌的人们,放下了手中的事情,一齐朝医院跑来。

手术室门口,献血的队伍从走廊排到大厅,又从大厅排到大门外,一直排到大路上。

三个小时以后,一架飞机降落在山谷间简易的机场上。从上面走下来赶来紧急支援的医生,卸下来一批急需的药品和手术器械。

十一位伤者被抢救过来,慢慢恢复了心跳。

还有十三位伤者终因伤势太重,再也没有睁开眼睛。

可可托海矿务局与工五团一起,为他们举行追悼会。

安怀民和张团长都在追悼会上讲话。

可可托海西南的一个山坡上,生长着松树和白桦树。这里已经成为一个公共墓地,掩埋着不同年代去世的可可托海人,其中大部分都是因公殉职的烈士。

十三位建设水电站的烈士为可可托海的发展献出了生命,不但要把他们埋在墓地中最醒目的位置,安怀民还要求学校每年清明节组织少先队员们来扫墓献花。

安怀民记得前些天走在路上,与一名工人交谈时了解到的情况。这次路过矿山子女学校时,他有意拐了进去。

进到学校,他看到教室确实破旧不堪,又见到了校长,就问起老师的情况。校长说,这个地方太偏远了,没有人愿意来当老师。这几年,学生增加了不少,老师却还是那几个。一个人教好几门课还顾不过来,只能让有些学生上半天课。

当过老师的安怀民知道该上的课没有上,会对学生的成长有多大影响。

安怀民说,来到矿上后,只顾抓生产了,教育上的事,没有顾得上多管,是我的责任。

当初他当老师,就是认为教育重要。中国要摆脱愚昧,走向文明,就要发展教育。矿山生产的是矿石,可要找到更多的矿石、开采出更多的矿石,靠的还是人。

现在，矿工们大多数都没有文化，那是落后的旧社会造成的。这些矿工老了，他们的孩子就会接替上岗。新一代的矿工，可不能没有文化。学校好不好，关系到个人的命运，更牵涉国家的发展。作为领导干部，他不能不高度重视。

安怀民回到办公室，喊来后勤主任，要求他带人去学校考察，尽快完善教学所需的各种硬件设施。接着，他又喊来了吴成朋，让他了解一下，干部技术人员的家属里，有一定文化知识的有多少人。尽快选出十人左右，充实到学校的教师队伍中。实在不行，专业技术人员中的女同志，有愿意当老师的，也可以让她们去当老师。

安怀民对吴成朋说，我老婆当过老师，算她一个。

回到家，史云娟正在做饭。

安怀民参军时，史云娟有了身孕。七年后，回家探亲，他才见到儿子。在家待了一个月，史云娟又怀上了女儿。现在儿子十三岁了，女儿也六岁了。每天回到家，两个孩子围着他嬉戏，让他放松下来，不觉得累了。

两个孩子完全由史云娟一个人带大。除了照看孩子，史云娟还要去县中学上课，挣一份养家糊口的钱。为此她吃了不少的苦，身体落下了不少病。这让安怀民觉得对不起妻子。来到可可托海后,他就马上把妻子和孩子接到了身边。

经历过战争纷乱的夫妻,再次睡在一起时,安怀民抱着史云娟,心疼地对她说,我再也不会让你受苦了。

也是有了安怀民这句话,史云娟来到矿上后,一直没有参加工作,而是在家里料理家务,照顾丈夫和孩子,过上了从来没有过的安逸日子。

吃饭的时候,安怀民对她说,你还是去工作吧!

以为丈夫是担心她在家太冷清、太孤单,想给她找个事干,史云娟说,这样挺好,我知足了。你在前线那会儿,我老是为你担惊受怕,现在终于踏实了。

安怀民说,我知道,你身体不好,我也想让你在家好好休养,但现在我遇到了困难,不能不让你帮忙。

史云娟说,我一个女人,能帮你什么忙?

安怀民说,我去矿上的学校看了,发现老师缺得厉害。

史云娟说,你是想让我去当老师?

安怀民说,我打算让有文化的干部家属去当老师,想让你带个头。当老师是个苦活,许多人不想干。

史云娟说,说实话,现在我就想着把你照顾好,把两个孩子的学习抓上去,别的事,不想再操心了!

安怀民说,我知道,有你在,两个孩子的学习差不了,但矿上还有那么多孩子,不能把他们耽误了。

史云娟说,我要是不去呢?

安怀民笑了笑,说,就算我求你了,看在患难夫妻的分儿上,你就再辛苦辛苦吧!

史云娟说,以为到了这会儿,可以跟着你享福了,没想到还要让我再辛苦。不过,谁让我是你老婆呢!我可不能让别人说,书记的老婆在家吃闲饭。

安怀民说,我就知道你肯定会支持我。

让吴成朋找人去学校当老师,吴成朋想到了孙惠兰。

自安下心来,打算在可可托海一直工作下去后,吴成朋就对最近新来的几个女学生注意了起来。很快他就知道了她们的名字,知道了她们在什么单位上班。几个女学生中,那个电厂的孙惠兰,看着挺舒服,他就主动跟她打了招呼。

正要介绍自己,孙惠兰说,我知道你是谁。送苏联人走时,你当翻译,我看到了。

吴成朋一听,心里有些高兴,就说他在矿办工作,有什么事可以找他。

孙惠兰说,好的,有事我一定去找你。

只是说过这话后,孙惠兰一次也没有来找过他。也是的,只是路上打了个招呼,谁会好意思去麻烦别人。看来,孙惠兰不但长得不错,还是个懂事的姑娘。

吴成朋正想着有什么事可以和孙惠兰接近一下,没想到就有了找人当老师的事。

他来到了发电厂,问孙惠兰愿不愿意去学校当老师。

孙惠兰说,是必须要去,还是征求我的意见?

吴成朋说,完全尊重个人的意见。我是觉得女同志都喜欢孩子。你要是有当老师的想法,这是个机会。

孙惠兰说,我要是想当老师,就不上机电专业了,而是去上师范了。

吴成朋说,老师的工作很重要,安怀民书记就让他的爱人去学校当老师了。

孙惠兰说,那你也可以让你爱人去呀!

吴成朋说,别乱开玩笑,我还没有对象呢!

孙惠兰说,那就对不起了,我真不知道吴主任还是单身。反正只要不是组织命令我去,我是不会去当老师的。

吴成朋说,不想去,没事的,不会强迫你去的。

孙惠兰说,我知道,吴主任是为了我好,那我就谢谢你了。

吴成朋想让孙惠兰当老师,孙惠兰不干。吴成朋有些意外,可并不生气,反而觉得孙惠兰是个有个性的姑娘。

不过,吴成朋留给孙惠兰的印象就没有那么好了。孙惠兰觉得这个吴成朋有点小看女人,觉得女人只适合当娃娃头,不能在专业技术上有一番作为。这说明吴成朋脑子里还有封建思想。

安怀民的老婆到学校当老师,消息马上传遍了可可托海。

每个成年人都会结婚,会有孩子。有了孩子,就想让孩子能健康成长,成为有出息的人。可有没有出息,全和上学这件事有关。

干部工人们不在乎可可托海镇偏远冷清,但在乎学校办得怎么样。一些父母在老家的人,为了让孩子能上个好学校,往往在孩子到了上学年龄后,就把孩子送回老家读书。可孩子离开父母,又会让父母充满牵挂,这样一来,他们难免会在工作上分心,因此而影响生产建设。

安怀民让妻子到学校当老师,说明他对学校的重视。学校存在什么问题,也可以及时反映给他,得到及时解决。能让孩子有个好的学习环境,是每个可可托海人都盼望的事。

史云娟到学校当老师不到两个月,大家都感觉到了学校发生的变化。粉刷了教室,平整了操场,增加了许多体育锻炼用的器械,每门课都配齐了老师。家长们明显感觉到自己的孩子爱学习了,也变得懂事了。

人的精神面貌会受到各种因素的影响。矿山子女学校的变化,让干部矿工们内心欢欣。这种情绪带到生产中,劳动效率也就高了起来。

孙惠兰远远看到赵义勋,心跳有点不一样了。以前看到赵义勋,可没有这种感觉。她有点恨自己有这种感觉,可又觉得这种感觉让她有种说不出的兴奋。曾经严词拒绝了赵义勋,就是想和他做普通朋友。她不想让自己产生别的感觉,那会让她觉得自己不够纯洁。

以为严词拒绝后,赵义勋会疏远她,没想到他不但没有受到一点影响,反而比过去更在意她了!这倒是让她没有想到。

看来男女间的事情,似乎比那个电世界还神秘复杂。明明以为会是这样,结果却是另外的样子。

赵义勋昨天打电话来,说他今天要来镇上办事,问她有没有时间,中午一块儿吃个饭。

每个矿区都通有电话,通过矿务局总机转接,电话转到了发电厂。厂部只有两部电话,一部放在厂长办公室,是厂长专用的,另一部放在厂部办公室。

赵义勋的电话只能打到厂部办公室。办公室工作人员听到是找孙惠兰,就去发电车间找她。

一听有自己的电话,孙惠兰马上想到了赵义勋,一接,果然是他的电话。她就有些按捺不住的高兴,马上答应明天中午和他一块儿吃饭。

河边的树林里,有一个小饭馆,里边有奶茶、熏马肉和马肠子,还有一种叫"纳仁"的食物,是把煮出来的宽宽的面,放上肉和肉汤,好吃得很。孙惠兰上次在巴克拜尔家吃了马肉后,觉得马肉没有膻味,比羊肉吃起来还可口。

和赵义勋一块儿吃饭,吃什么其实无所谓,重要的是能在一起说说话。

赵义勋本来就爱说话,又是主动邀请孙惠兰,当然要说得多一些。

他说,四矿虽然偏了一点,不如镇上热闹,刚一去不太习惯,老想着能早点离开。可待了两年多以后,发现那里其实挺好的。我虽然只是个大专生,可矿上还是把我当宝贝,有什么技术问题都来找我解决。这也让我学到了不少课堂上学不到的东西。我们那里的工人不但挖矿,还负责探矿。谁要是发现了新矿石,就会受到奖励。我有专业知识,这方面,许多人都不如我。现在,我在山里走,只要是矿石,一眼就能认出它们,叫出它们的名字。我想,这一辈子,我一定要亲自找到一条矿脉。说着,他拿出了一块拇指大小的石头,对孙惠兰说,这是可可托海有名的海蓝宝石,我在山里捡的,送给你。你看,是不是闪着蓝色的光?

孙惠兰一看,果然光芒闪射。但她没有伸手去接,问赵义勋,你送我这东西算什么?

赵义勋说,这可是宝石呀!难道你不喜欢?

孙惠兰说,不是我不喜欢,我是觉得这么珍贵的东西,不能随便就接受。

赵义勋说,在可可托海,你是我最好的朋友,我只能送给你了。不过,要是你觉得我不是你的好朋友,你也可以不要。

听了这话,孙惠兰觉得自己不收下这颗海蓝宝石,也太不礼貌了。虽然自己严词拒绝了赵义勋,可要真的失去赵义勋这个好朋友,她不知会有多伤心。

看到孙惠兰收下宝石,赵义勋高兴了,说,找矿石,不但可以发现宝石,还可以看到许多有意思的风景。

孙惠兰说,什么好风景?快给我说说。

赵义勋说,大峡谷里,一片草地上,只长了两棵树。一棵是松树,一棵是桦树。它们紧挨在一起,形状与高矮几乎一样,挺拔而清秀。春夏季节,它们是一样的青绿。到了秋天,一棵树仍然青绿,另一棵却变成了金黄色,看上去就像是一个男人和一个女人站在一起。当地人给它们取了一个名字,叫"夫妻树"。

"夫妻"两个字,让孙惠兰心动了一下。看来真是万物都有情,连树和树也会相爱结婚。

赵义勋继续往下说,说他看到了一座山,远远看上去,它就像一口倒扣的钟。这座山位于额尔齐斯河的源头,大家都叫它石钟山。

一座山,像扣着的一口钟,确实挺新鲜,可孙惠兰还是对夫妻树有兴趣。孙惠兰说,啥时候你带我去看看夫妻树。

赵义勋说,你到四矿来——只要来了,就能看到。

孙惠兰说,我相信你在四矿一定可以干出大名堂。

赵义勋说,多大名堂不敢说,但决不能荒废时光。

孙惠兰说,你一定会成为地质学家的。

赵义勋说,李四光是我的榜样。

孙惠兰说,我也想成为一个电力专家。

赵义勋说,我们的理想肯定都能实现。

孙惠兰说,只要我们勤奋踏实,肯定能行。

赵义勋说,孙惠兰,每次见过你以后,我都觉得身上增加了很多能量。

孙惠兰说,我可没有这么厉害,还是你自己有追求。

孙惠兰也想说,每次见过赵义勋以后,她也一样,心情更愉快了。但她想了想，还是没有说出口。

不过，和赵义勋越好，越要注意保持距离。年轻人血气太旺，容易冲动，在一起把握不好，就可能会犯错误。孙惠兰知道，想要人生完美有些难，但尽量少犯错，还是可以做到的。没有答应赵义勋的求爱，就是怕陷进爱的旋涡，让自己堕落。

三号矿脉，名字没变，样子变了。

随着一年又一年有计划地开采剥离，厚厚的土石层没有了，茂密的草与树没有了，只有大片岩石裸露在阳光下。

原本数百米高的山丘，不断地变矮、变小，在经过无数大大小小的爆破后，已经破碎得面目全非。

到了二十世纪五十年代后期，地下开采结束，进入到露天采矿的剥离阶段。采用螺旋式移动工作前线采矿法，围绕圆柱形矿体，沿矿带的外界开凿二十米宽的切割堑沟，并开拓出十五米高的采矿平台。

每一米的向前推进，都经过了科技人员的周密计算。形成的边坡要稳固，任何一边都不能有碎石坠落。旋转车道的弯度、宽度，要能保证大型自卸车的畅行。采矿平台要有足够的空间，使得矿工和机器能安全充分地展开作业。

为了实现科学精确的开采，降低贫化率，建立了钻岩爆破设计、施工审批、监督管理制度。坚持地质素描及岩粉取样分析,凡是达不到分带开采要求的,一律不准开工。利用定向和微差爆破方法,控制矿石抛掷方向。当上下岩情不一样时,就进行分段装药爆破。一系列的开采措施,既保证了施工安全,又提高了生产效率。

不断地爆破,不停地挖掘,不停地铲运,也让三号矿脉以一种难以想象的速度发生着改变。就连当地人,隔些日子再来看三号矿脉,都会发现它又变样了。

要说这个样子的主要变化是什么,那就是它从一座青山,变成一座秃岭,再变成一片平地,再从平地变成一个坑。而且这个坑,随着每天不断传来的爆炸声,变得越来越大,越来越深。

单从自然景观说,这个变化,不会让人高兴。但在可可托海,这个变化带给大家的却是无尽的喜悦。

因为,变化越大,说明生产出的矿石越多。而这些矿石,不管是出口到苏联,还是运到其他省市的冶炼厂,都是在给国家排忧解难。

就算是露天开采,风钻在石头中转动时,还是会带起大量粉尘。巴克拜尔听了冯青医生的话,不但自己戴上了口罩,还让班组里的工人也戴上。

只是这么多年都很少戴,就算这个时候戴上了,也无法让已经吸入肺里的灰尘消失。站在巴克拜尔旁边的一位年纪比他更大的工友,大声地咳嗽起来。

这几天老听到他咳嗽,巴克拜尔让他去医院看看,他说没事,可能是受凉了。受凉了是会咳嗽,但不会咳嗽这么长时间。

巴克拜尔这次不听他的解释了,让另一位工友硬拉着他去了矿医院。

给他看病的是冯青医生。她一看这位工人的症状,就初步判断他是患上了尘肺。做了透视后,X光片再次告诉冯青,他不但患上了尘肺,而且还很严重。

一间安静整洁的病房里,已经住了十一位尘肺病人。冯青在靠门口的位置加了一张床,让他住下了。

冯青挨个问病人发的药都吃了没有。

一个病人说,冯医生,这个药实在是太难吃了,苦得他差一点吐出来。

冯青说,这个药是我们医院自己研制的,叫羊胆丸。它是用羊苦胆制成的,当然苦,但是良药苦口利于病。这药能清肺,所以不管多苦,也要坚持吃下去。

听冯青这么说,病人们七嘴八舌议论起来。说要是早知道会是这个结果,当初干活时,说什么也要把口罩戴上。

还说,冯医生是从北京来的,医术水平肯定很高,有她给我们治疗,不用担心这个病治不好。所以,我们一定要听冯医生的话,她让我们做什么,我们就做什么。不管多苦的药,都要按时喝下去。

离开病房后,冯青拿着病历统计表来到安怀民的办公室。这一次她的运气不错,正好赶上他在办公室。

冯青打开病历统计表,让安怀民看。冯青说,尘肺非常凶险,它早期没有症状,会让人放松警惕,等发现的时候往往已经是中晚期了。最近,我们进行了大规模的体检,发现不少工人都得了程度不同的尘肺。尤其是风钻工,他们受害最严重。三号矿脉作业面的粉尘中游离石英含量高达百分之十五,形成极细微的漂浮颗粒,一般的口罩都挡不住。

安怀民说,那你说该怎么办?你是专家,我们听你的。

冯青说,口罩一定要戴,还要定制那种加厚的工业防尘口罩。

安怀民说,这些日子,在你的努力下,我看有不少工人都戴上了口罩。

冯青说,还要在作业面上加大水雾扑尘的力度。不能怕麻烦,靠着额尔齐斯河,咱们不缺水。

安怀民说,这样做会增大采矿成本,但不管成本有多大,只要有利于工人的健康,我们都要做。

冯青说,我给北京寄了相关的资料,我们医学院正在组织多个科室联合攻关,有望通过中西医结合的办法,解决这个世界性的难题。

安怀民说,那就太好了,我代表工人们谢谢你了。

冯青说,不过,目前这个时候,晚期的、严重的病人,要想痊愈还是很困难的。

安怀民说,搞生产建设和打仗一样,流血和牺牲总是难免的。每次下到矿井里,看到那些手持风钻的工人,总是让我不由得想到当年那些在战场上冲锋陷阵的士兵。

厂子里一台发电机发生故障,孙惠兰带人抢修。排除故障以后,已经是晚上十点多钟了。

孙惠兰走出电厂大门。虽然加班有些累,但故障排除了,她的心情还是很愉快的。

宿舍是一排俄式平房,并不高大但牢固结实。快走到房子跟前,看到宿舍的窗子没亮光透出来,她想张秋凤可能出去约会还没回来。

近来张秋凤与申工确定了关系,正在准备办婚事。他们的结婚报告已经交上去,只等批准下来,分到房子,就可以举行婚礼了。

孙惠兰走到房子门口,拿出钥匙,正要去开锁,才发现门上没有锁。门上的锁是明锁,有两把钥匙,她和张秋凤一人一把,谁先回来谁就打开锁进去。看来,张秋凤已经在屋里了,可为什么窗口没有灯光呢?再一推门,推不开,分明是从里边把门闩插上了。

正纳闷是怎么回事,听到里边传出动静。听不出是什么动静,孙惠兰就把耳朵贴上去听。这一听,就听出里边的动静是怎么回事了。

不要说没有亲身经历,有些事就一点也不知道。农村的房子就那么大,大人孩子睡在一个炕上。大人夜里做的事,孩子太小时不知道,可随着孩子一天天大起来,就算是不想知道,也会知道了。村子里的那些嫂子们,在河边洗衣服,完全不管孙惠兰姐妹俩在场,想说什么就说什么。而她们说的话,似乎全都是些男女间的事。所以,孙惠兰虽然没谈过恋爱,可对于男女之间的事,知道得并不比别的姑娘少。

所以,孙惠兰只听了一会儿,就听明白张秋凤在干什么。

只是听明白了是怎么回事,孙惠兰反倒不知该怎么办了。她站在门口,像傻了一样。

灯亮了,孙惠兰听到里边的门闩被拨开的声响。同时听到张秋凤说,孙惠兰快回来了,你快走吧!

其实到了这会儿,孙惠兰的脑子里还混乱着。对于眼前的情况,她既没有想到,也没有任何应对的经验。所以,直到门从里边拉开,张秋凤送申工往门外走,她还是直愣愣地站在门口。

看到孙惠兰,张秋凤和申工也很慌张。他们待了一会儿,申工就"嗖"的一下,像兔子一样窜进夜色中,不见了影子。张秋凤伸手把孙惠兰拉进屋子里,又探出头朝门外望了望,才迅速把门关上。

孙惠兰坐在床上,直勾勾地看着张秋凤,看得张秋凤心里发毛。她问孙惠兰,你咋了?看孙惠兰不吭声,张秋凤说,我和申工马上就领结婚证、马上就是夫妻了!

孙惠兰说,你就不怕被别人知道?

张秋凤说,我说不行,可申工非要……他太强壮,力气太大……我没有办法!

孙惠兰说,真没有想到,你会这么做。

张秋凤说,惠兰,这个事,你可千万不能对别人说。要是传出去了,我真的没脸活了。

孙惠兰说,我眼里可容不下沙子。

张秋凤一下子跪在了孙惠兰面前,说,我求你了!

一个月后，张秋凤结婚了。

孙惠兰送了一个洗脸盆和一条毛巾。

张秋凤拿着一大把水果糖往孙惠兰口袋里塞，同时，附在她耳朵旁低声说，谢谢你了，我的好妹妹。

张秋凤比孙惠兰大半岁。

张秋凤不知道，当时怒火中烧的孙惠兰，如果不是因为张秋凤跪下来求她，她真的打算到政治处检举他们干的丑事。从学生时代起，她就被教育要敢于和坏人坏事做斗争。

可看到张秋凤求她的样子，再想想张秋凤虽然干了错事，可还不能算是坏人。这么一想，孙惠兰就有了不再坚持原则的理由了。

不管怎么说，在可可托海，张秋凤算是她最好的朋友了。再说了，打小报告这样的事，她可从来没有干过，也不想干。看别人受罪倒霉，她从来不会开心。

一九五九年十月一日，中华人民共和国举行了新中国成立十周年的盛大庆典，赫鲁晓夫也登上了天安门城楼，与毛泽东主席站在一起，不断地挥动手中的礼帽，朝着欢呼的中国人致意。不过，这个时候他的心情并不是很愉快。因为得到那么多援助的中国共产党，居然对他提出了激烈的批评。

赫鲁晓夫回国后不久,苏联外交部就向中国递交了关于撤走在华专家、停止原定设备材料供应的照会。在中国核工业系统工作的二百多名苏联专家,一夜之间全部撤走了。

第五章　太阳下面什么事都会发生

孙惠兰想当一个电力专家,把跳舞的时间用来学习专业知识,并不等于她没有别的爱好。生长在东北的冰天雪地,让她在中学体育课上就学会了滑冰。滑冰带给她的愉悦,胜过别的文体活动。

可可托海的冬天很长,也很冷。额尔齐斯河到了冬天,会结一层很厚的冰,把冰上的积雪扫开,就变成了一个天然的大冰场。孙惠兰来到可可托海的第二个月,就把所有的工资拿出来,买了一双冰鞋。

冬天能在室外开展的体育活动不多,很多人就喜欢上了滑冰。只是冰场上都是男人,很少能见到女人。所以,围着红色围巾,青春靓丽的孙惠兰一出现,就像是雪野上开出的一朵红花,无法不被大家关注。

可可托海的女人少,就算是什么都不会,只凭着年轻,也会惹眼,更别说还会滑冰了。如果说只是会滑冰,也就罢了。问题是她不但会滑,还滑得比许多男人都好,不但速度快,姿态更是优美。什么叫身轻如燕,什么叫展翅欲飞,看看滑冰的孙惠兰就知道了。

冰场上,只要孙惠兰来了,许多正在滑冰的人就不滑了,全看孙惠兰滑。不但滑冰的人看,路过的人也会停下来看。

吴成朋是个南方人,对滑冰这项运动没什么兴趣。可这天他外出办事,路过河上的木桥,正好看到在冰面上滑冰的孙惠兰。

和孙惠兰有过交往,相互并不太了解,没想到这个姑娘滑冰滑得这么好。他就停下来,看了起来。

本来想看上一会儿,就去办别的事,结果站在那里看了好长一阵子。他边看边想,滑冰这个运动项目真好。这个姑娘滑起冰来,简直就像在跳芭蕾舞。

这以后,只要经过河边,吴成朋总是会看看滑冰的人群中,有没有那个叫孙惠兰的姑娘。如果有的话,他就会停下来看上一会儿。

知道自己滑冰时会有许多人看,这让孙惠兰不免有些紧张,生怕滑得不好了,让别人笑话。姑娘们都要面子,想让别人看到的都是自己好的方面。滑冰时,她会尽量让自己的姿势和动作更好看一些。

孙惠兰认真地滑冰,想让别人看到她的好,不是说她有什么更多的想法,想通过这种方式吸引异性的目光,只是她这个人不管做什么事,要么不做,要做就要比别人做得更好,不能让别人看不起。当然,年轻女性的潜意识,也会起到支配作用,只是她自己不知道罢了。

去食堂吃饭的路上,孙惠兰听到身后有人喊她的名字,就停下来,转过脸,看到了吴成朋。

孙惠兰以为吴成朋喊住她,是有什么事要说,没想到吴成朋说,你滑冰滑得真好!

孙惠兰说,东北冬天到处都是冰,许多人都会滑冰。

吴成朋问,滑冰是不是很难学呀?

孙惠兰说,只要不怕摔跤,就不难学。

吴成朋说,我也想学滑冰,你能教我吗?

孙惠兰说,可以呀!休息日,我都会去滑冰。

孙惠兰以为吴成朋只是说说,没想到休息日,到了冰场上不大一会儿,吴成朋就拎着一双冰鞋出现了。

因为孙惠兰滑得好,只要到了冰场,就会有好多人围过来,向她学习滑冰。孙惠兰也愿意当这个教练,耐心地把滑冰的要领告诉他们。

吴成朋虽然文化水平高，却没有运动天赋。他滑起冰来，比谁都笨。他不断摔倒的样子，惹得孙惠兰哈哈大笑。

被笑的吴成朋有点不好意思，可他并不生气，摔倒了爬起来继续滑。

安怀民坐在办公桌前，正在看着新到的文件。电话铃声响起，他拿起来一听，竟然是儿子的声音。

儿子说，爸爸，妈妈做好饭了，你快回来吃饭吧！

安怀民一听儿子的声音愣住了。不是儿子的话有什么毛病，而是儿子的声音出现在电话里，让他有些惊异。

不过，他马上就明白是怎么回事了。上午的时候，后勤主任给他说，下午会给他家安一部电话。

当书记后，他才知道家里有一部电话有多么重要。很多次发生紧急情况，工作人员半夜去敲他家的门，等到他穿上衣服赶到现场，还是去得有些晚了。许多时候，他不到场，别的人拍不了板，工作就会受到影响。所以，他给后勤主任说，一定要尽快给他家里安装一部电话。

只是他怎么也没有想到，电话装上后，第一个打来的电话，竟然是儿子喊他回去吃饭的电话。这让他不由得有些生气了。

他离开办公室，回家去吃饭。推开门走进去，两个孩子马上扑上来,说,爸爸,我们家安电话了。

妻子史云娟也说,有电话真是方便。你看,一打电话你就回来了,以后不用再吃凉饭剩菜了!

往常只要两个孩子扑过来,安怀民都会把他们揽在怀里,在他们脸上亲一下。可这一次,他没有理会,脸色阴沉地走过去,坐到凳子上。

史云娟注意到了安怀民的表情,问安怀民出了什么事。

安怀民说,你们听着,这个电话是我的工作电话,你们以后谁都不能碰。

史云娟说,打个电话算什么事,用得着这么凶吗?

安怀民说,你们要明白,这个电话不是给我安的,是给书记安的,是为了让同志们更方便、更快地找到书记,不要耽误生产工作。我不是你们的书记,是你们的家人,所以你们是没有权利用这部电话的。

两个孩子被安怀民的表情吓坏了,因为电话带来的兴奋一点也没有了。安怀民让两个孩子站到他跟前,向他保证,以后再不会去碰那部电话。

两个孩子点头说,爸爸,我们再也不会给你打电话了。

史云娟把饭菜端到桌子上,说,这算个啥事!行了,赶快吃饭吧,孩子们都饿了!

安怀民说,还有——你也一样。

史云娟说,谁稀罕给你打电话!

这一年冬天比往年来得早。刚过完国庆节,就下雪了。雪下得很大,厚度达到了一米多深,许多平房被大雪封住了门。为保证正常的生活与生产,全矿区用两天时间来清除道路上的积雪。

无论风雪来得多么猛烈,无论落下来的雪积得有多厚,三号矿脉露天开采场上,矿工们忙碌的身影一直没有消失过。风雪中的矿工们个个都如同穿了白色的衣服,嘴里呼出的热气在眉毛胡子上结成了霜。排气管突突地冒着黑烟,挖土机轰鸣着,往矿车里装载着矿石。寒冷让机器也有些受不了,好几辆运矿车在环山的雪坡路上走着走着,就趴下不动了。

安怀民有一个习惯,每天都要去三号矿脉看一看。一是这个矿就在可可托海镇里,离他的办公室也就是一公里多,来去方便。二是这个矿脉太重要了,陈志远不止一次对他说过,这个矿举世无双。可可托海之所以会被国家高度重视,很大程度上,就是因为这个矿的存在。

安怀民看到运输矿石的矿车数量明显减少,并且还有几辆在坡道上抛了锚,一股火气顿时冒上了心头。这样的生产状况,怎么可能保证矿石的产量呢?!他问工人,肖长峰呢?工人们往作业面一指,说在那儿干活呢!

矿长和工人一块儿干活,这种工作作风值得肯定。但作为矿长,干多少活不重要,重要的是,要能发现问题、解决问题。安怀民走到肖长峰跟前,指着盘山道上趴窝的车,问他是怎么回事。

肖长峰知道安怀民为什么一脸怒气。其实,这两天他没少给工人们发脾气。可有时候,光发脾气是没有用的。运矿的自卸矿车,一种是苏联制造的385型,一种是国产的解放牌。这两种车都有一个毛病,就是车厢的钢板太薄,经不起矿石的碰砸,用不了多长时间就要去检修。有毛病的车子太多,机修厂根本修不及。再加上这些日子天气太冷,润滑油凝固,车子也会突然熄火。三十五辆自卸车,到了这会儿,能正常工作的,只有八辆了。当然,还有一个原因,和车子没有关系,那就是开车的师傅们不少人得了浮肿病,只能躺在床上休息,不能再来上班,使得一些矿车因为缺少驾驶员也无法开动。

看到安怀民书记在批评肖长峰,干活的工人围了过来,替肖长峰说好话。说肖矿长连着好几天都没有回家,就睡在工地上的值班室里,为的就是能及时解决生产中出现的问题。

安怀民这才注意到肖长峰口鼻处的胡子乱成了一团,

眼睛里布满了因为睡眠严重不足而出现的红血丝。再看看四周的工人,也一个个因为营养不良而面容憔悴,安怀民突然觉得自己的鼻头有些发酸。

当矿领导这几年,对干部和工人他是了解的。他们也许讲不出什么大道理,可对筋骨里的力气、身体里的汗水,向来不会吝惜。眼下的困难,是他们凭自己的能力无法克服的。不然的话,他们是不会让产量受到影响的。都说矿石宝贵,可真正宝贵的是这些工人。没有他们,再贵重的矿石,也只能躺在地底下睡觉。

安怀民说,同志们,你们给我说实话,是不是好多天没有吃饱过了?

工人师傅说,我们知道,给我们的口粮标准是最高的了,就算是吃不饱,我们也没有什么怨言。

安怀民说,吃不饱,身上的力气就不够,这么重的体力活,还怎么能干得多、干得好呢?作为矿上的党委书记,我不能让你们这些一线的工人吃不饱肚子干活。这是我的失职呀,我向你们道歉!你们放心,我一定想办法再给你们增加口粮!

转过头,他又对肖长峰说,我命令你马上回家休息,不然的话,柳芭同志会找我算账的!休息好了以后,你写一个报告,急需要多少台带挖土机的运矿车,包括需要它们的迫切性和重要意义,都写清楚。我亲自去要,在新疆要不到,就到北京去要。

肖长峰不想马上回家休息,还想在工地上再忙一会儿。安怀民不由分说,拉着肖长峰就走,一直把肖长峰送到家门口。

不想,门敲开以后,肖长峰却被柳芭堵在了门外。柳芭一脸不高兴地说,你是不是觉得我的腰变粗了,脸上有皱纹了,不再稀罕我了。正好书记也在,我可不想和一个不爱我的男人一块儿过日子。要不,咱们把离婚手续办了,明天我就带着孩子回我的老家圣彼得堡。

肖长峰说,老婆子,真是因为矿上的生产太忙了!

柳芭说,以前生产也忙,可你没有不回家住呀?!

肖长峰说,现在不是特殊时期嘛,遇到的问题多,我这个矿长不在现场,解决不了!

说着,肖长峰把目光转向了安怀民。这个时候,安怀民的话会比他的话更有作用。

安怀民当然知道这个时候要说什么了。他对柳芭说,我做证,肖矿长这几天确实在矿上忙着。我担保,他对你的爱一点也没有改变。他这样连着几天不回家,是他的错,他必须向你道歉。

安怀民一脸严肃地让肖长峰向柳芭道歉。

肖长峰苦笑着说,柳芭同志,是我错了,请你原谅我。

柳芭说,光道歉有什么用!

说着,柳芭一转身进到屋子里,被她堵着的门开了。

安怀民推了肖长峰一把,说,你和柳芭同志的关系,不但是夫妻关系,还牵涉国际关系。你要是处理不好了,看我怎么收拾你。

一九六〇年初春,矿党委开了一次会。这个会除研究生产以外,还研究了吃的问题。

往年的粮食,不用问,到了日子,大卡车就会一辆辆开进来,卸下来的面粉,堆得像小山一样。谁都没有想到,有一天居然会为吃的事发起愁来。

运粮车没有按时出现,并没有人为此着急。粮库里多少都有些存粮,晚几天送到不会影响到什么。

等到三个月过去了,还没有看到运粮车的影子,管粮食的后勤干部才着急起来。

民以食为天。吃的事有多重要,安怀民当然知道。但他对眼前的情况并没有多想什么。

虽然这几年工作在矿业战线,对农业生产并不是太了解,但经常看报纸的他还是知道,农业生产年年都是大丰收。

所以，后勤主任着急了，他没有着急。他说，你去催一下，不可能没有粮食！一定是有什么别的原因，没有及时把粮食调拨给我们。

半个月后，派出去催粮的后勤主任空着手来到他的面前，一脸无奈地说，人家说了，不是忘了你们，而是粮库里真的没有粮食了。

听到这个话，安怀民这才意识到问题的严重性。

只要是没有成家的干部工人，一天三顿都要在公共食堂吃。食堂里每天的粮食用量，至少也在五百公斤。

这么大的用量，如果没有充裕的粮食供应，食堂很快就无法保证让工人吃饱了。

原本食堂供餐，是放开了让矿工吃。矿工们干的是体力活，不吃饱肚子，干活就没有力气。粮食出现短缺后，不得不实行了定量，发了饭票。每位矿工每天的口粮不能超过五百克。

就是这五百克，在过了一个月后，也不能保证了。每人每天的口粮下降到三百克。

三百克也就是三个小馒头，对于每天要干重体力活的矿工来说，显然是填不饱肚子的。

安怀民皱起了眉头。生产第一线的矿工，干着最重的活,任务能不能完成,全靠他们。他们吃不饱,直接影响到矿产量。矿产量不能保证,不管是出口,还是军工,都会受到影响。别的事可以受点影响,但这个事不能受影响,他立过军令状,代表全矿的人保证过。说啥也不能因为吃的问题,让矿产量降下来。

于是,矿党委开会,破天荒地研究起了吃饭的问题。

大家都不信,年年大丰收,怎么可能没粮食吃了?安怀民也不信。可到底是怎么回事,他也说不清。弄不明白的事,先放到一边,先解决眼下的问题。

大家很快就达成了一致意见:取消定量供应,实行配给制。矿山工人每天六个馒头,车间工人每天四个馒头,机关工作人员每天四碗糊糊。

粮食就那么多,要想让一部分人多吃一点,另一部分人就要少吃一点。谁也没有本事凭空变出一些粮食来。

正好这个时候,上级通知安怀民去北京开会。

一路上,安怀民没有想别的事,只想着要把粮食不够吃这个事搞明白。因为矿产量能不能上去,和粮食够不够吃有直接的关系。

北京是首都,没有什么大事在这里解决不了,也没有什么疑问在这里找不到答案。

大会上,听了一个重要的中央领导同志的讲话后,安怀民就明白了为什么可可托海会断粮。

原来呀,国家发生了自然灾害,还有就是要给苏联人还债。

这次来北京,冶金部的领导又找安怀民单独谈话。说给苏联还债,除了农产品以外,还有矿石。别的地方的矿石,苏联人不要,只要可可托海的。一斤矿石,可以顶一斤粮食。也就是说,可可托海多还一斤矿石,就可以为国家省下一斤粮食。这个时候,对于国人来说,一斤粮食有多么重要,就不用多说了。

部长告诉安怀民,中央想让可可托海多生产矿石,在保证军工生产的同时,还要承担更多还债的任务。

安怀民本来想诉诉苦,给可可托海要些粮食,但觉得这个时候说这个话,有讨价还价之嫌,让国家为难。所以,到了嘴边的话又咽了回去,只是坚决回答,我知道该怎么做了,可可托海不会让领导失望。

光自己明白了还不行,得让可可托海的人都知道才行。一回到可可托海,安怀民就召开大会。在大会上,安怀民说了粮食不够吃的原因。

本来吃不饱这个事,让大家不由得产生了一点怨言。

可听了安怀民的讲话后,所有的怨言都化为乌有,大家都明白了国家多么不容易。

粮食不够吃,生产任务还不能减,怎么办?安怀民召集干部们开会,商量应对的办法。

都说办法总比困难多,只要去想,就能想出办法。不过,这也是相对的,当困难大到了一定的程度,就是绞尽脑汁也一样想不出办法。

就说这粮食吧,能够想到的办法全都用上了。能找到粮食的地方全都去了,能求的人全都求了。能搞到的粮食全都搞到了,想多搞到一粒粮食都没有可能了。能吃不能吃的东西,就是那种黑色的麸子面、牲畜吃的苜蓿粉,尽管里边掺杂了杂草、沙土、羊毛等各种杂物,也都进了嘴里当了食物。各种农场办了起来,一万亩荒地已经播下了各种农作物的种子,各家各户开了自留地,喂起了鸡羊。但远水解不了近渴,离秋天还有半年多时间,这半年时间大家只能是勒紧裤带,过忍饥挨饿的日子了。

没有办法的办法,只有一个,那就是把它扔到脑后去,全力对付另一个必须面对的问题,就是矿山的生产量无论如何不能有一点的减少。安怀民一摆手,说,吃的事不管有多重要,现在还是不要说了。他这么说,不是他对吃的事不重视，而是他知道大家这会儿说这个事，不但解决不了问题，还会影响士气。其实，关于粮食的事，他已经有了自己的打算。

不说粮食的事，大家讨论起生产上的事。

局长陈志远说，昨天刚收到冶金局党委的通知，要求我们全力以赴完成稀有金属01号、02号和03号产品的生产任务。但根据这几天报上来的产量统计表来看，这个月的产量很有可能会完不成。

出口和军工需要的矿石主要产自三号矿脉，身为矿长的肖长峰一直肩负重任。不是矿工们不肯卖力、不肯吃苦，确实是因为吃不饱，使体力不支。矿工们干的是体力活，饿着肚子，想多干也没有力气干。

会开完了，别人都走了，他没有走，安怀民和局长陈志远也没有走。这几年他们养成了一个习惯，就算是主持人宣布了散会，他们三个还是要晚走一阵。一些在会上不太好说的，不方便让更多人听到的话，三人一起说一说、议一议。

往常主要是说生产，这会儿主要说吃的。安怀民说，吃的事我来解决。不敢说让大家能吃饱，但决不能把大家饿得趴下，没有力气干活。生产上的事，你们俩可要多费心了。完不成任务，就等于是在战场上打了败仗，是要按军法论处的。

陈志远说,已经取消了星期天,延长了工作时间,能想到的办法全想了。

肖长峰说,采矿这个环节,主要还是靠人拉肩扛。要想增加产量,还是需要更多的壮劳力。是不是考虑招收一批新工人?

陈志远说,现在这些工人都吃不饱,再招收新工人,吃饭的事就更难解决了。

安怀民说,我有一个想法,你们看行不行?

两人看着安怀民,等着他往下说。办法总比困难多,重要的是得有人把办法想出来。

安怀民说,集中兵力打歼灭战,是我们在解放战争中常用的战略战术。开矿生产是不是也可以组织大会战,动员所有的人参加矿石开采生产。

陈志远说,这个想法很大胆,可以考虑。

肖长峰说,三号矿脉是露天开采,具备多个作业面同时施工的条件。

安怀民说,你们制订一个大会战的计划,咱们再开会认真讨论一次。让我们一起努力,渡过这最困难阶段吧!

新疆虽然偏远,可也有其他省市比不上的条件,那就是地多人少，随便种一点什么就能填饱肚子。自古以来，各地有了饥荒，灾民就往西跑。只要跑到新疆，随便找个地方落下脚，只要肯干，就能过上不错的日子。

可可托海是山区，不产粮食，可出了山，就有大片的荒野，散布着一些村庄。这里的粮食也紧张，可毕竟自己种粮食，怎么也会有一点存货。

后勤主任先带了两辆大卡车跑了出去，转了十多天回来，只拉回了不到半车的玉米面。安怀民问主任怎么回事，说弄这么一点粮食回来顶什么用。主任说，都有困难，就这点玉米面，也是说了很多好话才弄上的。

安怀民知道这件事不太好办，他决定亲自带着主任再去找粮食。这次带的不是两辆大卡车，而是四辆大卡车。安怀民想好了，舍下脸皮，一定要把粮食弄回来。

安怀民的原则，就是找组织。他的办法，就是不管到了公社还是农场，不找别的干部，都直接找书记。

都是共产党的书记，都是为了一个共同的革命目标，只要见了面，说上一阵子话，就很容易找到共同语言。因为有保守国家机密的要求，安怀民不能把话说得那么直白，但可以让对方感觉出来这个矿的重要性。也就是说，这个时候给可可托海支援一点粮食，就有点像当年打仗时，后方支援前方一样。

所以只要到一个地方，把车停下来，先找到公社书记和农场书记。在听了安怀民的讲述后，他们多多少少都会给一点粮食。其中，三个兵团农场给得最多。

六天后，当四辆大卡车满载玉米面、麦子面和其他杂粮驶进可可托海时，闻讯而来的干部工人在路边夹道欢迎。陈志远和肖长峰等干部走上前，与从大卡车驾驶室里走出来的安怀民紧紧握手。为什么大伙儿会这么激动和高兴呢？因为有了这些粮食，这个冬天不管有多么寒冷，都可以熬过去了。

在最困难的日子里，火热的劳动场景，仍然在太阳下展开。歌里边颂扬的沸腾生活，如大河的波浪一样起伏涌动着。

大会战怎么搞，生产部门要拿出计划。连续多日，忙完了别的工作，陈志远就带着余明杰干这个事。光他们两个还不行，肖长峰也得参加。大会战主战场，就在三号矿脉。他是矿长，这个会战怎么搞，他的意见很重要。还有吴成朋也参加了，虽然他不懂生产技术，可他文笔好，所有的计划得用文字写出来。文笔好，写出的计划会更具体、准确，有感染力。四个人连着多日，吃过晚饭就凑到一起，喝掉好几包茶，抽掉好几条烟，才把大会战计划搞出来。

其间,安怀民来过几次,不是来做指示的,是来送烟送茶的。他告诉大家,不要太辛苦,到了十二点,一定要回家休息。有一次讨论计划,忘了时间,过了十二点,四个人还说个不停。安怀民从楼下路过,看到灯光,就走进来,心疼地批评他们。说他们的身体直接与矿上的生产相关,不爱护自己的身体,不光是对自己不负责任,也是对革命事业不负责任。

这是一九六一年的冬天,它似乎比过去的所有冬天都要冷。羽毛不够厚的鸟儿,飞着飞着就被冻僵了,从空中掉到地面上。病弱的野鹿和狼跑着跑着,就在寒流的袭击中,心脏停止了跳动。有人喝多了酒找不到回家的门,醉卧在雪窝里变成冰块。有人出门没戴帽子,被冻掉耳朵。这些事,见怪不怪,没有谁会把这些当成新闻到处说。

三月六日这天,可可托海矿务局保出口的大会战正式打响。

矿务局办公楼前的广场上,各单位参加会战的队伍从四面八方面走过来。

每个队伍具体的人数不一样,但都举着一面同样颜色的旗子,旗子上面写着参战单位的名称。

机关干部组成的突击队走过来。站在旗子旁边的是办公室主任吴成朋,他的肩膀上挎着一台照相机,苏联人离开时,留下了这台德国造的照相机。跟安怀民出去工作时,他总是会把它带在身上。安怀民要求每一间办公室都要锁上门。只要没有病倒在床上,都要去参加大会战。

医院组织的突击队走过来,冯青和柳芭的身影出现在其中。他们中一部分人的身上背着药箱,里面装着各种药品和急救器械。这么冷的天气,这么多人一起干活,难说会发生什么事情。有关救护的安排,从来都不是多余的。

家属们组成的突击队走过来,包括帕夏在内,几乎是清一色的年纪在三四十岁的女人。她们都是有丈夫和孩子的女人。她们本来在家给丈夫和孩子做饭缝洗衣服,但自从矿山的劳力紧张起来后,就走出家门,活跃在矿山的各个生产单位。她们经常和男人们一样干着繁重的活,却只能拿到很少一点报酬,可从来没有一点怨言,因为她们的男人总是对她们说,矿山也是我们的家。

学校组织的突击队走过来,包括史云娟在内的老师们,带着一群十岁到十七岁之间的少男少女们。不指望他们能干多少活,但让他们看到父母有多么辛劳,并能感受到生活多么不容易,这对他们的成长,是不可缺少的一课。

电厂组织的突击队走过来。走在最前边的是孙惠兰,因为她是旗手。别的部门可以停下工作去参加大会战,电厂的每一台发电机不但不能停下,还要在这个时候保证绝对不能出故障。孙惠兰是工程师,不用去参加大会战,只要继续坚守在岗位上就行了。但孙惠兰主动要求去参加大会战,这让厂领导有些意外,却很高兴。

还有机械厂、东风农场、汽车运输厂、基建队等单位的突击队也都举着旗子走过来。各个突击队的人集合在一起,办公楼前的广场上全都站满了人。

上百面红旗汇集在一起,在广场的上空飘动着,如同烧起了一片大火。

远处吹来一阵阵冷风,天空中飘着零星的雪花。站在红旗下参加会战的人们,全都因为热血沸腾,此时此刻已经感觉不到寒意。

安怀民站在一个临时搭起的台子上,像在战争年代进行战前动员一样,他竟然有了一种壮士出征的悲壮感。

安怀民说,同志们,这一战,我们必须打胜,我们一定能打胜!

大会战的主战场,就设在三号矿坑。其他四个矿作为分战场,也在同一时间开始了保出口大会战。

已经深到地下五十米左右的矿坑四周插满红旗,入口处扯起大横幅,上面写着"保出口,为国排难""多出矿石,为国家富强做贡献"等鼓舞人心的口号。大喇叭里不停地播放歌唱社会主义和总路线的革命歌曲。

一矿从各班组抽出二百名矿工,不是党员就是团员,要么就是先进工作者。他们不但思想品质好,身体素质也更好。由他们组成突击营,下设连、排、班,实行军事化管理。

会战一开始,这支队伍就格外引人注目。每天天不亮,他们就走出宿舍,背着两三个牛皮口袋,拿着镐头和铁锨,奔向采矿点。只要爆破矿点警报一解除,他们就涌向采矿面,只为了抢到好的工作面,以利于一天任务的完成。

离食堂不过千米左右,他们不会回食堂吃饭。口袋里装着馒头,饿了拿出来啃几口。天太冷,馒头冻硬了,就放到棉衣里边,捂得软一点再吃。新开的采矿面,因为雪厚路滑,汽车开不上来。爆破下来的矿石,只能靠人背到仓库去。牛皮口袋就是用来背矿石的,结实耐磨,不容易烂。一次一口袋,有上百公斤。一天至少要背四五次,每一次都上大坡,走盘山道。身体不壮实者,干不了一天,就撑不住了。但采矿营的人,每天都这么干,一直干了四十多天。他们干的活,可以说是矿上最累最苦的。只要看到他们背着矿石走过来,大家马上就会把道儿让开,让他们先走。

学校低年级的学生们太小,还干不了重活,就在老师的带领下,烧了热水,再放到保温桶里,摆到路边。看到背矿石的大人们走过来,就端上一杯,让他们喝。高年级的学生则加入运送矿石的队伍。大块的矿石拿不动,他们就抱着小块的,跟在大人后边,快步地走着。

这个时候的一矿,有三千多名矿工。除了开矿挖矿的,还有一千多人,主要干一件事,就是选矿。

矿石开挖下来后,会附带着一些废石料,这些往往占矿石的绝大部分。不把真正的矿石从中挑选出来,送到工厂里就无法冶炼。重要的是不符合出口标准,人家就不接受。所以自从中方接手矿山管理后,选矿就成了一个重要的生产任务。不经过选矿这个程序,矿石是不能成为有价值的产品的。

不过,相对来说,选矿体力劳动强度没有那么大,所以在挑选选矿工人时,对身体的要求就不会那么严。在选矿厂可以看到,大部分是些体质弱的男人和一些女工。说没有那么累只是相对的,在矿山生产中,选矿仍然是十分艰苦的工作。

选矿一开始在矿尾的露天矿场进行。一大堆矿石的四周,坐着一群男人和女人。他们手里拿着小锤子,敲打着手中的矿石,让多余的石渣掉落,再把矿石放进一个筐子里。

不管风吹日晒，不管刮风下雨，他们都不能停下手中的工作。可可托海这个地方，冬天又冷又长，坐在凛冽的寒风中选矿，常常冻得浑身打战，四肢僵硬。这个罪，可不是什么人都能受得了的。再后来，条件改善了，选矿的地方搭起了帐篷，相对来说没有那么苦了。可块块矿石分量都不轻，一天干下来，胳膊没有不酸痛的。手套更是不经磨，磨破了，来不及换，就会把手弄出道道裂口。是不是选矿工，一看手就知道了。

选矿时，常会看到一些透明的或半透明的单晶石。它明显与一般的绿柱石不同，属于真正的海蓝宝石，只要经过简单加工，就可以做宝石戒面。但似乎谁都没有对这种珍贵宝石在意，要么当废石扔了，要么就与一般的绿柱石混在一起运到了别处。

大会战开始后，一部分强壮的劳力集中到了三号矿脉。像余明杰、吴成朋这样的年轻人，也全都背上了牛皮口袋。而另一部分妇女和学生们，就来到选矿厂。

冯青也想干活，但领导不让她干。给她的任务是让她和几个医护人员，在会战工地负责巡护救助。这么多人在一起干活，干的活都有一定的危险性，谁也保不准会发生什么事。

没有那么多的铁锹用不要紧,就用手把一块块矿石捡起来,装进各种各样的运输工具里。

一块矿石太大了,吴成朋只能伸出胳膊去抱,没有抱住,矿石砸到了脚上,那只脚顿时青肿了起来。吴成朋抱着脚,一脸痛苦地坐在地上叫了几声。冯青带人过来看,砸伤的脚没有破,就抹了药,问他要不要回去休息。他向四周看了看,看到不少人都在看他。他一咬牙坚持站了起来,说自己还行。说着,背起一块矿石,一瘸一拐地往坡上走。矿石太重,上坡的路又有些陡,要把腰弯得很低才能慢慢走上去。

大卡车本来数量就有限,加上入冬以后,天气太冷,都发动不着。所以要把挖下来的矿石从矿坑下面,沿着螺旋形坑壁上建成的简易路运到选矿厂,指望不上它们,只能靠人海战术往上运送。

电厂的突击队分到了三十个牛皮口袋。孙惠兰没去选矿,非要和小伙子一块儿干,主动上前抢了一个。想到矿石会很重,但没有想到会这么重。背了几趟以后,孙惠兰浑身冒汗,她的棉衣棉裤都湿透了。她真想坐下来休息一会儿,可看看四周的人,眉毛头发全都因汗水蒸发而结了霜,却没有一个人停下歇息。孙惠兰为自己一时的想法感到有些不好意思。她咬了咬牙,把腰弯得更低,继续一步步地往前走。

　　天太冷，落到路上的雪不会化。几场雪以后，土路就变成了雪路。雪路上，车轮会打滑，但有一种运输工具很好用，那就是雪爬犁。后勤上的哈萨克族老师傅有这方面的经验。当他们赶着马拉的雪爬犁出现后，立刻引起了大家的效仿。雪爬犁拉的矿石多，速度还快，明显提高了生产效率。雪爬犁的制作工艺简单，可以用的材料到处都是。所以会战工地上，很快就出现了许多雪爬犁。

　　没有那么多马，就把牛和驴也用上了。把硕大的矿石一边一块搭放在驴背和牛背上，牵着它们往前走。只是它们的力气再大，也不能过度劳累。常看到有驴和牛走着走着就趴在了地上，无论怎么用鞭子抽，它们也不肯站起来。

　　马、牛和驴，到底数量有限。更多的人只能用牛皮口袋、用背篓、用抬筐装运矿石。学生们身子骨单薄，没有那么大力气，大块的矿石抱不动，就抱着小块的矿石，从矿坑下面往上走。小脸被冻得通红，却还有汗珠从头发里渗出来。不过有些孩子很聪明，他们拖来了平时用来滑雪玩的小爬犁，把矿石放到爬犁上拉着走。

　　不但孩子们这么干，就连大人们也觉得这是个好办法。不仅可以多拉运矿石，还可以节省下来不少力气。一年里有半年时间都是冬季,雪太厚了,有轮子的车行动起来反而不方便。倒是雪爬犁,在雪野上滑行自如轻快,是这里家家户户冬天离不开的运输工具。没想到用来拉运柴火、粮食和冬菜的雪爬犁,在生产大会战中派上了大用场。

进行会战动员后,安怀民也跟突击队进入矿坑。吴成朋劝过他,说他还要操更多的心,就不用亲自干挖矿的活了。但安怀民说,光是发号施令,不亲力亲为,许多工作是干不好的。

身先士卒,吃苦在前,永远与群众在一起,可以说是中国共产党能够赢得民心、夺取天下的重要法宝。安怀民给干部们开会,每次都提醒大家,让人民群众做到的,我们首先要做到。所有的人都要参加大会战,干部们要一马当先,他更不能例外。

安怀民从老师和学生们身边经过时,校长上前对他说,史云娟老师身体不太好,我想还是让她回学校值班去。安怀民说,可以让她少干点,但她一定要在工地上。她是大人了,知道怎么照顾好自己。你要多操心那些孩子们,一定要保证他们的安全。

安怀民说,她干多少不重要,只要她能出现在工地上,就是对我的工作最大的支持。不能让别人说,大家都来参加会战了,就书记的老婆搞特殊化没有来。

安怀民看到史云娟正和几个学生一起搬运一块矿石,他想过去对她说,不要太劳累了,但只是想了想,并没有走过去,只是心疼地多看了史云娟几眼。工地上很多女人都在埋头苦干,他不能因为自己是书记,就让自己的老婆特殊化。别的女人的丈夫当了官,可以跟着享清福,但史云娟作为书记的老婆,反而要比别的女人吃更多的苦。

晚上回到家,看到史云娟正在用热水给两个孩子洗脚。安怀民走过去,蹲下来,让史云娟坐到一边休息,他给两个孩子揉搓着小脚丫。他边洗边问两个孩子,搬运了多少矿石。两个孩子说,他们在班里的同学中,是搬运得最多的,老师因此表扬了他们。安怀民嘴上夸孩子们是好样的,心里却是说不出的心疼。因为他发现,孩子们的小脚上有很多冻裂的小口子。

史云娟说,孩子们干这些活太重了,是不是可以让他们回到学校上课?

安怀民说,是的,真的不该让孩子们干这些活。但大会战就是男女老少全民上阵。有这些孩子在工地上,大人们看到了他们,就会更加明白自己的责任有多大,就不好意思不拼命地干活了。四十天连续作战要坚持下来太不容易,孩子们会成为大人们最重要的力量来源。

安怀民给孩子们洗了脚,又把孩子们抱到床上。累了一天的孩子,刚一躺下就睡着了。

安怀民走到史云娟跟前说,你也烫个脚,解解乏吧!

史云娟洗脚时,安怀民也蹲下来,帮着她洗。史云娟吃惊地看着他。要知道,就算他们新婚时,他也没有这么对过她。

安怀民似乎知道史云娟在想什么,说,跟着我,让你受苦了。真的不想让你这么受累。可我是矿党委书记,我要求别人做的事,自己不能不首先做到。我对不起你,云娟。

史云娟伸出手,抚摸着安怀民的脸,说,你看你这张脸,瘦了,皱纹也多了。你这官当的,一点福没享上,累可受了不少。

安怀民说,以前的官,都是老爷,自然会有福享。可共产党的官,是为人民服务的,是要让人民享福的。想让别人享福,自己就得受苦。

史云娟说,你说的那些道理,我可能并不完全明白。但作为你的妻子,你放心好了,不管你干什么,我都会支持你。不管我受多少苦,我都觉得值得。

安怀民不再说什么,而是把洗了脚的史云娟抱到了床上。

巴克拜尔没有编入突击营,这并不意味着他会比那些强壮的汉子们轻松。

运送矿石的队伍一下子比平常增加了数倍。那么,对开采矿石的班组来说,他们必须开采足够多的矿石,以保证供应。

每天要在各路突击队进入采矿区前,进行至少三次的深孔硐室联合爆破。只有这样,才有可能让大会战取得预期的效果。

于是天不亮,巴克拜尔就带着班组成员来到矿坑里,在早已确定下来的位置,开始他们的爆破作业。

极寒的天气里,夜晚的温度会比白天更低。土石层被冻得比铁还要硬,要想开挖爆破用的硐室,就要破开冻土层。

直接用铁镐对付的结果,就是一镐下去一个白印,无法让它有半点破裂。好在因为长期与之搏斗而积累了经验,知道怎么来解决这道难题。

从家里出来时,每个人身上都背了一捆干柴,到了工地上,把干柴堆在一起点燃。

烧起大火,并不是为了给干活的人烤火取暖,而是为了让大地解冻。

大火猛烈地燃烧。二十分钟后,火焰渐渐地熄灭了。

一片白色的灰烬下面,冻土层被热气穿透,开始变得松软。

巴克拜尔一声令下,十几个工人齐挥铁镐铁锹上阵。半个小时后,一个五米深的方坑就挖成了。

冲击钻开始面向四壁打孔。九个约十米深的孔钻出来后,就被迅速填入了炸药。

这时,天空的东面有了微微的曙色,有点红有点黄还有点青蓝,多种颜色混在一起,看起来有一种特别的美。

三号矿脉的矿壁上,突击营和其他突击队等着运输矿石的人们,已经站了一排又一排。他们挡住了地平线上涌来的晨光。他们身体的影子被拉扯得无比巨大,投进了矿坑里,落在了巴克拜尔他们身上。

至少有十个班组和巴克拜尔班组干着同样的事情。所以,在太阳马上要升起时,就会从三号矿脉里传出十声巨响。它们就像是冲锋号角,站在坑壁四周的人们,在巨响过后,全都从不同的方向冲下了矿坑。于是,一场抢运矿石的大战随即打响。

吴成朋拿着照相机,多次站在矿脉坑壁高处,拍下大会战在不同时间段的场景。那一个个惊心动魄的壮观场面,即使很多年后去看,都会被感染、被震撼。

第一次爆破结束,巴克拜尔他们会抽一根烟,喝一口水,又开始为第二次爆破做准备。

大会战已经进行到第十天。每一天,安怀民都会在太阳升到了半空中以后,来到巴克拜尔的班组。

在这以前,安怀民会去大食堂,看一看为矿工们准备的饭菜能不能让他们吃饱。吃好已经不可能做到,但绝不能让他们饿着肚子干活,这是必需的。为此,他让后勤主任组织了一支冬捕队,去敲开额尔齐斯河的冰面捕鱼。虽然鱼肉的腥味让很多人受不了,吃多了也会恶心,但鱼肉丰富的蛋白质还是对体力的保持起到了明显的作用。如果没有河里的鱼,真不知道大会战能不能坚持到胜利的那一天。

去过了木桥旁边的大食堂,安怀民还会去两个选矿厂。简易厂房里四处透风,要尽量在各处烧起铁炉子。手冻僵了,会连矿石都拿不住,更别说是用锤子敲打掉矿石上的废料了。机械选矿技术小组正在紧张地工作着,预计到了明年这个时候,有一部分矿石就可以通过机器来选了。但目前需要的矿石量大,选矿厂不得不安排三班工人,每一个班工作八个小时后,再换另一班人继续干。大会战期间,选矿工人从原来的一千多人,增加到了三千多人。选矿厂厂房不够用,就随地搭起临时帐篷。天黑了,扯来电线接上灯泡。手冻僵了,烤一会儿火。冬天选矿,怕的就是冷。许多人就提一个小铁炉，烧上木块，放在脚边。二十四个小时内，任何时候，选矿点上铁锤与石头的撞击声响个不停。给每个人都规定了每天必须要完成的任务，一天至少要选出三百公斤的矿石才行。

安怀民往往会去多个地方，解决许多问题后，才来到采矿区。不是他觉得这里的工作不重要。恰恰相反，他之所以最后来到这里，正是打算把主要的时间和力气都用在这里。

他直接走到巴克拜尔跟前，拿过他手中的冲击钻。巴克拜尔说，这个钻太重了，给你换一个轻一点的吧！

安怀民说，你什么意思，小看我呀！我比你还要小几岁呢。你能行，我怎么就不能行了？！

巴克拜尔说，咱们的分工不同，这个不是你该干的活。

安怀民说，我当年可是扛过重机枪的枪手。那种叫马克沁的重机枪，威力大得很。一挺重机枪，可以挡得住一个营的小鬼子。

说着，安怀民端起了冲击钻，真的像端着一挺机枪朝着敌人扫射一样，对着一片岩石层突突地发起了攻击。

站在一边的巴克拜尔朝安怀民竖起了大拇指。

安怀民第一次下到矿井里，就让巴克拜尔当他的师傅，教他怎样使用电钻镐。他可不是摆摆样子的，而是像一个真正的学徒一样用心。所以几次过后，他使用电钻镐的姿势和动作，看上去已经和一个熟练的冲击钻手没有两样了。

大会战进行到第十一天，下起了大雪。大雪不是从早上开始下的，而是从前一天的夜里开始下的。它趁人们睡熟以后悄然地袭击了这座小镇。等大家醒来以后才发现，熟悉的道路和景物全都被大雪覆盖了。这样的大雪对可可托海人来说，其实并不算什么，每年冬天他们都会遭遇几回。只是过去遇上这样的大雪，矿山上的大部分人都会停下手中的工作，去户外清扫路面、屋顶和车辆上的积雪。不然的话，大雪就会让生产陷入半瘫痪的状态。但今天是大会战的日子，情况和过去有些不一样。地面上堆起了一层厚厚的积雪，天空中大朵的雪花仍然在飘飞。是待在家里等大雪停下来，或是走出门去扫雪，还是继续去参加大会战？很多人站在家门口不知该去做什么。

就在这个时候，人们看到安怀民走出了家门，站在办公楼前的广场上。很快，陈志远、肖长峰还有余明杰也走了过来，与安怀民站在一起。他们互相看了看，并没有说什么话。安怀民开始往前走，他朝着三号矿脉走去。另外三个人明白安怀民的意思，什么都没有问，就跟着他往三号矿脉走去。

从矿务局办公楼到三号矿脉有一公里多,其中有六百米要穿过办公区、生活区和居民区。当安怀民带着局领导穿过小镇那条主街道时,发生的事情就有点像滚雪球一样。人如同一片片雪花,被风卷动着,全朝着一个方向走去,准确地说是朝安怀民的身边走去。每个人都不犹豫,都知道这会儿该干什么了。他们带上了挖矿、运矿的各种工具,像一片片雪花落入走向大会战战场的队伍中。

安怀民走到通向大河南岸的大桥上,回过头一看,在飘飞的大雪中,黑压压的没有尽头的人流,正涌动在那条贯穿小镇的大道上。安怀民的心头不由得一热。他站到桥头上,对着人流大声地喊道,同志们,就是下刀子,我们的大会战也不能停下来!我们是伟大的工人阶级,胜利一定会属于我们!

人们跟着安怀民继续往前走。大皮靴还有毡筒踩在雪上,发出嘎吱嘎吱的声响。他们穿着皮大衣,戴着皮帽子,仍然挡不住呼啸的寒风吹到脸上、灌进脖子里。呼出的热气,在他们的眉毛胡子和发梢上结成了霜。他们的身上要么是背着牛皮口袋,要么是扛着铁镐和钢钎。有的人拖着雪爬犁,有的人牵着马、驴和牛。

没有人说话,好像这个时候,说什么话都不合适。是啊，很多时候，一百句动听的话语，都不如一个坚决的行动。在这样的暴风雪里，在这严酷的环境中，面对坚硬的岩石，不管什么话，都会显得软弱无力。只有沸腾的热血，钢铁的意志，强大的力量，才可以让这冰雪暴君屈服。人与自然相处，除了顺从，还要抗争，要想取胜，必须勇敢。

这样的暴风雪，在四十天的会战中，至少出现过四次。有了第一次的经历后，剩下的三次，要怎么做，大家不会再犹豫。只要天一亮，不管外边的风雪有多大，人们都会毅然决然地走出家门，走向大会战的主战场，在三号矿脉与风雪搏斗。

保出口大会战整整进行了四十天。每天晚上，安怀民都会去办公室。他要求生产科必须在十点钟以前，把每天的矿石生产量统计出来。大会战以来，每一天的产量都是以往十天产量的总和。按照这个数字推下去，那么四十天以后，会是个什么数字，就不难想到了。

可以说，大会战将在一定程度上改变因为粮食不够吃造成的生产被动局面。

安怀民与北京冶金部的领导通电话，让他转告党中央，交给可可托海的任务，无论是出口的，还是军工的，可可托海保证完成。

四十天的会战结束了，矿石的产量上去了，但粮库里的粮食却一直没有得到补充。作为党委书记的安怀民，还要为吃饭的事操心。

安怀民来到粮库，亲自察看粮食存量。后勤主任说，目前的粮食库存顶多还能坚持一个月。

安怀民说，给生产第一线的工人每天再增加一个馒头的口粮。

主任说，这样一来，怕是不到一个月就会一斤存粮都没有了。

安怀民说，从机关干部和后勤人员的口粮中，每天再扣下来一百克。

主任说，他们的口粮已经比工人少了。

安怀民说，他们再少一点，顶多会饿得难受些，可工人们吃不饱，生产就会受影响。这也是不得已的办法。

安怀民回到办公室，不停地往各地拨电话。所有的电话说的都是同一个内容，那就是请你们想办法支持我们一点粮食吧。而所有的回答基本上都一样，我们很想帮助你们，可是我们自己也揭不开锅了。

放下电话，安怀民喊来吴成朋，让他起草一份关于如何渡过目前困难阶段的文件。文件主要精神是要求各个单位,在不违背国家相关政策的前提下,积极主动地想办法解决口粮不足的困难。

文件下发的第二天,就有各个单位派人去额尔齐斯河里捕鱼,还有许多狩猎小组骑马进入深山,捕猎可以吃的各种飞禽走兽。

有人来问安怀民,是否允许各家各户开春后在房前屋后的空地上种植蔬菜。因为一切公社化了以后,不准个人再拥有自留地,认为集体化可以满足社员的所有需求,自留地没有必要存在。谁都没有想到,短短几年后,就遇上了饥荒。这个时候,如果每家都有一块自留地,怕是日子会好过许多。

让不让个人在家门口种一点东西,许多年以后看,是一件很小的、不值得一提的事情。但这个时候,它让安怀民一夜没合眼。

这一天,太阳照常升起,看起来和昨天没有什么两样。但安怀民终于做出了一个决定:除了集体办的农场外,允许各家各户在房前屋后开荒种地,种出的菜和粮食归种植者个人所有。

身边的干部提醒安怀民,这是政策不允许的,连农村都不让种了。但安怀民说,现在是特殊时期,农村不让种,不等于矿山就不能种。如果有人追究这个事,你们就往我身上推。我愿意负所有的责任。

这些日子,食堂成了安怀民最在意的地方。只要路过,他总会走进去看看是不是还有米面下锅,同时还要检查一下,党委制定的保证一线工人口粮的规定是不是落实到位了。

刚走到食堂门口,他看到三个男孩子一人手里捧着一个白面馒头,兴冲冲地从里边走出来。

一看其中一个男孩子正是自己的儿子,安怀民喊住他。一看是安怀民,另外两个孩子捧着馒头跑开了。儿子愣愣地看着安怀民那张严肃的脸。

安怀民问儿子,哪来的馒头?

儿子说,叔叔给的。

安怀民说,不是给你说过,谁给你东西都不能要吗?

儿子说,爸爸,我知道不该要,可我太饿了。

安怀民说,再饿,也不能要!

安怀民拿起儿子手中的馒头,走进食堂。

大师傅们一看书记黑着脸进来了,手里还拿着一个馒头,不明白发生了什么事,都不解地看着他。

安怀民说,是谁把这个馒头给我儿子的?

一个大师傅站了出来,说,书记,是我给的。

安怀民说,这么说,你认识我的儿子?

大师傅说,书记的儿子,我们都认识。

安怀民说,知道是我儿子,就更不应该给!

大师傅说,没有光给你儿子,还有两个孩子也给了。他们真的饿得不行了!

安怀民说,如果其中没有我儿子,你会给吗?

大师傅一听这话,不吭声了。

安怀民说,我说过,馒头要给一线的工人吃。你让我儿子捧着馒头到处走,别人会怎么看怎么想!

大师傅说,书记,我错了。

安怀民说,记住,再有下一次,你就离开食堂……

人活着,永远都不可能一切如意,不是遇到这样的困难,就是遇到那样的困难。比如说,眼前大家遇到的困难,就是吃不饱。

在知道了为什么吃不饱的原因后,大家的革命斗志和生活的热情,不但没有被削弱和减少,反而变得更加高涨。

苦不苦,想想红军长征二万五;累不累,想想革命老前辈。别说这只是一句口号,实际上它对坚定大家的意志起了很大作用。

孙惠兰去局机关办事，在办公楼门前多站了一会儿。空地上立着一块很大的板报宣传栏，上边有歌颂社会主义建设的最新文章，也介绍了矿上的先进模范人物。

孙惠兰本来只是随便扫了一眼，没有打算停下来看，但没有想到一下子就看到张秋凤的名字。看到这个名字，她不能不多看一会儿。

张秋凤结婚以后，就搬出了宿舍。两个人不在一个生产单位工作，所以很长时间也见不了一面。

怎么也没有想到，张秋凤的名字不但上了矿宣传栏，还配了许多文字来介绍她的先进事迹。说她如何在工作上认真负责，经常加班加点，化验各个矿送来的矿石，准确率达到了百分之九十五以上。还说她肯钻研肯学习，不断提高专业技能，化验水平达到了相当高的水平。

这无法不让孙惠兰大吃一惊。如果不是配有张秋凤的照片，她一定会以为这里说的张秋凤是另外一个人。

再一想，有半年多没有见到张秋凤了，莫非是她在半年中完全变成另外一个人了？这让她不由得好奇起来，一时间很想见到张秋凤，弄清楚是怎么回事。

说来真巧。第二天，孙惠兰下班后，打算去商店买一块肥皂，结果就在商店门口遇到了张秋凤。

张秋凤看上去比原来胖了一点，脸上也更圆润了，比起当姑娘时,分明更精神了一些。

看到孙惠兰,张秋凤也很兴奋,非要拉着孙惠兰去她家里吃晚饭,说申工上夜班,正好不在家,她们姐妹俩可以好好说说心里话。

如果没有看到宣传栏上的文章,张秋凤拉孙惠兰去她家,孙惠兰可能不会去。因为她觉得自己和已婚的张秋凤没有多少共同话题。但看了宣传栏里写她的文章,好奇心让她无法拒绝张秋凤的邀请。她只是客气了几句,就跟着张秋凤去了她家。

张秋凤家的房子不大,但却是楼房,有卫生间。

一进房子,张秋凤就问她要不要上卫生间,告诉她卫生间在哪儿。

两个人住在一起时,天天为上厕所的事发愁,说什么时候住的房子里有卫生间就好了。

本来不想上卫生间,张秋凤这么一说,孙惠兰就想上了。

进了卫生间,孙惠兰想,张秋凤现在再不用为上卫生间的事发愁了。可自己不行,床下面还是放着一个夜壶,半夜里实在憋急了,还是得用它。

出了卫生间,张秋凤问她想吃什么。

孙惠兰说,吃什么都行。

也是的,她可不是为了吃才来张秋凤家的。

张秋凤说,我给你做一顿新疆饭吧!揪片子,刚学会的。

孙惠兰说,可以呀,连做饭都学会了。

张秋凤说,不学不行呀,天天要吃饭。

张秋凤在厨房里忙活,孙惠兰就站在她身边和她说话。

孙惠兰说,我在宣传栏里看到介绍你的文章了。

张秋凤说,我也没干啥。

孙惠兰说,还说没干啥,快成英雄了。

张秋凤说,过去工作没有太用心,想想不好意思,现在就想多干点。

孙惠兰说,你咋变化这么大?

张秋凤说,人家是浪子回头,我是浪女回头。

孙惠兰说,你咋想的?

张秋凤说,把个人最大的事解决了,有了更多的时间,可以好好干公家的事了。

孙惠兰说,你不会说,是结婚让你发生了改变,变得比以前好了吧?

张秋凤说,你别说,还真是这样。

孙惠兰说,我不信。

张秋凤说,我知道你不会信。有些事,不亲身经历,是没法信的。我要说,早恋早婚其实也有它的好处,你肯定不会接受。

张秋凤边说,边把手中的面条揪成一片片,扔到沸腾的汤里。

汤里放了西红柿和黄瓜片,有红有绿,很好看。

汤饭做好了,张秋凤盛了一大碗,放到孙惠兰面前,又拿起一瓶子醋,往孙惠兰碗里倒。

孙惠兰说,我吃醋不行,少倒点。

张秋凤说,醋越多越好吃。说着,往自己碗里倒了许多。

孙惠兰说,我记得你好像也不怎么吃醋呀。

张秋凤不好意思地笑了起来,说,告诉你一个秘密吧——还有六个月,我就当妈妈了!

孙惠兰赶紧往张秋凤身上看,似乎看不出什么。

看孙惠兰盯着自己看,知道她在想什么,张秋凤说,要再过一些日子才能看出来。

孙惠兰说,是不是很难受呀?

张秋凤说,就是想吃酸东西,别的方面,没有啥感觉。

孙惠兰说,这么说,明年这个时候,你怀里就会抱着一个孩子了。

张秋凤说,当然呀!惠兰,有一句话,我想告诉你。其实早一点恋爱,早一点结婚,早一点生孩子,并不一定会耽误事业。真的,女人该结婚时一定要结婚。到了季节,花儿要开,就一定要让它开。不让它开,到了秋天就结不出果实,或者说,结不出丰硕的果实。

这个话,要是以前听张秋凤说,孙惠兰只会淡淡一笑,不以为然。可这会儿听张秋凤这样一说,她不能不想一想了。

孩子的事就不说了,就说吃喝拉撒吧。都是一样的女人,为什么张秋凤想吃什么,就可以在家里做什么吃,而她只能去食堂吃大锅菜?而那恼人的三急,也会因为家里有卫生间,不再把自己弄得狼狈不堪了。说到底,不就是因为张秋凤结了婚,有了自己的家,而她还是单身,只能过这样将就的日子。

莫非自己定的规矩,原来就是个错误。她头一回开始对自己产生了怀疑。而这个怀疑,竟然是她一向有些看不起的女人张秋凤带给她的。

离开时,张秋凤再次向孙惠兰表示感谢,说当初要是孙惠兰坚持原则去举报她,那她今天会是什么样子,只有天知道了。

孙惠兰说,其实你是个好女人。

第六章　再坚硬的冰块也会融化

为了保证生产任务按时完成,每个班都必须完成规定的工作量。完不成任务,带班的班长就要受批评。巴克拜尔从来没有感觉到这个班长会这么难当。手下的工人们都是自己多年的兄弟,干起活来没有一个偷奸耍滑的。下达给班组的任务,班组长会落实到每个人头上。连着两天,班组里一半的人都没有完成任务,让他这个从来没有发过脾气的人也拉下了脸,说出了从来没有说过的难听话。

被骂的工友们倒没有强词夺理,而是很理解地对他说,我们知道完不成任务让你着急。我们也不是不想完成任务,实在是好多天没有吃饱过,没有力气再像以前那样干活了,你也就体谅一下兄弟们吧!

听了这个话,巴克拜尔再也说不出什么话了。这个哈萨克族壮汉,靠着多年牛羊肉吃出来的体质,一直奋战在生产第一线,并且每天都是超额完成生产任务。他知道,手下的兄弟们不是不想完成任务,而是他们心有余而力不足。挖矿是个重体力活,每天的消耗都很大,不能及时补充体力,他们的身体是很容易垮下来的。

第二天中午,又到了吃饭时间,采矿作业区的工人们聚到一起准备吃饭。一堆篝火上架着一个铁桶,桶里煮的是土豆白菜汤。每人发了一个玉米面和苜蓿粉混蒸出来的窝窝头。

一个工人对巴克拜尔说,我已经有一个月没有吃到肉了,都快忘记肉的味道是什么样的了。

听这个工人一说,其他工人也马上跟着附和,说老是吃这些杂粮,虽然肚子撑大了,但身上还是没有劲。

巴克拜尔说,这么说,如果这会儿你们能吃上肉,是不是马上就干劲十足了?

工人纷纷表示,只要这会儿巴克拜尔能让他们吃上肉,他们保证会像牛马一样干活。

巴克拜尔说,你们可要说话算数!等着,我马上就让你们吃上肉。

巴克拜尔说完,骑上自行车离开了。

看着巴克拜尔的背影,工人们不相信他能马上让他们吃上肉,可又盼望着他能说话算数。大家打起了赌,多数人认为巴克拜尔弄不来肉,只有几个人认为巴克拜尔可以弄来肉。根据是巴克拜尔这个人从来不吹牛,只要说出来的话,一定都会做到。

虽然是打赌,可赌巴克拜尔弄不来肉的人,却都希望自己输。真的能吃上肉,就算是输了,也会很高兴。

三号矿坑离家属区不远,大约半个小时后,巴克拜尔就骑着自行车回来了。与离开的时候不同,自行车后架上绑了一个铁桶。

自行车停在大家面前,所有人的目光都落在了车后架的铁桶上。难道说这个铁桶里装的不是别的东西,真的会是肉?

巴克拜尔从投来的目光里,看到了大家内心的想法。他拍了拍铁桶,对大家说,刚炖好的羊肉,一人一块。我希望大家吃了这块肉,让我不要再挨肖矿长的骂了。

一听真的是肉,大家眼睛里放出了光,像一群饿了多日的狼,全围到了巴克拜尔身边,盯住盖着盖子的铁桶。

就算到了这个时候,还是有不少人的目光里充满怀疑,觉得巴克拜尔是在逗他们玩,在开玩笑。

巴克拜尔没有急于马上揭开盖子,而是问了大家一句,我提的要求,大家能不能做到?

大家齐声说,能!

巴克拜尔这才把铁桶的盖子揭开,大家看到一块块散发着香味的热气腾腾的羊肉。

原来,知道了这些日子产量下降的原因,是和吃的东西有关,巴克拜尔就想着怎样能解决这个问题。搞粮食的本事他是没有的,但作为一个曾游牧为生的哈萨克族人,弄一只羊要比弄袋粮食容易得多。

巴克拜尔娶的老婆帕夏就是个牧羊姑娘。成了矿工家属后,她除了做家务以外,还在屋后的草地上养了一头牛和几只羊。想多养,可有政策,不让多养。让他家养牲畜,也是照顾他们是哈萨克族,天天要喝奶茶,离不开牛和羊。

说到这个事,还是要感谢安怀民。相关部门根据上面的文件,曾做出一个决定,要求所有的矿工家不能有菜地和牛羊。这个决定拿到了安怀民跟前,让他批示。

他想了许久,最终以这里是民族地区,政策上可以区别对待为理由,没有让这个决定在可可托海实施。也正是他的这种做法,使得巴克拜尔和许多人家一直有自留地和牛羊,可以适当地解决粮食不足带来的困难。

巴克拜尔决定杀一只羊,让班组的兄弟恢复一下气力,以完成生产任务。但他的老婆不同意。三个孩子,大的十六了,小的也十岁了。孩子们正是长身体的时候。这些日子，口粮不够吃，全靠牛羊的奶汁补充。少了一只羊，就等于少了一份奶。更重要的是如果让巴克拜尔杀了一只，他就有可能杀第二只。因为他说了，如果用家里的羊换来矿产量的增加，那是值得的。这样杀下去，用不了多久，家里就会一只牛羊都没有了。

不过，老婆再反对也没有用。巴克拜尔在工人中是个性格随和的师傅，从来不与谁脸红争吵，但在家里却是个说一不二的大男人。老婆可以提出自己的意见，但只要他决定下来的事情，不管对错，老婆最终还是要听他的。所以这天早上出门时，他就安排好了让帕夏煮肉的事。所以到了中午他才敢对工友们说，他马上就可以让大家吃上肉。

一只羊宰了，没有全煮上，还留了一半。往桶里装肉时，是数着装的。一个人一块，不能少，也不能多。不是巴克拜尔抠门，不想让工人吃个够，而是大家好久没吃肉了，一次不能吃得太多，吃多了会把肚子吃坏。本来是要增加气力的，一拉肚子，就更没劲了。

巴克拜尔还有一个想法，一次吃一块，一只羊就可以吃四五次。如果每一次的附加条件都可以兑现，就有利于矿产量的提高。

事实证明，巴克拜尔的这个想法是有道理的。吃过羊肉的工人们，干起活来果然有了力气，产量一下子就上去许多。这一只羊,让巴克拜尔所在的班组,连续一个多月,没有再出现过完不成任务的事情。

当然,巴克拜尔也受到了表扬。肖长峰问他是怎么把产量弄上去的,巴克拜尔没有说产量和羊肉有关,只是说大家都不愿意当落后分子。

从一九六一年到一九六三年,巴克拜尔带领的班组,因为总是能出色地完成上级交给的生产任务,被连续评为红旗班组,他本人也两度被评为劳动模范。工人们亲切地称他为大哥班长。只是没有几个人知道,他家的一头牛和五只羊,在这三年间全都变成他所在班组工人腹中的食物。他的老婆因此对他有意见,说他把别人看得比老婆孩子还要重。

安怀民这个书记,在这段日子成了粮食采购员。他把矿上能调集的资金全都带上,和后勤上的干部到处采购粮食。

听说东天山的几个县是产粮区,他就把工作重点放在了那里。木垒、奇台、吉木萨尔不但离可可托海近,还有大片旱田,古时候就被称为粮仓。这里人少地多,土地还肥沃。随便一片山坡上,春天把种子一播,不用再管,到了夏末秋初,就可以看到翻滚的金色麦浪。人民公社成立了,实行了统购统销,打下的粮食要求上交。但农户人祖辈的习惯,还是会悄悄留下一些,以备有了什么灾祸,可以靠它度日。

光有粮还不行,还得有钱。农民的钱,只能用粮食换。所以,只要肯出钱,还是可以从农民家收到一些粮食。

这种方式收粮,得悄悄地干,不能让当地干部知道了。

安怀民他们经常是半夜开车进到村子里,以问路投宿为借口,进到农民家。取得农民的信任后,才能买到一点粮食。

到乌鲁木齐,不管是开会还是学习,在他心里,想要干的事只有一个,那就是搞粮食。知道哪位首长是管粮食的,就算不认识,也要往跟前凑,与人家套近乎。

首长说没有粮食了,他不信,继续缠着首长要粮食。首长没有办法了,亲自带着他去粮库。看到粮库里到处是饿得乱窜的老鼠,他才相信不是首长不给他粮食,而是真的没有粮食。

不过,安怀民让吴成朋写的报告起到了作用,在它被送到冶金部以后,冶金部很快就把它转到国务院。最后,这份文件放到了周恩来总理的面前。

按说,一个小镇一座矿山的吃饭问题,是没有理由惊动一国总理的,但可可托海确实是个特殊的小镇和矿山。中央决定596原子弹工程要快马加鞭,可可托海的生产就不能有半点耽搁。挖矿是个重体力活,不吃饱肚子是不行的。

十天之后,三十辆军车驶进可可托海,车里装的全是粮食。押送粮食的军队干部对安怀民说,这是第一批,还有第二批和第三批。首长让我告诉矿上的干部工人们,我们军队保证大家不会饿着肚子干活。

看到运送粮食的军车驶过来,路边的人停下来,朝着军车行注目礼。还有人直接高喊了起来,有粮食了,再也不会饿肚子了!共产党万岁!解放军万岁!

自此以后,可可托海不再被粮食问题困扰了。

陈志远去给安怀民汇报工作,身边带着余明杰。

陈志远讲了几句后,就咳嗽了起来。余明杰给他倒了一杯水。

安怀民问陈志远是不是感冒了,陈志远说不知怎么回事,最近胸口老是憋得慌。

安怀民让他抽时间去医院看看,说北京来的冯医生别看年纪很轻,但水平很高。

余明杰说,我好几次要带陈局长去医院,他总说工作太忙,不肯去。

安怀民说,你这个助理,不但要在工作上替陈局长分担,还要在生活上照顾他。

余明杰说,陈局长的年纪比我的父亲还要大一点,我既把他当老师,也把他当长辈。

陈志远说,小余是个各方面都很优秀的年轻人,业务上提高得很快,许多技术上的难题都是他解决的。

余明杰说,是陈局长带得好,才让我进步这么快。

陈志远说,你把新建的两个选矿厂的情况给安书记汇报一下。

余明杰说,安书记,选矿厂设备调试已经完成,达到了目前国内最高的技术指标,现在需要培养一批能够熟练操作的技术工人。

安怀民说,可以接收一批部队上的复员军人。

余明杰说,最好能有一点文化知识,稍加培训就可以上岗了。

说实话,初来可可托海,发现这个地方不但小,还远离首都,远离政治文化中心,余明杰对自己的选择产生了怀疑,担心所学的专业用不上,人生的理想难以实现。但跟着陈志远工作了一段时间后,他的想法就改变了。如果说有什么工作,可以和国家的荣辱兴衰发生如此密切的联系,那么自己在可可托海所做的事情可谓当之无愧。

亲朋好友和同学写信来,总是问他有没有后悔,对此他的回答总是一句话:你们总有一天会为我骄傲的!

说到不后悔,有一点不能不说,那就是认识了冯青。和冯青认识,有些偶然。如果不是可可托海,他们这一辈子都不可能认识。是可可托海,让他们在明园招待所相遇,有坐同一辆卡车的机会。到了可可托海后,一个在医院,一个在机关,不在一个部门,但在一个矿上。说不上在什么时候、什么地方就遇上了。遇上了,没有什么急事,就会多说几句话。说话的次数多了,关系就近了。机关俱乐部经常放电影。以前有了电影票,余明杰就自己去看。和冯青说了几次话后,拿到了电影票,就想到了冯青。再遇到冯青,就问她喜不喜欢看电影。冯青说,喜欢。余明杰说,下次有票了,我给你送去。有新电影放映,余明杰赶紧去俱乐部买票。以前买一张,现在买两张,然后到医院把其中一张给冯青。

看电影时,座位挨着,不一起进去,也会坐在一起看电影。看的时候,也会说话,不会说太多。电影看完了,两人一起走出俱乐部。可可托海夏天的夜晚,凉爽如水,让人十分惬意。两个人都无睡意,就会一起走一段路,边走边说话。开始围绕电影说得多一些,再后来,除了说电影,还会说别的话题。年纪差不多,都受过高等教育,对许多事物的看法也都差不多,不管说起什么来,都有共同语言。集体生活,让人互相认识很容易,只是能说到一起的,却并不会有几个。走到医院门前,冯青到了,可两个人的话还没有说完。冯青就说,外面凉快,不想那么早睡。于是两个人就会再往前走,一直走到河边,站到河边,看着河水在月光下流淌。

这样的来往,次数多了,余明杰就有了另外的想法。冯青的样子,还有她的性格、她的职业,都让余明杰觉得,这么优秀的姑娘,不是想遇到就可以遇到的。再和冯青聊天时,他就拐弯抹角地打听她是不是有对象了。他问冯青到新疆来工作,家里人愿意不愿意。

冯青说,我父母对我的工作,向来都是无条件支持。余明杰问,那就是再没有别的人管你了?

冯青说,我是一只自由鸟。

一听是只自由鸟,余明杰就明白了。一向不失眠的他,竟然也在夜里睡不着了。他拿自己的条件和冯青比,比来比去,觉得自己比起冯青,也并没有差多少。不管怎么说,清华的毕业生,又当过学生会干部,不管是在专业上,还是在能力上,他向来都不缺自信。长相上,虽然说不上有多英俊,但也五官端正。

没有谈过恋爱,不是没有机会谈,而是对自己要求严,一直没有谈。从一进学校,就被教育,要把心思用在学习上。他是个好学生,有女生向他示好,他也视而不见。现在想谈了,怎么谈,他却没有经验。不过,这难不住他。聪明人,做什么事都会做得很好。到了这个年龄,不管是什么问题,还真没有哪个能把他难住的。

余明杰连着几天没有睡好,想这个问题。想到最后,他决定不让别人从中牵线,他要自己表达这份感情。他想到了写信,这个方式,有文化的人喜欢用。不过,他想了想,又决定不用。写信,得有文采。他作文不行,写不好了,反而会让别人小看。

不要中间人介绍,也不写信试探,只能是直接说了。怎么说,也想好了。当然不会直接说,冯青,我喜欢你,嫁给我吧!这个话是要说,但要在有把握的时候再说出来,不能轻易说。

再一次去看电影。散场后,还是没有马上回宿舍。两人边说话,边往河边走,走到河边,看到同样的夜色。冯青说,真美。

余明杰说,你想到了什么?

冯青说,生活是多么美好。你呢?

余明杰说,我想到了爱情。

冯青笑了起来,说,你可真浪漫。

余明杰说,我们这个年纪,想到爱情很正常。

冯青说,是很正常。

余明杰说,这么说,你也想到了。

冯青说,本来没有想,不过你这么一说,我也就想到了。

余明杰说,能告诉我,你是怎么想的吗?

冯青说,这可不好说。

余明杰说,有什么不好说的,怎么想就怎么说嘛。

冯青说,你真的想知道我是怎么想的吗?

余明杰说,当然。

冯青说,我想等回到北京,再考虑个人的事。

听到冯青这句话,余明杰愣住了,一下子不知道该说什么好了。什么都想到了,就是这一点没有想到。以为她在可可托海工作,就是可可托海人了,忘了她和自己有一个很大的不同,那就是她的户口和工作关系都在北京。也就是说,现在他们两个人,虽然都站在额尔齐斯河边,欣赏着美好的夜色,但身份却不同。一个是新疆人,一个是北京人。

意识到了这一点,想好的话就无法再说出来了。冯青想到了爱情,但却没想到可可托海和他。也就是说,这些日子两个人一块儿看电影,一块儿散步聊天,只是自己对她产生了爱意,而冯青对他并没有多想什么。

爱情是两个人的事,只有你有情我有意,才可能让这颗种子发芽开花。冯青既然打算回到北京再考虑个人问题,也就是说,她不会在可可托海和谁谈对象。

意识到了这一点,余明杰心里无法不失落,可又庆幸自己没有冒冒失失地说出喜欢她的话。没有谈过恋爱的他,不想初次求爱就遭到拒绝,更不想因此失去冯青这样一个好朋友。

冯青说了自己在爱情方面的想法,以为余明杰会接着说出他的打算。等了好一阵子,也不见余明杰说话,不知他为什么会这样。她问余明杰在想什么,让他说说对爱情的看法。

想好的话不能说了,只能临时去想一些可以说的话。余明杰说,爱情其实就是缘分,这一辈子谁和谁能生活在一起,谁也不可能预先就知道的。

冯青说,你说得太好了,我也是这么想的,所以平常就很少想这个事,顺其自然等着缘分到来就行了。

看来,冯青也相信缘分,只是她还没有把缘分与眼前的自己联系在一起。

要说一点不难过,一点也不痛苦,那是不可能的。但余明杰不会因此对冯青有一点埋怨。他最看不起的男人,就是想得到一个女人的爱而没有得到时,就把这个女人当仇敌。

接下来,谁也不知道会发生什么,但有一点可以肯定,那就是余明杰会让自己对冯青比以前更好。

所以,当一部新的国产故事片《李双双》上映时,他还是多买了一张票,给冯青送了过去。一块儿看电影时,两人不时被张瑞芳生动风趣的表演逗得笑个不停。

周恩来总理的关心,让可可托海从饥饿的状态中摆脱出来。一线的工人不再喊着吃不饱了。托儿所包括学校的孩子们,也可以每天吃上一个白面馒头了。机关后勤的食堂也由两顿稀饭变成了一顿稀饭,还有一顿可以让干部们吃上馒头或者是大米饭。

大家都高兴地说,苦日子总算过去了,不用把裤腰带勒得那么紧了。听到这个说法,安怀民有些生气。在各种场合和会议上,他还是对大家提出要求,情况只是有所好转,可还没有从根本上解决问题,还是要有忧患意识。整个国家还没有从困难中走出来,我们不能要求中央对我们有更多的照顾。后勤部门还是要按照党委的规定,做好粮食的调集和分配工作,要保证储备的粮食在目前的情况下维持供应半年以上。

有得吃的时候,不会觉得吃是个什么,等到没有东西吃了,才会知道吃这个事有多么重要。民以食为天,这句话可不是随口说出来的,那是人们在经历过太多苦难后总结出来的。

这些天,安怀民不管走到哪里,都明显感觉到大家见了他以后,有点像见到恩人一样,朝他不停地笑,说着赞扬他的话。有人直接就说,感谢安书记让我们不再饿肚子。尽管安怀民再三说不要感谢我,要感谢党中央、感谢毛主席,但大家还是觉得是他发挥了大作用。没有他四处奔波、上下呼吁、到处采购,可可托海不可能一下子弄来这么多粮食。

从一个小兵到一个领导干部,安怀民成长的历程与中国新民主主义革命的历史同步。中国共产党之所以能够取得最后的胜利,不仅是因为有一批伟大的领导者,无怨无悔奉献牺牲的人民群众也是功不可没的。安怀民只是一个地方的小官员,但他从当上书记那一天起,就树立起全心全意为人民服务的信念。他不能让他领导下的干部工人对他失望,不能让他们戳他的脊梁骨。

安怀民接到了冶金部部长的电话。部长说,军工战线上的同志们对我们及时充足的矿石供应很满意,让我转告他们对你们的谢意。

安怀民说,都是为了一个共同的目标,应该做的,不用谢。

部长说,你和工人们辛苦了,光荣是属于你们的。

说是不用谢,可听到部长表扬的话,安怀民心里不由得畅快起来。走出办公室,走在回家的路上,他不由得哼起家乡的小调。

安怀民不曾料到自己的好心情会在进了家门以后,遭到破坏。孩子们看到他回来了,也都是一脸高兴地迎了上来。不但孩子们一脸高兴,连妻子史云娟的脸上也比平时多了一点喜色,好像知道他受了部长的表扬在替他高兴似的。只是这不可能呀。回到家他还什么话都没有说呢,他们不可能知道他为啥这么高兴。

安怀民问史云娟,什么事让你们这么高兴?

史云娟说,可以吃上大米干饭了,能不高兴吗?

新疆也产大米,可产得不多。新疆人以面食为主,大米吃得少。食堂改善生活时才会吃大米干饭。这两年粮食紧张,大米就供应得更少了。安怀民特地做出安排,所有大米供应下矿的工人。所以就算是他这个矿党委书记的家人,也一样吃不上大米干饭。

听史云娟说可以吃上大米干饭了,安怀民以为是听错了。他看着妻子,让妻子说了第二遍。听清楚了以后,他问史云娟是怎么回事。

史云娟说，后勤上的同志刚刚送来一袋子大米，说粮食不缺了。妻子指着墙角处立着的一个布袋说，这不，还没有解开呢！

安怀民走过去，提了一下，应该有十五公斤左右。

安怀民拿起电话，让总机接到后勤处。电话里，他问后勤主任，大米是怎么回事？

主任说，我们后勤上的同志商量了一下，这些日子，矿上领导其实并不比一线的工人轻松，尤其是您，明显比以前更瘦、更憔悴了，所以就给几位领导家里，各送了一袋子大米。我想这个事，就是群众知道了也会理解的，不会有什么意见。

安怀民说，胡说八道！共产党的干部为什么能得到老百姓的拥护？就是因为他们能够做到吃苦在前、享受在后，从来不搞特殊化。你知道吗？你这一袋大米，带来的后果会有多么严重！吃了这一袋子大米，你会让我在所有干部工人跟前直不起腰、挺不起胸膛。

主任说，书记，这样吧，这一次就算了，下不为例，我保证再也不会这么做了！

安怀民说，有了第一次，就会有第二次。不行！是你来把大米扛走，还是我给你们送回去？

主任说,安书记……

安怀民说,给你二十分钟时间,把送到矿领导家的大米,一粒不少地全都收回去。如果做不到,这个主任你就别干了!

安怀民气呼呼地挂断了电话。

史云娟和孩子们全都愣愣地看着他。

儿子走到他跟前,轻声说,爸爸,我想吃大米饭。

上次没有吃上白面馒头,儿子回到家里大哭了一场。儿子生在烽火连天的岁月,吃过不少苦,安怀民对这个儿子十分疼爱。说实话,看到儿子可怜兮兮的样子,他的心里也不由得一阵发酸。

他对儿子说,儿子,这些大米是给矿洞里干活的叔叔们吃的。咱们要是吃了,叔叔们就吃不饱了,吃不饱就没有力气挖矿石了。国家需要的矿石要是供应不上,我们就可能永远也吃不上大米干饭了。等过了这段日子,爸爸一定亲自给你做大米干饭,让你吃个够。

儿子说,可我这会儿真的很想吃呀,爸爸!

安怀民把儿子搂在怀里,说,爸爸也想吃,可这个时候,再想也不能吃,忍一忍就过去了。

史云娟在一旁实在看不下去了,拿过一个碗,解开了米袋子。

安怀民说,你要干什么?

史云娟说,那么一大袋子,挖上一碗不碍事。你看孩子可怜的,就给孩子解个馋吧!

安怀民上前推开史云娟,把她解开的米袋子又系上,边系边说,你糊涂呀,我说了一粒都不能少!

从来温顺听话的史云娟把碗摔在了地上,坐在床沿抽泣起来。

这时响起敲门声,儿子跑过去打开了门。后勤主任带着一个干部走进来,看到史云娟正在抽泣,明白发生了什么。

后勤主任说,要不,按市场价把钱付了,把大米留下吧!

安怀民说,你要是能让可可托海每户人家都可以用市场价买到一袋子大米,我就不让你们把米扛走了。

后勤主任苦笑了一下,不再说什么,拎起大米,走出门。

看到儿子难受的样子,安怀民抚摸着他的头,说,孩子,这段困难的日子很快就会过去,用不了多久,你们就可以想吃什么就吃什么了!

毛主席是个诗人,当上了中国革命的领袖以后,写了不少诗。

一九六一年,国家遇到前所未有的困难,他写了一首诗。这首诗，后来全国人民都知道了，它就是《卜算子·咏梅》。二十世纪六十年代的人，几乎人人都会背这首诗："风雨送春归，飞雪迎春到。已是悬崖百丈冰，犹有花枝俏。俏也不争春，只把春来报。待到山花烂漫时，她在丛中笑。"

党委会上，安怀民让余明杰朗诵了这首诗。大家听了以后，一齐鼓掌，都说写得太好了。安怀民说，我们可可托海人，就是雪中的梅花，就算是在冬天，也要烂漫地开放。

安怀民这么说是有根据的。饥饿确实让大家头昏眼花、四肢无力。因为食物短缺造成的营养不良，甚至让一些人患上了严重的疾病，如肺结核等。但梅花的坚强品格一直在可可托海人的精神世界里有所反映。用不着拿什么豪言壮语来证明，只要看看这两年的生产统计表就一目了然。

给苏联还债的矿石一两不少地按照计划，先是用大卡车运到布尔津的码头，再用轮船，沿着额尔齐斯河，源源不断地运往苏联远东。

军工急需的矿石也是由大卡车从阿尔泰山谷运出，再在乌鲁木齐装上火车，运向各个秘密工厂进行冶炼。

战争结束了，安怀民不再是个军人了，可他总觉得自己还是在打仗。每一项工作都如同冲锋进攻，只能取胜，不能失败。这让他不管什么时候，不管是在家里，还是在办公室里，都难以平静、悠闲地喝一杯茶，感受和平岁月的静好。

也许等到原子弹试制成功了,等到欠苏联的债务全都还清了,他才可以让自己完全松弛下来。

全矿开大会,安怀民讲话,他把《卜算子·咏梅》念给所有干部工人听,还让宣传处把这首诗张贴在矿山的各个宣传栏里。

孙惠兰把这首诗写在本子上,没事时就拿出来读,没读几遍,就会背诵了。诗的深层意义,她不一定全理解。可光是看词语的表面意思,就让她觉得这首诗挺好的。

她想好了,等到下一次见到赵义勋时,一定要背给他听,还要让他也背会。

张秋凤的事触动了她。那天从张秋凤家里出来,回到宿舍里,从来没有失眠过的她,快到天亮时还没有睡着。

她在想,自己是不是不要再坚持晚恋晚婚的原则了?是不是应该结束单身生活,与一个男人开始一个女人早晚都要过的日子?

这么想时,她就不由得会想到赵义勋。赵义勋给了她一个机会,但被她义正词严地拒绝了。

不过不要紧,据说男人如果真的喜欢一个女人,是绝不会轻易放弃的。等到他下次再表白时,可以换一种方式回答他。

睡不着，多喝了几杯水，不由得尿急了。想出门上厕所，可外边黑得厉害，让她不敢出去，只能扯出床底下的尿盆解决问题。

这个时候，她不由得想到了张秋凤家里的卫生间。孙惠兰从来不曾羡慕过谁，但这会儿，她真的有些羡慕张秋凤了。

羡慕会让一个女人的想法发生改变，而想法的改变，又会让一个女人的生活发生改变。

对巴克拜尔来说，似乎新一天的开始，与过去的一天总是没有什么差别。不管是要做的事，还是自己的心情，都是一样的。不过，这种重复并没有让他觉得单调枯燥，相反，只要起了床，看到从窗外射进来的阳光，他的内心里就会有一种兴奋。想到这一天要做的事情，作为一个采矿班的班长，他顿时浑身上下都充满了力量。

妻子帕夏没有当矿工，作为矿工的家属，她并没有让自己闲着。除了抚养孩子和洗衣做饭外，她的体贴能干，也成为巴克拜尔身上那股力量的重要来源。比巴克拜尔睡得还要晚的妻子，总是会让巴克拜尔醒来以后，就能闻到从厨房飘过来的奶茶香味。她还和别的矿工家属一样，经常到东风农场和选矿厂干零活，不但能为矿山的发展出力，还能挣些工钱,补贴家用。

每天早上,与巴克拜尔一起围坐在餐桌前的,还有三个孩子。他的大儿子已经十七岁了,名字叫达吾力江。他告诉儿子,十七岁那年他成为一名矿工。儿子说他也要当矿工。巴克拜尔说他是矿工的儿子,想当矿工是一件很容易的事,但现在还是应该好好读书,以后没有文化是当不好矿工的。儿子说,他们这些孩子知道以后可以当矿工,不用为找工作发愁,所以读书都不太努力。这让巴克拜尔有点生气。他说有了文化不但可以当矿工,还可以当矿长、当工程师,说自己要是有文化,这会儿就不会只是个班长了。

巴克拜尔有点生气,但不会真的生儿子的气。儿子长得高大结实,当矿工是块好材料,一点也用不着为儿子的前途发愁。以前还有点愁,苏联人管矿山时,老担心哪天苏联人走了,就不能当矿工了。现在不一样了,共产党来了,什么事都替老百姓着想。安书记一开大会就说,现在矿山是国家的了,是人民的了,矿工就是矿山的主人。别说,还是干着跟以前一样的活,可听了安书记的话,心情马上就不一样了。觉得活不是在给别人干,而是在给自己干。给自己干活,没有理由不好好干。

有了这个想法,巴克拜尔这个班长就当得格外认真。他告诉大家,活干好了,国家好了,自己的小家才会有更好的日子过。虽说眼前遇到了一点困难，可比起小时候当孤儿时受的苦，这算不了什么。他和所有的人都相信，赶上好时代，日子肯定是一天比一天好。有了这个想法，人不管干什么都会格外有劲头。

坐在地毯上的木桌前，一大碗热气腾腾的奶茶放在了巴克拜尔的面前。

哈萨克族人过日子，什么都可以没有，但不能没有奶茶。喝着奶茶，巴克拜尔问妻子，还有几只羊？

帕夏说，只有两只了。

巴克拜尔说，过几天再杀一只。

帕夏说，这两只羊可是留着过古尔邦节的。

巴克拜尔说，过节还有两个多月，到时候会有办法的。我手下的那群兄弟，都是吃肉长大的，没有肉吃，他们干活就没有力气。完不成任务，我这个班长是要负责任的。

帕夏听巴克拜尔这么说，也就不吭声了。在这个家，她是主妇，但所有的大事情都是巴克拜尔说了算。这个男人，在她心目中一直是个顶天立地的汉子，不管他做什么，她都会无条件支持。

喝了奶茶，吃了馕饼，巴克拜尔走出了家门。沿着额尔齐斯河畔穿过一片白桦林，再踏上一座木桥，就可以看到三号矿脉了。

正是吃过早饭去上班的时间,路上到处是赶着上班的人。大家都是矿山的人,属于一个集体,多数人都相互认识。遇到叫得出名字的人,会相互点一下头,打个招呼,但一般情况下,脚步不会停下来。

不过,遇到了一个人,巴克拜尔还是停了下来,说了几句话。这个人就是孙惠兰。

孙惠兰已经调到电厂当工程师,不在三号矿脉当技术员了。所以有好长时间,他们没有见过面了。孙惠兰先停下来,问巴克拜尔还好吧。孙惠兰在巴克拜尔眼里是个了不起的姑娘。看到孙惠兰停下来后,他也就停下来。他在心里计算着时间,应该不会迟到。

巴克拜尔说过两天他要宰一只羊,让孙惠兰过来吃羊肉。

孙惠兰说好、好、好,一定会去吃,说巴克拜尔家的羊肉实在是太好吃了。

说过这些话以后,他们就各走各的路了。

离交接班还有十五分钟,巴克拜尔就到了,随后同班的工人们也都在规定的时间到达了。长年一块儿在矿洞里摸爬滚打,他们之间建立起的友情与亲情没有两样。但如果有人违反生产纪律,巴克拜尔也会翻脸,把他骂得狗血喷头。工友们知道为什么被骂,不但不会恨巴克拜尔,还会更加佩服他。

接班时,工友们围着巴克拜尔听他讲话。班长是矿山里最小的官,可对工人们来说,这个官的话却十分重要。

巴克拜尔说,我们这个班组,一直是先进班组,这样的荣誉,一定要保持。

有工人说,我们都想当先进,可就是有时候会力不从心。

巴克拜尔说,是不是又想吃肉了?

工友们笑了起来。

巴克拜尔说,过两天,我会宰一只羊犒劳大家。不过,谁要是不好好干活,到时候,他连肉汤都喝不上。

一听说又可以吃上肉了,工人们全都兴奋起来。

当上工程师就和技术员不一样了,不但有自己的办公室,而且平常如果没有生产上的问题需要解决,就可以做自己想做的事情。

孙惠兰的办公室旁边是值班室,每天路过时她总会与值班员打个招呼。刚才经过时,她看到值班室里摆着一部电话机。

以前它也摆在那里,只是没有注意到它。这会儿注意到它,是因为她想到了赵义勋。

那天走出张秋凤家,她的心乱了。主要是不曾有过的心思,全都冒了出来。

有了这个念头后,她就有些坐不住了。

孙惠兰走进值班室,问,我想打个电话到四矿,可以吗?

值班员说,你是工程师,这个电话你可以用。

孙惠兰拿起电话,通过总机转到四矿。

听到从四矿传来的声音,孙惠兰愣住了。知道四矿的电话不会在赵义勋身边,要想通过电话找到他,并没有那么容易。但她压根没有想到从电话另一头传来的是一个女人的声音,并且一听就知道是个年轻女人。

女人说这里是四矿,问她有什么事。

孙惠兰迟疑了一下,说,我想问一下,赵义勋在不在?

女人说,你找赵工呀,他去野外了。不过,你是谁?你有什么事?等他回来了,我可以替你转达。

孙惠兰说,那就算了。

孙惠兰放下电话,对着值班员笑了笑。走出值班室,她回到自己的办公室。只是一进自己的办公室,她脸上的笑容就一点也没有了。

这个女人是谁?听她说话的口气,好像和赵义勋不是一般熟呀!不但知道他去了野外,还说要替他传话。

莫非这个赵义勋遭到她的拒绝后,有了另外的打算？也像别的男人一样,寻找到了新的目标？

一种从来没有过的焦虑感,涌上她的心头。这让她想起小时候被蚂蚁叮咬的疼痛,只是此刻的疼痛不是在皮肤上,而是蔓延到整个胸腔里。

孙惠兰有些后悔当时没有答应他,要是当时答应了他,这会儿两个人也结婚了,有了属于自己带卫生间的小窝了。

万一赵义勋和别的女人好了,自己该怎么办？这么一想,孙惠兰竟然有些慌乱。

第七章　怒放的花朵像火一样

安怀民主持会议，研究人事问题。这样的会议，不是主要领导的吴成朋也会参加，但他一般不会发表什么意见。他懂规矩，他主要负责记录会议内容，落实会议定下来的事项。不过，这次有些例外，当会议讨论到某一个人事问题时，一直没有说话的吴成朋说了话。生产安全科原来那个管电力的工程师去发电厂当了副厂长，需要一个人来顶他的位子。这不是个重要岗位，可也不能空缺。几个领导思来想去都没有选到合适的人。这个时候，吴成朋提出了一个人，让领导们考虑。

吴成朋说的这个人就是孙惠兰。孙惠兰由于工作出色，不管是在一矿当电工，还是到柴油机发电厂当技术员和工程师，年年都被评为先进，受到奖励和表扬。所有报上来的先进材料都会在吴成朋这汇总，加上孙惠兰在别的方面也引起了他的注意,所以他对她的情况比较了解。听吴成朋介绍了孙惠兰的情况,大家都说这个人挺合适。安怀民原本就是位有民主意识的领导,一般情况下,对大家的意见会很尊重。他说,吴主任建议的这个人挺合适,就把她调到安全科吧!

党委会定下来的事,大部分都需要吴成朋来落实。按说,落实这个事,吴成朋只要把通知发给人事处就行了。但这次破例了。吴成朋拿着调令,亲自到发电厂,要当面通知孙惠兰。

通过教吴成朋滑冰,孙惠兰对这个文弱的南方人不再陌生,知道他不但会说一口流利的俄语,还会写文章。年纪轻轻就当上办公室主任,可见他也是个有本事的人。认识是认识,可看到吴成朋出现在她工作的车间,孙惠兰还是有些惊讶。因为她想不出吴成朋有什么事,需要到车间里来找她。

知道吴成朋的来意后,孙惠兰没有马上答应。她只想当个电力方面的专家,从来没有想过要在机关的科室里工作。吴成朋说,到机关来干的还是电力专业,负责的是全矿的电力安全,比在一个电厂发挥的作用更大。

听吴成朋这么说,孙惠兰心里还是不想去机关。对于未来,孙惠兰一直有自己的想法。这个工作调动,虽然没有让她离开专业,但毕竟不在生产第一线了。要成为一个电力专家,不但要读许多书,还要有丰富的实践经验才行。只是她知道,不管她怎么想,愿意不愿意,只要组织决定了,她就要无条件服从。

每天的采矿作业从打炮眼开始。矿石组成的岩层非常坚硬,要把它们变成一块块岩石的最好办法,就是用炸药把它们炸开。巴克拜尔从一进矿山就开始干这个事,从盛世才统治时就干,一直干到人民当家作主。

要用炸药炸,就要先打出炮眼来。打炮眼的工具,从早先的钢钎变成了电动的风钻。但放置炸药和点燃导火索的程序没有变。

巴克拜尔从十七岁进矿,到了这会儿,已经有二十八年了。这些年里,他打过多少个炮眼、多少次点响过炮眼里的炸药,连他自己也记不清了。反正在整个班组里,除了他以外,没有谁比他更有经验了。这也是让他当开采班班长的重要原因。

每次都一样,要在数十平方米的矿石层面打出十个炮眼。确定炮眼位置,是巴克拜尔要做的事情。选择炮眼很重要,选不好,会留下一些没有炸开的岩层。这样一来,炸下来的矿石就会因为数量的减少,影响到当日的生产量。

究竟把炮眼选在什么位置，并没有什么确定的标准，只能凭着多年积累的经验，根据岩层的结构来确定。这件看起来很难的事情，却一点也难不住巴克拜尔。他拿着一截粉笔，面对岩层观察一会儿后，很快就画出了十个圆圈。每个工作日只有八个小时，把炸下来的矿石运出去需要更多的时间。不抓紧时间爆破，一样会影响到任务的完成。

打炮眼这个活，班组里的每个工人都可以胜任，用不着巴克拜尔多操心。这个时候，他往往会坐下来，喝上几口带来的茶水。他是忙里偷闲，需要平静一下，因为接下来装填炸药和点燃导火索的事情，主要由他来完成。

炸药是危险品，只要与它打交道，总是存在着风险。矿上每年都会因为爆破矿石发生死伤事故。安全生产一直被作为重点反复要求，完成任务的前提就是不能出现由于操作失误造成的事故。所以，只要进入爆破矿石的环节，他都会亲力亲为，把控着每一道程序。多年来，他管理的班组在安全生产上总是被树为标兵，这完全归功于他的认真负责。

打好的炮眼里填满了炸药。巴克拜尔查看了每个炮眼，认为合格后，就把一根连着导火索的雷管插入炮眼中。十根雷管全都插入炮眼后，巴克拜尔慢慢地牵引着导火索来到安全处。十根导火索的一头集中成了一束，以方便被同时点燃。

这个时候，巴克拜尔会让大家进入安全洞，允许大家卷一根莫合烟抽。

巴克拜尔总会比别人多带一些莫合烟，为的就是满足工友们这会儿的需要。抽一根烟相当于养精蓄锐，好迎接下一阶段挖运矿石的繁重劳动。

因为爆破过后要等烟尘消散后才能进入，所以这段时间可以让大家休息一下。

卷莫合烟的纸，是过期的旧报纸。它们被裁成不大的长方条后，就成了卷烟纸。他们的手个个粗大，可烟卷细小，但由于经常卷，手指显得很灵巧。像变魔术一样，一眨眼，一根烟卷就卷好了。烟卷多余的报纸部分会被掐去，以保证吸时的畅快。在卷烟上，巴克拜尔同样表现出色。好几个工友都是在他的指导下，像跟着他学会操作风钻一样，学会了卷莫合烟。

一根火柴在点着烟卷以后，又点燃了导火索。巴克拜尔第一次点导火索时，可是紧张坏了，手不停地抖，火柴掉在地上三次，点了四次，才把导火索点着。不过这个时候，点导火索对他来说，跟点一根莫合烟已经没有什么区别了。

被点着的导火索，闪动着火星，发出吱吱声响，像吐着芯子的细蛇飞快地游动着。十根导火索在地面并行一段后，就分别朝着不同方位的炮眼逼近。

巴克拜尔他们这时正坐在一个安全洞里。他们无法看到导火索这条"蛇"是怎么钻进炮眼的。也用不着看,因为对他们来说,怎么把炸药点着,一点也不重要,重要的是接下来产生的巨响。

导火索会把雷管里上层的叠氮化铅点燃,再引爆下层的高爆炸药,继而让填塞的以硝酸甘油为主要成分的化学药物瞬间发生爆炸。不用去看,只要听到爆炸的巨响,就知道是个什么结果了。

炸起的石块有一些落在了安全洞口,同时有刺鼻的烟火味扑入。大家开始把手中的烟蒂摁灭,拿起身边的工具准备去挖运矿石。但就在这个时候,却听到巴克拜尔说,等一等,先别走出洞外。

一阵巨响传过来,对于别的人来说,听到的只是巨响,想到的只是爆破完成,可以去挖运矿石了。只有巴克拜尔可以从这一阵巨响中,听出它是由多少响爆炸声组成的。炮眼分布的位置不同,导火索的长度也就有了差异,使得所有炮眼不可能同时爆炸。只是这个先后次序的时间差是极其微小的,一般人根本听不出其中的差异。别人可以听不出来,但巴克拜尔不能听不出来。看起来,他和别人听炮响的样子差不多。实际上,他是全神贯注地去听,用整个心去听。因为，他是现场的指挥员，确认十个炮眼全都爆炸了，才能决定班组下一步的行动。他让大家等一等，说明他听出这一阵巨响与往日有一点不同。准确地说，就是他听出这一阵巨响，并不是由十次响声组成，而是由九次响声组成。也就是说，有一个炮眼没有爆炸，变成了哑炮。

爆破时，难免会有哑炮发生。只要及时发现，上前排除，就不会造成严重后果。怕的就是不知有哑炮，大家该干什么就去干什么，让哑炮变成了潜伏的炸弹。现在看来，这个可怕的事情，由于巴克拜尔的警觉，已经不存在了。

巴克拜尔说，有一个哑炮。

大家看着巴克拜尔，不明白他怎么会知道有一个哑炮。

巴克拜尔说，我听出来了。

他这么说，大家相信。他是班长，是老师傅，他说的话，几乎没有错过。

巴克拜尔说，我去把哑炮排除了。

大家知道，排除哑炮是一件危险的事，可除了他，没有几个人干得了。

大家说，巴班长，你要小心点。

巴克拜尔说，没事，我知道怎么干。

巴克拜尔拿起一根缠着导火索的雷管，往洞外走去。采矿以来，遇到过几次哑炮，都是雷管出了毛病，没能引爆。

这一次也应该是这个问题。所以他拿了一根新雷管,打算把那根有问题的雷管换下来,再把它引爆。

走出安全洞时,他回过头,朝着大伙儿笑了笑,大伙儿也朝着他笑了笑。转过头,巴克拜尔拐了个弯,往爆破面走去。看不到巴克拜尔了,有个人说,等会儿要给巴班长说一声,下次煮肉时,要多放点盐。有了盐味,肉才会更香。这个人话音刚落,马上有人说,这年头还能吃上手抓肉,就知足吧!嫌咸嫌淡的,真是不知好歹!

正说着,安全洞外传来一声轰响。大家都愣住了。哑炮排除了,是该响一声,只是响得似乎有些早,应该等到巴克拜尔回到安全洞里再响才对。莫非是巴克拜尔故意让它提前响了?大家等了一会儿,不见巴克拜尔来喊他们干活,就都拿上工具冲了出去。

一走出洞口,就看到巴克拜尔。只是这时看到的巴克拜尔与以往的巴克拜尔不一样了。他没有站在那里,也没有坐在那里,而是趴在地上。大家赶紧冲过去,围住了他。只见巴克拜尔的后脑勺被一块石头击中,可以看到血和脑浆,从破开的脑洞中流出来。

巴克拜尔以为和前两次一样,哑炮的问题出在雷管上。他拿着雷管朝哑炮走过去,快走到跟前时,发现导火索中间有一段受了潮,致使火药不能快速燃烧。没有熄灭,只是燃烧的速度变慢了。巴克拜尔出现时,导火索已经克服了受潮形成的障碍,似乎要讨好巴克拜尔,在见到他后,燃烧的速度立刻变得正常起来。而这时闪着火星的导火索离炮眼只有几厘米的距离,也就是顶多再有三秒的时间,炮眼就会引爆。

巴克拜尔马上意识到将会发生什么,他转过身,知道完全逃离险境已经不可能。他打算跳开几步以后,就趴在地上,但他的动作还是慢了。就在他转身刚跳开的瞬间,哑炮响了……

一块飞起的石头,并不大,但极其尖锐,速度极快,正好击中他的后脑勺。

除了天上的太阳,还有一只飞过的苍鹰外,再没有谁看到这一幕。巴克拜尔就这样离开了他热爱的矿山。

像这个世界上,每天都有婴儿以相同的方式出生一样,每天也会有人以不同的方式死去。在可可托海那片山坡上的陵园里,总是旧坟上的泥土还未干透,又有新墓堆起。

要奋斗就会有牺牲,已经成了人人都知道的真理。不过,这并不会减弱大家因为巴克拜尔的牺牲而产生的悲伤。

毛主席为一个叫张思德的烧炭战士写的祭文,给革命的集体立了一个好规矩。那就是不管是谁,只要做过对人民有益的事,在他死了以后,就应该给他开个追悼会。巴克拜尔牺牲在自己的工作岗位上,正符合重于泰山的条件。

巴克拜尔的追悼会开得很隆重。安怀民书记主持追悼会,号召全矿干部工人向巴克拜尔学习,学习他以矿为家,为社会主义建设事业献出生命的精神。

孙惠兰参加了追悼会,听着安书记念悼词,她总觉得像是在做梦。那天早上,她遇到巴克拜尔,还约定了去他家做客。顶多一个多小时后,巴克拜尔就永远从这个世界上消失了。想到这个像父兄一样的男人曾经给自己的关心帮助,孙惠兰心里难过极了,任凭泪水阵阵滚落下来。

巴克拜尔的离世,让她对人生有了新的看法。别以为自己很年轻,一辈子会很长,其实意外随时会发生,谁也不知明天等着自己的是什么。活好当下每一天,其实比啥都重要。她头一回觉得自己原先的一些想法实在太可笑。

开完追悼会,孙惠兰遇到了吴成朋。吴成朋问她去安全科上班了没有。孙惠兰说还没有去。

吴成朋说,你怎么还没有去?

孙惠兰说,手头还有些工作没有干完。

吴成朋说,你要抓紧时间,那个岗位不能老空着。

孙惠兰问,真的不能换别人去吗?

吴成朋说，这是党委会的决定。你要真不想去，可以去找安书记。

孙惠兰瞪了吴成朋一眼，心想，为这么个事去找安书记，你把我看成什么人了！孙惠兰再有个性，但革命集体中的规矩还是知道的。没有马上去机关，不是不打算去，只是对那个工作不向往，想着能在发电厂多待一天就多待一天。不过，吴成朋这一催，想再多待，就没有理由了。尤其是刚参加了巴克拜尔的追悼会，她越发觉得在国家利益面前，个人的一切东西，包括生命在内，都不重要了。

当天下午，孙惠兰就收拾东西，离开了柴油发电机厂，走进可可托海心脏般的俄式红楼。

安怀民去巴克拜尔家，他不是一个人去的，而是带上了有关部门的干部。

安怀民对干部们说，巴克拜尔是矿上的好工人，更是家里的顶梁柱。矿里没有了他，是一个重大的损失，可家里没有了他，天就塌下来了。巴克拜尔不在了，我们可不能让他的家人受委屈。你们和我一起去，带给他的家人的慰藉是不一样的。

到了巴克拜尔家，送上慰问品和抚恤金。安怀民对巴克拜尔的妻子帕夏说，你可以到矿上的家属队上班，三个孩子十八岁前的一切费用,由矿上支出。他们成人以后的工作,我们也会安排,你就不用发愁了。

巴克拜尔的妻子帕夏却说,我们不需要照顾,只要让我养牛养羊就行了。

安怀民当场表示,她不但可以养牛养羊,而且养多少都不会受限制。安怀民给随行的管后勤的干部说,以后需要牛奶、牛羊肉,首先在帕夏同志这里采购。

巴克拜尔的儿子达吾力江对安怀民说,他想现在就当工人,接父亲的班。

安怀民问他,小伙子,上几年级了?

达吾力江说,还有一年就高中毕业了。

安怀民说,等毕业了来找我,我给你安排工作。

巴克拜尔牺牲了,大家伤心了很长一段时间。矿党委把巴克拜尔树为典型,让大家向他学习。干部工人们受到了很大鼓舞,工作热情高涨。矿工们在一起,不比别的,就比到了年底,谁可以评上先进,戴上大红花。

每个月月初,矿务局都会开党委会。这个会的第一个议程,就是由局长陈志远报告上个月的生产及相关情况。

陈志远说,出了一起重大事故,那就是巴克拜尔同志在排除哑炮时,不幸以身殉职。

说到这时，陈志远咳嗽了几声，一旁的余明杰赶紧把水杯递给了他。陈志远接过水杯，喝了几口后，不再咳嗽了，才接着往下说。

陈志远说，但就在这个月，我们的生产任务超额完成了百分之三十五。这可是从来没有过的成绩。并且两个选矿厂的投入使用，也保证了矿石的合格率。不管是出口到苏联的，还是送到冶炼厂的，生产单位都对矿石的质量表示满意。

安怀民说，我们是开矿的，说别的，都是虚的。矿石摆在那里，有多少，成色如何，就是对我们工作干得好坏的最有力评价。这几年，确实遇到了困难，没有想到的大困难。吃不好，吃不饱，还要大家把活干好，按常理说，这是不可能的。但我们可可托海人，打破了这个常理。产量不但没有下降，还保持了上升的趋势。这是一件了不起的事情，不是我这个书记有什么能耐，也不是你们这些当干部的指挥得多么有方，而是因为我们的工人，一群像巴克拜尔一样的工人，他们为了多出矿石、出好矿石，可以把命舍出来。我们这些当干部的，不管到什么时候都要记住，他们才是矿山真正的主人，我们只是公仆，是为他们服务的。相信他们，尊重他们，把他们的疾苦放在心上，我们的社会主义建设事业，就会永远蓬勃，蒸蒸日上。

开完会，回到办公室，余明杰对陈志远说，要不，去医院找冯青医生看看。陈志远说，咳嗽几声，小毛病，用不着大惊小怪。

坐在生产安全科办公室里的孙惠兰，看起来还是原来那个样子，可实际上，与在发电厂当工程师还是大不一样了。工作环境一下子变得干净且安静了，见不到油污了，也听不到机器的轰鸣了，可以坐在椅子上，端起茶杯，不慌不忙地喝水了。可这并不等于她就没事可干了。在她身后，有一个大柜子，里边装满了各个生产单位的关于电力设备方面的资料，包括正在修建的海子口水电站的设计图纸。她必须要很快地熟悉这些资料，因为一旦什么地方电力出了状况，她要及时判断出发生了什么问题。不能到时候领导问起她来，她什么都不知道。

孙惠兰虽然是个中专生，可凭着钻研好学，她的专业技术能力已经超出了她的学历水平。所以，很快，她就对整个可可托海与电相关的情况了如指掌。

生产安全科位于机关大楼一楼，与吴成朋的办公室不在一层，但同在一座楼。吴成朋去自己办公室时，经常会从孙惠兰的办公室门前经过。不过，两人的工作性质完全不同，因此，虽在一座楼上，倒也很少有接触。见面最多的地方,还是机关的食堂。比起发电厂的食堂,这里的伙食并没有想象得那么好,这和安怀民的要求有关。后勤部门有条件让机关食堂的伙食更好一些,但安怀民发现机关食堂吃红烧肉的次数多了以后,就把后勤主任找来提醒谈话,让他首先要保证工人食堂的饭菜质量。

在食堂里遇上了,吴成朋会主动与孙惠兰打招呼。机关食堂吃饭的人很多,可孙惠兰叫得出名字的,只有吴成朋。吴成朋与她打招呼,还是让她很高兴。

坐在餐桌前吃饭,常常是吴成朋看到孙惠兰坐在什么地方吃,就会端着饭菜坐过去,与她在一张桌子上吃。吃饭时,还会说上几句话。说的都是些无关紧要的话,诸如饭菜咸了还是淡了,今天的天气不错一类的话。

吴成朋是办公室主任,虽说不是矿级领导,可还是一个重要岗位的干部。许多人见了他,都是一口一个吴主任,向他点头致意。可他在孙惠兰跟前一点架子都没有,这让孙惠兰对他的印象不错。在食堂,她也愿意和他坐一张桌子吃饭。一个人闷着头吃饭也没意思,有个人边聊着天边吃饭,一顿饭不知不觉就吃完了。

余明杰还和冯青一起去看电影。看完电影后,如果没有别的事,他们还会去散步。看上去两个人的关系还是和以前一样，没有发生一点变化，但只有余明杰知道他的心里有一种隐隐的痛。

青年男女来往多了，不管自己怎么想，别人都难免会有些猜想。连陈志远都问余明杰，是不是在与冯青谈对象。

余明杰说，没有，我们只是好朋友。

陈志远说，我看冯青挺好，你要主动些。可可托海姑娘少，好姑娘更少，遇上了，千万别错过。

余明杰说，冯青是临时来支援的，工作一段时间后就会离开。

陈志远一听，愣了一下，说，这倒是个实际问题。不过，接着，陈志远又说了一句，爱情的力量大得很，什么样的障碍，它都可以冲破。

余明杰和陈志远平常谈的都是矿山的工作，极少会谈到个人的情感问题。听别人说过陈志远的事，知道他有过美好的爱情，他的妻子不幸遇难后，他一直没有让自己身边出现别的女人。爱一个人爱到了什么程度，才可以做到这一点，怕是除了陈志远自己外，再没有一个人可以知道。

好几次想以学生的身份劝劝陈志远，还是再找个女人成个家，但总是话到嘴边，又咽了回去。他知道这个事不是别的事，自己一旦拿定了主意，不是谁在旁边说两句，就会发生改变的。比如说这会儿，虽然他知道了冯青的想法，明白了他的相思只是单方面的，但要让他马上放弃冯青，去选择别的姑娘，他还是做不到的。因为，这些日子，只要想起冯青，余明杰越发觉得她在自己心里的分量反而是更重了。

陈志远说得对，爱情的力量很大。对于真正相爱的两个人来说，什么地域呀，什么北京户口、新疆户口呀，全都不是个事。但前提是不能光我爱你，还要你也爱我才行。

余明杰明白了，想得到渴望的爱情，光自己爱上冯青还不行，还得想办法让冯青爱上自己。

只是，这个办法还没有想出来，余明杰就听到一个不好的消息。

听吴成朋说，还有两个月，冯青的工作期限就到了，就要离开可可托海回北京。这让余明杰有点坐立不安。理智一再告诉他，冯青和他没有可能，就不要胡思乱想了。但情感又总是劝说他，这么优秀的女人，可不是想遇到就能遇到的。老话说，错过这个村，就没这个店了。可到底该怎么做，余明杰有些六神无主。曾看到朋友中，一些人为了女人，失魂落魄，走火入魔，甚至干出了不可思议的事情。最后不但没有抱得美人归，还把自己的前程搭了进去。当时看他们的行为，觉得荒唐可笑，但这会儿再想想，就多少有些理解他们当时为什么会那样做。一想到冯青快要离开，再也见不到她了，余明杰就无法入睡，甚至有一种冲动，想狂喊大叫。

他跑出了屋子，在夜晚的冷风中奔跑，跑着跑着，发现自己跑到了医院，跑到了冯青住的宿舍前。

知道冯青住哪一间房子，也知道冯青是一个人住，余明杰胆子一下子大了起来。他穿过廊道，走到冯青的房门前，敲了几下门，里边没有动静。余明杰心想，莫非冯青知道是我来了，故意不开门？敲门的手指用了力，声音大了起来。

就在这时，旁边的一扇门开了，走出一位姑娘，对余明杰说，冯医生不在，她在医院值夜班。

余明杰问，你怎么知道？

姑娘说，我和她是一个科室的，我是护士，我当然知道。你是谁？你找冯医生有什么事？要不要我带个话给她？

到了这会儿，余明杰似乎才醒了过来，明白自己在干什么。他赶紧对姑娘说，我没有什么事，她不在，我就走了，说完，转身逃开了。

回到屋子里，躺到床上还在想，如果刚才冯青在屋子里，自己闯进去，会发生什么？不知为什么，余明杰越想越有点怕。不理智带来的后果，往往都是无法预料的。想想自己是为什么来到可可托海的，这么一想，余明杰就有些看不起自己了。男子汉大丈夫，怀有雄心壮志，怎么可以被儿女情长弄昏了头脑？真是没有出息，太没有出息了！余明杰捶着脑袋骂自己。

余明杰被自己的行为和想法吓住了，吓得有些不敢见冯青了。

从俱乐部门前路过，看到新电影的告示，余明杰停下来看了一会儿。售票员认识他，招呼他来买票，说可以给他最好的座位。他想了想，对售票员说，我最近太忙，没有时间看电影。

回到办公室，余明杰像丢了魂一样，坐在那里发呆。什么叫爱的折磨，他真的是体会到了。

听到敲门声，想不出是谁，没有好气地说了一声，进来。

门开了，进来的是冯青。

余明杰愣住了，问，你怎么来了？

冯青说，好些天不见你了，想着你是不是病了，过来看看你。

余明杰说，最近确实有些忙，正在编制矿山明年的工作计划。

冯青说，听科室护士说，有人半夜到宿舍来找我，是不是你呀？

余明杰一下子说不出话了，真想说不是他，可他又不能撒谎，只能说，我正好路过，没有事，想去和你聊聊天。

冯青说,护士一说这事,我就想到了你。在可可托海,那么晚了,还能来找我聊天,除了你,不会再有别人了。

余明杰有些不好意思了。不想撒谎,还是撒了谎。因为那天夜里去敲门,目的完全不是聊天那么简单。

但冯青似乎信了他的话,说,想聊什么,随时都可以找我聊。和你聊天,其实是挺愉快的一件事。

余明杰说,怕是以后没有多少机会可以聊天了。你哪一天离开呀?我好给你送行。

冯青说,什么意思?要赶我走?

余明杰说,你的工作期限不是马上到了吗?

冯青说,是马上就要到了,不过,又延期了一年。

余明杰说,真的?

太意外了,余明杰一下子高兴了起来。

冯青说,是我主动要求的。尘肺的研究还在进行中,我走了,这个项目就要停下来。另外,这里实在太缺医生了。你知道吗,我这个呼吸科的医生到了这里以后,成了全科大夫,什么内科、外科、妇产科,全都干上了,把大学五年学的知识都用上了。

余明杰说,好啊,能最大限度实现自己的人生价值,活着才有意义。

两个人正说着话,陈志远走了进来。

余明杰说,冯青,这一阵陈局长老咳嗽,我让他去医院找你看看,他老是不去。你正好来了,也劝劝他。

冯青看了看陈志远,说,看脸色,陈局长的身体状况是不太好。不过,要确诊,至少要到医院去拍个X光片。

陈志远说,有空了我就去。

冯青说,病来猛如虎,不要等有空了再去,要不,您现在就跟我去。

陈志远说,现在真不行,选矿厂的流水线出现了故障,让我马上去解决。

说罢,陈志远从抽屉里拿出一张图纸。余明杰要跟着去,陈志远没有同意,说,工作计划书很重要,抓紧时间搞出来。说着,朝余明杰使了个眼色,又说,冯医生是稀客,你要好好招待。说完,就匆匆走出了门。

冯青说,我也没有什么重要事,就不耽误你的重要工作了。

余明杰说,没事,晚上加个班就搞出来了。你说没有重要事,是不是还有什么不太重要的事呀?

冯青说,前些日子,我去给难产的妇女接生,一家人对我感激不尽,非要请我去家里做客。我不想一个人去,就想问问你有没有时间陪我一块儿去。不过,你要是很忙,去不了就算了。

余明杰一听,赶紧说,我有时间。一直想去牧民家看看,就是没有机会。能和你一块儿去,真是太好了。

冯青走后,余明杰的心情一下子好得如同窗外瓦蓝的天空一样。

冯青还要再待一年,也就是说,这一年中他们又可以一块儿看电影,一块儿散步聊天了,过几天还可以和冯青去牧民家做客。可可托海有那么多人,冯青只让他陪她去,说明自己在冯青心里还是有位置的。

送走了冯青,重新坐下来,余明杰开始处理手头的工作。刚才还让他烦躁的表格、数字、各种术语,顿时变得生动亲切起来。

冯青真是个了不起的医生,她没有用药,却把余明杰失落的魂魄又找了回来,让他的精神又振作了起来。

既然冯青还要再待一年,那句非要说的话,就可以不用太着急了。

赵义勋出现在孙惠兰的面前,孙惠兰有些惊喜,可马上又控制住了自己,故意不让脸上有什么表情。

孙惠兰的样子让赵义勋不知道她在想什么,怕什么话说不好了,又惹她生气。上次孙惠兰义正词严的样子,让他知道了她的厉害。

正是吃饭的时间,两个人没有多说什么,就到了那家去过的饭馆。吃了两个人都爱吃的马肉纳仁后,孙惠兰主动说,去我房间里坐一会儿吧。

前几次见面,都是赵义勋主动说去她的房间坐一会儿,而孙惠兰总是以房间里还有别人为由不让他去。所以,听到孙惠兰主动请他去房间里坐一会儿,赵义勋有点惊讶。

到了宿舍,孙惠兰倒了一杯茶,放在了赵义勋面前。

赵义勋说,咱们是老朋友了,用不着这么客气。

孙惠兰说,谁跟你是老朋友,六年前我还不知道天底下有你这么个人呢。

赵义勋说,不是老朋友,你为什么打电话给我?

孙惠兰说,你怎么知道我给你打电话了?

赵义勋说,办公室小于给我说,有一个女的打电话找我。我一想,打电话的人,肯定就是你。

孙惠兰说,我就不信,在可可托海除了我,你就不认识别的姑娘?

赵义勋说,还真让你说对了。我一来就分配到了四矿,镇上的姑娘,我怎么可能有机会认识呢?

孙惠兰说,这么说,四矿的姑娘,你认识了不少?

赵义勋说,什么叫认识了不少,我全都认识。

孙惠兰说,你行呀,那个姓于的姑娘,是不是和你很熟呀?

赵义勋说,当然了,她是办公室的干部。我们这些人,每天在什么地方,干什么工作,她都知道。

孙惠兰说,听她说话的口气,和你的关系不一般呀!

赵义勋说,怎么说呢?

孙惠兰说,她是不是看上你了?

赵义勋说,不光是她一个,在四矿,看上我的姑娘,还有好几个呢!

孙惠兰一听,看着赵义勋的眼睛瞪得大了起来。

赵义勋喝了一口茶,有些得意地说,弄得我一时不知该和她们中哪一个好。

孙惠兰说,这么说,你是挑花了眼。

赵义勋说,要不,你帮我把把关?

孙惠兰听到这话,一下子站了起来,指着赵义勋,一时不知说什么才好。

赵义勋说,你不是跟我说,遇到合适的姑娘,想找就找一个吗?

孙惠兰脸憋得通红,半晌才挤出了一句话:赵义勋,你是个流氓!

也许是被这句话憋得太厉害了,刚一说完,孙惠兰整个人就站不住了。她身子一歪,倒在了床上,把脸埋进枕头里,大声地哭了起来。

看到孙惠兰哭起来,赵义勋有点慌乱,可他马上又镇定下来,心里边甚至有些窃喜。以为孙惠兰拒绝他,是真的看不上他。没有想到,听说自己有别的姑娘喜欢,她的反应会这么强烈。这说明她还是很在乎他的。

他把凳子往前挪了一点,坐到孙惠兰的身边。

赵义勋说,我是跟你开玩笑的。那个小于,人家已经结婚了。四矿的女人,都是干部工人的家属,没有一个是姑娘。就算我赵义勋有什么想法,也没有这个条件呀!

孙惠兰带着哭腔说,我不信,你在骗我。

赵义勋说,不信,你就去四矿看一看。

孙惠兰说,我在安全生产科上班,想去四矿,随时都可以去。你要是骗我,我们就一刀两断。

赵义勋说,别说一刀两断了,你就是拿刀杀了我都行。

听赵义勋这么说,孙惠兰不哭了。

赵义勋递过一条毛巾,让孙惠兰擦去脸上的泪水。

赵义勋说,你真不想让我和别的姑娘来往?

孙惠兰说,我是不想让你骗我。

赵义勋说,我从来没有骗过你,可我说的话,你总是不信。

孙惠兰说,你说的什么话我不信?你再说一遍。

赵义勋说,我说我喜欢你,你信不信?

孙惠兰看着赵义勋,说,我不信。

虽然孙惠兰嘴上说着不信,可脸上的表情,还有眼睛里的光亮,都在向赵义勋传递一个明确的意思,那就是我不信你还信谁呀。

赵义勋从来都不是个愚笨的人,他当然不会错过这样一个意想不到的好机会。

赵义勋一下子抱住了孙惠兰。他感觉到孙惠兰的身子像触电一样颤抖了一下。

孙惠兰并没有把赵义勋推开,反而有些瘫软地靠在了赵义勋身上。

赵义勋当然不是个情场老手,可有时候就算没有经验,也会被下意识和本能驱使,自然进入到某种状态中。

赵义勋亲到了孙惠兰的嘴。

孙惠兰显然没有想到这种事会发生在自己身上。她的脑子瞬间空白了,任凭自己的嘴做主。

等孙惠兰意识到自己正在做的是一件什么事情时,赵义勋已经像喝了酒一样,有了醉意。

其实,孙惠兰这个时候也醉了。可多少年来形成的观念,实在太牢固,无法一下子被完全摧毁。它们在醒过来以后,仍然还是很强大有力。

孙惠兰扭转了一下身体,从赵义勋的怀里挣脱开。她问赵义勋,你这是什么意思?

赵义勋说,我们谈恋爱吧!

孙惠兰说,行,我同意和你谈恋爱。不过,谈可以,不能动手动脚。

赵义勋一听,顿时一脸欢喜,还想继续做刚才的事情,没想到孙惠兰把手伸出来,挡在了他的面前。

孙惠兰说,别忘了,谈对象就是谈,不能动手动脚,做别的事。

赵义勋说,好好好,我听你的,咱们好好谈。

和赵义勋能进行到这一步,应该说还是受了张秋凤的影响。只是,就算受了张秋凤的影响,她也不会像张秋凤那样,在谈恋爱时就去做不该做的事情。比如说,在目前这个阶段,就算被赵义勋偷袭亲了嘴,尝到了那种美妙的滋味,她也不能让赵义勋得寸进尺。再比如说,送赵义勋出了门,走在路上,她也不会与赵义勋靠得太近,更不会去挽赵义勋的胳膊。

第八章　浓雾在拂晓时慢慢散去

安怀民要去四矿检查工作,让生产安全科派一个人。

一听说去四矿,孙惠兰马上想到了赵义勋。一直想去四矿,就是找不到机会。

科长看着科室几个人,正想着派谁去,孙惠兰举起了手,说,科长,要是没有什么特别的要求,能不能派我去?

科长看着她说,去四矿的路不好走,车子颠得厉害,你能不能受得了?

孙惠兰说,我又不是纸糊的!别人能受得了,我有什么受不了的。

科长说,行,那你去吧!

五个人坐一辆吉普车去。吉普车是苏式的,十分破旧。苏联人撤走时,人走了,设备留了下来。其中大大小小的汽车就有几十辆,每一辆车都不知修了多少次。没有办法,国产的解放牌汽车，主要都是大卡车，是用来运输矿石的。载人还是要靠这些老吉普。

老吉普老是老，但皮实，经得起折腾。去四矿的路，有多难走，听赵义勋说过。但真的走了，才知道难走的程度，不亲自经历，是想象不出来的。车子与其说是在路上走，不如说是在石头上走。说走不太准确，应该说是一直在跳。坐在车子里的人，根本坐不住。若不是一只手紧紧抓住车子上的把手，脑袋不知会撞到车顶多少次。

孙惠兰小时候坐过马车牛车，上了学，参加工作，坐过火车，坐过大卡车。这次跟着安怀民书记来检查工作，她又有机会坐了小车。她以为坐小车可能比坐什么车都舒服，所以刚坐上车时，感觉新奇又兴奋。从镇上刚出来的一段路还算平坦，坐在小车里觉得还行。随着山势渐渐变得陡峭，路就变得越来越不像路了。路不像路了，小车也就不像小车了，说它是风浪中的一只小船似乎更合适。不大一会儿，孙惠兰就被颠得有些恶心了。

只是再颠，孙惠兰也不会说什么。车子上包括司机一共坐了五个人，除了安怀民书记和陈志远局长外，再就是吴成朋和她了。五个人中，她年纪最小，级别也最低。连吴成朋都一直不说什么话，她当然是不能说什么了。

没想到吴成朋也会同行。上了车后，两人都坐在后排，孙惠兰想着吴成朋会和她聊天，但吴成朋只是朝她点了点头，并没有多说什么。大约是去工作的，又有安怀民书记在，不是在食堂里吃饭，可以随便闲聊。孙惠兰也是这么想的，所以尽管挨着吴成朋坐，却也没有主动说什么。

孙惠兰注意到吴成朋身上挎了台相机。平常开大会和举行什么大的集体活动时，总会看到宣传处的一个干事举着相机到处拍照。没想到吴成朋也会照相。镇上有个照相馆，她和张秋凤进去过两次，照了个人照，还照了合影。在河边树林里玩，看到风景如画，她想过要是有台相机能拍下来就好了。但相机很贵重，个人很少会有，不知吴成朋的照相机是他自己的，还是公家的。要是他自己的，那他就太了不起了。

车子颠得厉害，孙惠兰咬牙忍着。挨着吴成朋坐，车一颠起来，身子乱晃，想不往一起碰，根本做不到。碰得厉害了，两人都有些不好意思，互相看看，又无奈地笑笑。似乎在说，车子颠成这样，实在没办法。

颠成这样，安怀民书记却一点也不在意，还说，比起打仗那会儿好多了！出门工作有车坐，虽然是颠了点，可再颠也比走路、骑马快。

矿上已经有三万多干部工人了，大家都认识他，他却不可能认识每个人。所以车子走了一阵后，安怀民就主动问起了孙惠兰的情况。问什么,孙惠兰就答什么。孙惠兰是东北人,性格外向爽快,和什么人说话都不拘谨。

问孙惠兰的事,都是写进档案的事,没有什么不好回答。只是没想到安书记会问她有没有对象。这可把孙惠兰问住了,不知该答有还是没有。和赵义勋的关系,这会儿在孙惠兰心里已经是对象关系了,只是这个时候要说有,那么安书记肯定要进一步问,是谁,在什么地方工作。虽然自己和赵义勋是在谈对象,可她却并不想让谁都知道这个事。不知为什么,她总觉得谈对象不是件什么光彩的事,不管什么时候对什么人说出来,都会有些不好意思,更别说安怀民还是书记。所以孙惠兰停顿了一下,就说还没有呢。

其实安怀民书记问她这些话,只是话赶话问到了这,孙惠兰怎么回答,他都不会在意。听说孙惠兰没有对象,安怀民说,可可托海男多女少,你条件这么好,可以随便挑,好中选好。

说到了这,安怀民就与陈志远说起了矿上生产的事。

安怀民不问孙惠兰话了,孙惠兰觉得轻松了一些。路不好走,可路两边的风景好看。孙惠兰把大半个头都探出车窗外,呼吸着新鲜的空气,看着像电影镜头里闪过的画面。经过那片叫可可苏里的湿地时,孙惠兰看到大片芦苇波浪一样摇荡,一群群野生的水鸟飞来飞去,让她想起了小时候奔跑玩耍过的大草甸子。

车子进入了额尔齐斯河谷。在一片开阔的草地上，孙惠兰看到赵义勋给她说过的夫妻树。以为吴成朋没有看到过，她指给吴成朋看。吴成朋说，跟着安书记多次下矿，每次看到夫妻树，都会觉得大自然太神奇了。

看来，只要是可可托海人，没有不知道夫妻树的。只要看到了夫妻树，没有谁不对美好的爱情充满向往。

孙惠兰想，到了四矿，不知会不会见到赵义勋。能见到当然最好，如果见不到也没什么。重要的是她到了四矿，知道了赵义勋工作生活在一个什么环境里。重要的是她也看到了夫妻树，下次和赵义勋在一起时，就可以和他说说夫妻树了。

车子开进四矿的驻地，几排木板房搭建得倒整齐，木板上刷着醒目的鼓舞人心的标语。木板房围起的空地上，插着一面旗子。经过天长日久的风吹雨打，它看起来已经不鲜艳了，但还是一个重要的标志物。从老远看过来，除了它看不到别的什么。与可可托海镇比，这里的条件确实要差得太多了。

车子停下来，从最大的一间木板房里走出几个男人。一看这几个男人，孙惠兰愣住了。不是他们有什么特别，主要是这几个人中,有一个人是赵义勋。看来赵义勋说他在四矿很重要,并不是吹牛的。能来迎接安怀民书记检查工作的,不是矿长,就是生产技术上的专家。

孙惠兰看到了赵义勋,赵义勋也看到了孙惠兰。他们只是互相看了对方一眼,并没有表现出与别人有什么不同。大家挨个握手,赵义勋和孙惠兰也握了手。看得出来赵义勋眼里全是疑惑,他不明白孙惠兰怎么会和安怀民书记一块儿出现在四矿。

虽然是几句话就可以说得清的事,但他们并没有机会说。她到四矿来,主要是来工作的,也为了要见赵义勋。她可不能让别人看出来,他们的关系有什么不同寻常。她有些担心,赵义勋会不会一激动,直接给她说什么话,让别人听出他们的关系不同一般。但赵义勋似乎也明白这个时候怎么做合适,除了和孙惠兰在眼神上有一点别人察觉不到的交流外,并没有再主动与她说什么。

实际上也没有机会说,赵义勋作为生产技术的专家,他得给安怀民书记做工作情况汇报。

矿长说大家辛苦了,先进房子里喝一杯茶,歇息一会儿。可安怀民书记大手一挥,说马上去矿洞里的生产第一线。

一行人边往阿托拜矿洞走,边听赵义勋介绍开采和探矿的情况。赵义勋有一点诗人气质,同样一件事,别人说,可能会说得没有什么意思,可让他说,他却能说得绘声绘色。

他告诉安怀民书记和陈志远局长,他利用休息时间进山探矿,发现了一条具有开采价值的绿柱石矿脉。他的话引起了两位领导的极大兴趣,让他尽快把考察报告写出来。他说他正在写,打算最晚明年春天就把地质报告拿出来。

孙惠兰一直觉得赵义勋为人善良,待人热情,是个好男人。这会儿,跟在矿领导后边,听他富有激情的介绍,她才发现他还是个在事业上有追求、具有远大志向的青年才俊。能与这样的男人生活在一起,她还有什么不满意呢!如果说之前和赵义勋的事,孙惠兰并没有那么急迫,那么就在这个时候,在她心里,已经对两个人关系的进程有了具体安排。等到他把勘察报告完成,就与他走进婚房,把纯洁的爱情献给他,也算是对他努力工作的奖赏。

安怀民带着一行人往矿洞走时,吴成朋加快了脚步,提前站到矿洞口,举起相机朝着安怀民他们按动了快门。

可可托海的矿石开采有三种方式,一种是平硐开采,一种是井下开采,再就是露天开采。四矿的阿托拜矿洞,属于平硐开采。

平硐开采其实就是沿着矿脉的走向挖一条山洞进去，像挖煤一样，遇到什么矿石就采什么矿石，不管它们藏在什么地方都会被找出来。因为矿石的分布并不规则，矿洞的走向也就弯弯曲曲，上上下下，层层叠叠，走在里边像走进了迷宫。不过，每隔几米，洞壁上都会悬挂一盏马灯。有它发出的亮光，不用担心会找不到藏矿室和出洞的门口。

因为山陡路险，大型的机械无法进入，这里的开采主要是靠矿工们的一双手。常用的工具是十字镐、铁锹和大小榔头，还有选矿用的专用铁锤。挖下来的矿石，早先全靠柳筐、皮口袋和小推车往外运，最近几年才铺上了轨道，用翻斗车厢往外运，生产效率一下子提高了不少。

进到矿洞里，不管外面阳光有多么炽热，这里都会有一股寒意逼近身体。安怀民直接走到了作业面，拿起了选矿用的铁锤，边干活，边和工人们聊天。聊了一阵后，四矿矿长说，安书记，我们是不是再到别处看一看？安怀民说，时间还有，不着急。

看安怀民干起了活，别的人也就不好意思站在一边看了，全都伸出手，和工人们一块儿干起来。

只有吴成朋拿着相机在一旁拍照。

一个工人推着一节矿车往洞口走，遇到了一段上坡的地势，推起来有些吃力。孙惠兰看到了，赶紧跑过去，帮着他一起推矿车。

安怀民和工人们聊天,问工人们工作和生活上的事,赵义勋在一旁也就插不上话了。看到孙惠兰在推矿车,他就走了过去,与她一起推那辆矿车。

就算是在给安怀民介绍情况时,赵义勋的心里也在想着孙惠兰。他之所以会那么充满激情,其实和孙惠兰在场也有关系。在心爱的人面前,任何人都会想办法,让自己的表现更完美,以引起爱人的注意和喜欢。

看到赵义勋出现在身边,孙惠兰心里一阵高兴,正想着与赵义勋说点什么,没想到吴成朋也凑了过来,一左一右把她夹在了中间,让她想和赵义勋说点什么也说不成了。

孙惠兰有些扫兴,觉得吴成朋出现得不是时候,可她又不能表现出不满,就干脆谁也不理,只是闷着头推车。

孙惠兰不说话,两个男人就说起了话。

吴成朋说,你要是真的能发现一条矿脉,就可以用你的名字命名新的矿洞了。

赵义勋说,倒从来都没有这么想过,只想着如何找到更多的矿。再说了,用个人的名字命名,都是以前的事了。新中国成立后,找矿是我们的责任,是我们的工作。有了成果,也不能属于个人,而是应该属于集体,属于党和人民。

吴成朋说,你的思想觉悟真高。不过到时候,我会让记者来采访你,让大家知道你为国家做出的贡献。

听着两个男人交谈,孙惠兰越发觉得赵义勋的思想境界挺高的。人活着,完全不为名不为利,说说容易,真的要做到就难了。评先进个人时,孙惠兰也不是年年都能评上的。哪一次要是没有被评上,孙惠兰心里还是有一种说不出的难受,心情会连着几天不好。这说明她对名利还是有些在乎的。

到了吃饭时间,四矿矿长对吴成朋说,全都安排好了。

吴成朋问,怎么安排的?矿长说,去牧民家,感受一下民族风味。

孙惠兰在一旁听到了,觉得这个安排好。到牧民家吃饭,别的不说,手抓肉肯定少不了。想想上次吃手抓肉,还是巴克拜尔活着时。时间过得可真快,巴克拜尔走了快半年了。孙惠兰想起巴克拜尔,就会想起他帮自己过了吃羊肉这一关的事。

孙惠兰正想着以前的事,没想到安怀民书记一听要去牧民家吃饭,马上发了脾气,让矿长取消这个安排。他说要跟工人一块儿吃饭,工人吃什么,他们就吃什么,决不能搞半点特殊化。

安怀民书记这么说,别的人就不敢说什么了。

孙惠兰跟着领导们走进工人食堂。

和手抓肉相比,摆在眼前的饭菜,只能说是可以让人吃饱,别的就谈不上了。

饭菜确实不怎么好吃,可孙惠兰看到安怀民书记吃得很香,这让她不由得惭愧起来。看来和老革命们相比,自己的差距不是一般大呀!

吃饭的时候,矿长说,柴油发电机坏了,没有电用了,请局里想办法解决一下这个困难。

孙惠兰主动说,我是搞电的,我去看看。

孙惠兰这么一说,大家都看着她,没想到孙惠兰会自己站出来,要去修发电机。

矿长说,我们的技术员修了,没修好。

人家技术员修了,没能修好,你再去修,要是修不好,会多没面子呀!孙惠兰从大家的眼神里,看出了别人的担心。可她并不打算把自己说的话收回来,而是继续说,我试试看吧!

安怀民说,好好好,你去修修试试,死马当活马医。真修不好了,再请专家来也行。

孙惠兰在发电厂工作时,对付的就是柴油发电机。她看了那么多期《电世界》,每一期上都有排除柴油发电机故障的案例分析。应该说，一般的毛病难不住她。这也是她敢于自告奋勇的原因。

虽然很自信，可还是有些紧张。万一她没有把故障排除掉，真的就丢人了。哪个姑娘没有一点虚荣心？

走向发电机时，她甚至都有些后悔，但这时候，后悔也来不及了。停下来或者退回来，反而会更让别人小看。今天，赵义勋表现得那么出色，自己怎么也要有好的表现才行，要让他知道孙惠兰也是个有本事的姑娘。

站到发电机前，一看它那熟悉的样子，像见到老朋友一样，她一下子踏实起来。这种柴油发电机的毛病，这几年遇到过不少，没有一个毛病，是她治不好的。

很快，发电机的毛病就找到了。

转子线圈的齿轮磨损过大，无法正常转动，只要换上新齿轮，就可以恢复正常。

仓库里有备用的部件，找出来以后，孙惠兰把转子换下来，装上了新的。

孙惠兰在修理发电机时，吴成朋给她拍了一张照片。

看到发电机又正常工作了，矿长握住孙惠兰的手，向她表示感谢，说，太好了，今天晚上，我们四矿又可以是一片光明了。

离开四矿往回走,在车上,安怀民表扬了孙惠兰。

孙惠兰嘴上说着,她是搞电的,这是应该做的,不值一提,但心里边还是很舒服的,舒服得让她觉得难走的山路都没有那么颠簸了。

刚才分手时,当着那么多人面,孙惠兰和赵义勋不能说什么。不过,赵义勋朝着她悄悄地竖起大拇指,她还是看到了。随即,她也朝赵义勋投去一个微笑。她想,他肯定也注意到了。

怪不得那会儿,张秋凤那么热衷于谈恋爱。这谈恋爱的滋味,是让人挺舒服的。同样的天空,看上去更高更蓝了;同样的大地,看上去也更辽阔了。

新疆地大人少,有些县城才不过万把人。而可可托海这个小镇,到了二十世纪六十年代初,已经多达五万人了。其热闹繁华的程度,让它赢得了"小上海"的美称。

一些在深山里游牧的牧民,也把羊群赶到了镇子的四周,给镇上的居民提供鲜奶、牛羊肉的同时,也让自己过上了现代文明的生活。至少在看病就医上,就比原来方便了许多。

由于矿上有一批苏联专家当年留下的医疗设备,又有一批像冯青一样毕业于专业院校的医生,矿医院治好了不少疑难杂症,声名不断远扬,不少外地的病人也跑到可可托海来看病。

不过,来医院就医的主要还是小镇上的矿工和居民,包括散居在四周的牧民、村民。有人提出矿医院应主要服务于矿属职工,不必顾及周边牧民与村民,但这个意见被安怀民否定了。他说,社会主义是一个大家庭,周边的老乡们,虽然不属于矿上的在编人员,但他们也是我们的兄弟姐妹,决不能把他们当外人。他们有什么困难,我们能帮忙解决的,一定要尽全力。

正是安怀民的这个话,才有了冯青这些医生多次走进牧民的毡房,给他们看病的事。

相比较而言,医生更容易得到大家的尊重。一次成功的难产手术,让母子脱离险境,一家人就把冯青当成恩人。牧民们不知怎么感谢冯青,就一次次地邀请冯青到家里做客。

这样的邀请,不能随便推辞。找理由不去,就会被认为是看不起他们。所以,冯青只能答应下来。

一个人去倒不是不可以,只是她到底是个大姑娘,这样的场合让她应付起来难免会有些力不从心。尤其是这些牧民都能喝酒,而冯青从来不喝酒。于是,她就想找一个人与她一块儿去。这个事,不是别的事,和工作没关系,让同事一块儿去不合适。想来想去,她就想到了余明杰。

担心余明杰工作忙,不能去,没想到跟他一说,他就一口答应了。这几年,冯青在可可托海过得挺开心,这和余明杰有关系。一块儿看电影,一块儿散步聊天,别的人做不到。当然了,别的人想这么做,也不一定有机会。就是有机会,也不一定能做得好。说起来,还是和余明杰合得来,能说到一起,在一块儿觉得有意思。

上一次散步聊天,还说到了爱情,没有想到在这件事上,两个人的想法那么一致。当时没有多想,过后一个人没事时想起了余明杰的话,觉得他不会平白无故说到爱情。对了,自己还是个医生,怎么就忘了青年男女在这个年龄的心理需求。这个时候,除了工作以外,还有什么事会困扰余明杰呢?当然是爱情了。

这么一想,冯青一下子明白了,近些日子,余明杰为什么变得有些焦躁了。这个状况,不是生了什么病,作为一名女医生,她是可以找到病因的,并且作为好朋友,她也有责任帮他治好这个病。余明杰一直对她很好,她也该有所回报才行。

哈萨克族人骑在马上,逐水草而居,一直过着天人合一的生活。去哈萨克族人家做客,一般有什么期待,都不会落空。并且,总是会有些惊喜,让人意想不到。

他们吃肉,不用筷子和勺子,直接用手抓。他们喝茶,光放茶不行,还要放鲜牛奶和盐巴。他们喝酒,不用杯子,而是用很大的碗。他们弹起冬不拉,不会只是唱,还要跳舞才行。从他们的舞姿中,可以看到骏马奔驰,雄鹰飞翔。和他们在一起,会让人忘了时间,不知天地间还有"忧愁"二字。

不过,意外的惊喜,却是别的。冯青和余明杰,虽一个学工,一个学医,却并不缺乏歌舞方面的天赋。听歌手弹着冬不拉唱一遍,第二遍就可以跟着唱了。看青年男女跳舞,看上一会儿,走到人群里,就可以跟着一起跳了。主人大为惊喜。兴头上,冯青对主人说,我想骑马,教我骑马吧!

哈萨克族人生来就会骑马,骑马对他们来说,是一件再简单不过的事情了。可冯青说要骑马,他们还是犹豫了,他们把目光投向余明杰。

冯青与余明杰一起出现,牧民们就把余明杰当成了冯青的爱人。

骑马很容易,可从马上摔下来也很容易。他们不能对冯青说不。冯青是尊贵的客人,她提出的一切要求,他们都不该拒绝。他们希望余明杰说一句话。

余明杰听冯青说要骑马,也愣了一下。愣过以后,他竟然也跟冯青说了同样一句话,我也想骑马。

骑上马一点也不难。骑在马上,让马走着,也很容易。到了这一步,只能说是骑过马,但决不能说是会骑马。骑在马上,不但能让马儿走起来,还要能让马儿跑起来。不但能让马儿跑起来,还要能让马儿停下来,这才能说是会骑马了。

两个人正年轻,腿上有劲,有几次眼看要摔下来了,腿一使劲,夹住了马的肚子,就稳坐在了马背上。

看他们下了坡,过了沟,跨过了坎,还在马背上,哈萨克族人朝他们竖起了大拇指。

骑在马上看风景,风景似乎也变得好看了。骑在马上聊天,说起话来似乎也没有那么多顾忌了。

冯青说,余明杰,我问你,你是不是想谈恋爱了?

余明杰一听,心里震了一下,说,当然想了。

冯青说,你是不是想在我们医院找个女朋友呀?

余明杰说,你怎么知道?

冯青说,我是医生,你们男人的心病,我怎么能看不出来?

余明杰的心怦怦乱跳了起来,这么说冯青看出了我喜欢她。

余明杰不知该怎么接冯青的话,他说,你……你的意思……

冯青说,你是不是想找个医护人员?

余明杰说,医护人员的工作很伟大。

冯青说,那你想找个什么长相的?

余明杰说,像你这样的就行。

冯青说,我这个长相很平常,你的条件不高。

余明杰说,我不明白,你问这些话是什么意思?

冯青说,你不会这么笨吧!说了这么多,你还不明白我的话是什么意思。

余明杰说,我真的不明白。

冯青说,你就放心吧,在我离开以前,一定会给你介绍一个医院里的女朋友,保证长得比我漂亮,这下你明白了吧!

余明杰说,不,不,你误会我的意思了。

冯青说,误会什么呀!你对我这么好,还老往医院跑,不就是想通过我,找个医院的女朋友吗?别不好意思了,你其实可以直接告诉我,要是你早告诉我,我早就帮你把女朋友找上了。

余明杰真想告诉冯青,我是想在医院找女朋友,但不是别人,而是你。但想到冯青说过的话,这句话到了嗓子眼,又咽了回去。

余明杰只能说,你的好意我领了,不过,这个忙真的不需要你帮,谢谢你了。

这话说得让冯青愣住了,但看余明杰一脸严肃的样子,又似乎不是在开玩笑,而是在郑重地告诉她,不让她帮这个忙。莫非自己的判断出现了错误?看来这个余明杰并没有她想得那么简单。

不过,冯青可不想让这个事就这么结束。作为好朋友,她不会对余明杰的终身大事不管的。她打算在离开可可托海以前,一定帮他把女朋友找上。

太阳快落山时,两人离开了牧民的毡房。

他们是走着来的。不过,离开时,他们一人骑了一匹马。

到了可可托海的驻地,他们下马,拍了一下马背,马就转身沿着来的路往回走。不光是老马识途,只要是马,都会记得回家的路。

看着马在暮色中渐渐地没有了影子,冯青说,下个休息日,我还要去骑马。

余明杰说,还要我陪你一块儿去吗?

冯青说,你要是不愿意去,可以不去。

余明杰说,我当然愿意去。

冯青说,这还差不多。

余明杰看着冯青,心里想,这么聪明的一个女人,怎么会一点也看不出我的心思呢?是她真的不知道呢,还是她明明知道,故意装作不知道,并且用介绍对象的方式来回避,怕我给她带来什么麻烦?不过,事情如果真的是这样,她也用不着这么费心思,只要她一个冷淡的眼神,就可以让我安静地从她身边走开。莫非她什么都知道,而是在用这种方式考验我……

余明杰头一次感受到了情感问题的复杂,似乎超过了任何一道难解的数学题。

只要不结婚,就要住集体宿舍。孙惠兰在电厂时,两个人住一间房子,调到机关后,没想到住进了三人一间的房子。

三个人一块儿住,又都是女人,倒是有人说话。可想安静一下,一个人读读书、想想问题,就没有那么容易了。

其实,解决这个问题并不难——像张秋凤一样,只要马上和赵义勋结婚,就可以有自己的房子了。可她才二十五岁,还不到二十八岁,说了要晚恋晚婚,就一定要做到。

不过,这个想法,在见到了张秋凤,去了她家,被她一番开导后,已经完全改变了。从严词拒绝到主动示好,孙惠兰正在用行动,告别曾经坚持的婚恋原则。不为别的,只为了逃离集体宿舍,也得加快走向婚姻的步伐。也就是说,她必须和赵义勋尽快定下结婚的日期。

宿舍里有别人,不方便学习,也不是问题。还有办公室,大家都下班回家了,她可以一个人在里边,干想干的事。

所以,晚饭以后,孙惠兰又回到办公室,不是有什么工作和任务需要加班完成。说实话,和基层的生产第一线比较起来,在机关还是要轻闲一些。

刚来那会儿,需要熟悉业务和相关资料,她确实忙了一段时间。到了这会儿,工作上的事她已经可以轻松应对了,常常坐在办公桌前等着科长给她安排工作。别的女同志手头的工作干完了,就会干些私活,比如说织毛衣、织手套。

孙惠兰不会去干那些女人爱干的私活,尽管有了结婚成家的渴望,但远大的理想并没有放弃。电世界是一个深阔的大海,要想成为一个这方面的优秀专家,要想被评为高级电力工程师,还要付出更多的精力才行。

在四矿,自己能够让死了的发电机活过来,正是这些年刻苦钻研的结果。安怀民书记的表扬也给了她很大的鼓励,让她有了继续奋斗的动力。

走进办公室,她拿出几年来《电世界》的合订本,在目录上找与水力发电相关的章节。正在建设的海子口水电站,一旦建成了,就会成为可可托海最重要的发电厂。虽然机关的工作比较清闲,但她并不打算在这儿干一辈子。她想如果有可能的话,等海子口水电站建成了,她就去那里工作。当然,不是去当一个普通的工程师,而是要担负起更多更大的责任。不过,这个想法她只会悄悄地藏在心底,对谁也不会说的。

孙惠兰正在办公室里读着她的《电世界》,桌子上的电话响了。以为是哪个单位的生产出了什么状况,她赶紧拿起电话问有什么事,没想到打电话来的是吴成朋。

她问吴成朋有什么事。

吴成朋说他办公室里的电灯不亮了,请她去看看出了什么问题。

她是负责电力安全的,可她只负责生产设备电力安全,屋子里的电灯亮不亮应该和她没有什么关系,再说这个时候又不是工作时间。可吴成朋是办公室主任,平常关系也不错,他让她办的事她不能不办。

吴成朋听出孙惠兰有些犹豫,就对她说,我不懂电,这个事只能麻烦你这个电力专家了。

吴成朋的话说得这么客气,让孙惠兰有些不好意思。从四矿回来后,不管在什么地方碰上面,吴成朋都会停下来与她聊一会儿天。她能感觉到,吴成朋很愿意与她聊天,只是聊的什么,转过脸,孙惠兰就不记得了。

孙惠兰拿着手电筒,去了吴成朋的办公室。

电灯不亮了,吴成朋点了一根蜡烛。看到孙惠兰进来了,吴成朋很高兴,说,没有电灯,真是太不方便了!

孙惠兰个子不高,拿着手电,仰着头看灯泡,看不太清楚,就扯过一张凳子,踩在凳子上。怕凳子不稳把孙惠兰摔了,吴成朋赶紧伸出手,帮忙扶着凳子。

孙惠兰带了试电笔,如果不是灯泡的事,就会是电路的事。不过,试电笔没有用上,手电筒一照,白炽灯泡里是什么情况就看明白了。

孙惠兰说,是钨丝断了,有备用灯泡吗?

吴成朋说,有。

说着,吴成朋转身从后边的一个柜子里拿出一个新灯泡。

孙惠兰扭下旧灯泡,换上了新灯泡,屋子里一下子亮堂起来。

吴成朋说,到底是专家,一下子就把问题解决了!

孙惠兰觉得吴成朋这话说得有些可笑,心想这个问题用不着专家解决,一般人都能解决。虽然吴成朋说得夸张了一点,可听起来也挺顺耳。

说是要感谢孙惠兰，吴成朋拿出了两个蟠桃，说，这是农场同志送来的，味道不错。

桃子吃过不少，可蟠桃却是头一次见，看色泽与形状就很诱人。孙惠兰想吃，就没有客气，顺手接了过来。

吃过以后，孙惠兰说，是好吃，比别的桃子都好吃。

吴成朋有些得意，说，古时候，王母娘娘每年都要在天山天池举行蟠桃会，请周天子来吃蟠桃。

孙惠兰看到吴成朋身后的书架上摆放着许多书，想看看有没有自己想读的书，就凑近了看，一看，全都是些俄文书。

吴成朋指着几本厚厚的书说，这是俄罗斯大文豪写的，还没有翻译成中文。

俄国人的书，孙惠兰只读过《钢铁是怎样炼成的》。和许多年轻人一样，读过以后，那个保尔就成了她心中的偶像。孙惠兰的小本子上，就抄了好几段保尔说过的话。尤其是那段回首往事不会后悔的话，她早就可以背下来了。

吴成朋问孙惠兰愿不愿意学俄语，如果愿意学，他可以教她。保证一年以后，她就可以捧着这些文豪们写的书读了。

孙惠兰没有答应跟吴成朋学习俄语，就走出他的办公室。她心想，这个吴成朋那么有知识，却连电灯泡都不会换，真是让人有些想不通。

也许每个人都有自己的特长吧，不会换灯泡也算不了什么事。想到上一次去四矿挎在他身上的照相机，孙惠兰转头问他那个照相机是他自己的，还是公家的。

吴成朋说，照相机是公家的。对了，上次去四矿，还给你拍了一张照片，不知宣传科的人洗出来了没有。

孙惠兰说，河谷里的风景多好看，你为什么不去拍？

吴成朋说，一直想去拍，就是工作太忙了，抽不出时间。最近我想组织机关的年轻人去河谷搞一次活动，你能一起参加吗？

孙惠兰说，这么有意思的事情，我有什么理由不参加呢？

一矿矿长肖长峰近来心情有些不太好。这个心情和矿石生产关系不大。新中国成立时，他就带着人开矿。如何多产好矿石，他比别人有更多的经验和办法。

三号矿脉从井下开采变成露天开采后，看起来难度是小了，但由于开采方式的变化，管理上也就需要采取新的措施。也就是说，他反而要操更多的心了。

他是矿长，操心再多也是应该的，他也愿意操这个心。工人们一般在矿上劳动八个小时就可以回家了，而他每天却要在矿上忙碌十几个小时。其实他也知道就算是他不在现场,生产也会一样进行。但不知为什么,他总是担心突然发生什么状况,因为自己不在场,问题得不到及时处理,影响了生产。

怎么忙碌怎么操心,他都心甘情愿,谁让他遇到了一个好书记呢。不管开什么会,讨论决定什么问题,安怀民都会让肖长峰发表意见,并认真听取。矿上好几个重大决定,都是采纳了他的意见。他没有去过延安,没有打过国民党,解放新疆也没有出过力。可安怀民对他却很信任,这让他不能不感动,想着法子去回报知遇之恩。

所以,当肖长峰心情不愉快时,马上就想到了安怀民。

说到肖长峰的不愉快,话有些长。

肖长峰是东北人,九一八事变时,东北军不抵抗,一部分军人变成了义勇军,与日本人作战。身为排长,肖长峰半个排的人都战死了,他没有死,跟着大部队退到了苏联。后来,这些人进入新疆,打算经新疆进入各地,继续抗日。

二十世纪三十年代初,正遇盛世才和马仲英打仗。盛世才是东北人,又属于政府军。打出的旗号,又是联苏亲共,支持抗日。于是,东北军接受了改编,近四万热血男儿成了政府军主力,帮助盛世才打败马仲英,让盛世才坐上了

"新疆王"的宝座。这期间,肖长峰作为下级军官,在各次战役中冲锋陷阵,在决定战事转折的紫泥泉(今阜康滋泥泉子)阻击战中,还受了枪伤。因此,他也得到了盛世才的赏识。就在战事平息后,他做了监狱长。

一九四一年,苏联被德国闪电战袭击,前期溃不成军,盛世才误判形势,与苏联翻脸,抓了大批共产党人。共产党人在新疆,干了许多好事,为新疆社会发展出过大力,对他们进行迫害,肖长峰想不通。他不愿与盛世才同流合污,辞去官职,来到阿勒泰,原想在矿上打工,挣些盘缠,回老家过日子。不想因会说俄语,又有领导才能,被苏联人相中,很快就从矿工变成了带班的班长。同时他又认识了陈志远,两人成为好友,再与柳芭成婚,有了孩子,就铁了心在矿山扎根,不离开新疆了。

肖长峰的人生经历,虽然有些坎坷,可总的说来,肖长峰没有做过亏心事,说起来总是坦坦荡荡,从来没有隐瞒过。可他怎么也没有料到,就在几天前,三个穿中山装的男人找到了他,说他们是公安机关什么处的,让他谈谈当年当监狱长时,是如何迫害共产党人和革命志士的。

肖长峰说,我正是不愿意那么干,才辞去了官职。

三人中,一人年纪稍大,他说他是组长。

组长说,不愿意干,是不是干了以后,才不愿意干的。

肖长峰说,一接到命令,看到要枪决的人都是我知道的好人,我就没有执行。

组长说,可他们还是被枪决了。

肖长峰说,是谁枪决的,我不知道,反正不是我干的。

组长又问,你知道他们是好人,是共产党人,为什么没有想办法救他们出狱？你是监狱长,你是可以做到的。

这一问,把肖长峰问住了。是啊,当时为什么没有救他们呀？让肖长峰现在说,他也说不出个究竟来。

让肖长峰不愉快的不仅仅是他们问话的内容,更让他难以接受的,是他们问话的态度。他们问话的神态还有口气,分明是早就把他当成一个嫌疑犯,当成一个坏人了。

临走时,组长让他再好好想一想,说还会再来找他的,说他最好能把新中国成立前他干的事全都说出来。如果隐瞒,后面被查出来的话,后果会很严重的。

到底有多么严重,来人没有说。没有说,肖长峰只能自己瞎想。有些事不能想,越想就会越觉得可怕。问题是来人在离开时还警告他,不要把这个事告诉任何人。

给别人不能说,不能不给柳芭说。柳芭是谁,是他的患难之妻,相依为命的爱人,她可不是别人。就算说了以后会掉脑袋,也不能不给她说。

其实这会儿,柳芭的心情也不太好。不用多说也可以想象得出来，柳芭的国籍，以前很荣耀，而这个时候，除了麻烦，再没有一点好处。

新疆与苏联紧挨着，两边人，要跑到对面去，是很容易的事。十月革命后，大批沙俄军官难民为了活命，逃进了新疆，最多时，新疆俄国侨民人数有十万人。二战后，苏联缺人，通过协商，动员新疆众多俄国侨民回归故土。一九六二年，苏联又鼓动边民外逃，六万多人越过边界，制造了著名的"伊塔事件"。同时，苏联单方面撕毁协议，撤走专家，逼迫还债，雪上加霜，让中国人有几年日子过得苦不堪言。两国关系到了这个分儿上，有些人就把怨气出在身边的俄罗斯人身上。有法律约束，太出格的事不会有人干，可见到柳芭，翻个白眼，吐口唾沫，说几句难听话，还是做得出来的。

听了肖长峰说的事，柳芭说，要不然，咱们也去苏联吧？

肖长峰一听，冒了火，差点一个巴掌打到柳芭脸上，说，亏你想得出来，让我当叛国贼。我就是被冤枉死，也不会干这样的事。

肖长峰对于政治是怎么回事不太懂，但身为中国人，要爱祖国，他还是明白得很。当年，就是因为爱国，哪怕被小鬼子打死，也不做亡国奴，也要奋起反抗。也是因为爱国，信了盛世才的话，为了边疆的安宁和平出生入死。同样，现在当矿长，也是为了国家更加富强，他没日没夜地操心忙乎着。

　　给柳芭说,说了也是白说,不但不能让他解压,还让他心更烦。在可可托海,除了柳芭,还有谁和他亲,想一想只有安怀民了。想去给安怀民说,但知道书记忙得很,矿上的事都要操心,再为自己的事去打扰他,也有些不好意思。思来想去,这个事先对谁都不说了。没准,那三个人只是吓唬他一下,并不会再来找他的麻烦。因为他知道,自己从来没有干过对不起国家的坏事。身正不怕影子斜。多少年能活得堂堂正正,就是因为昧良心的事,他从来不会干。

　　安怀民是肖长峰接触的第一个共产党的官。以前,他见到的官都是国民党的官,是军阀的官,还有苏联的官。什么事不比不知道,一比就明白了。

　　以前见到的那些官,几乎个个都是老爷派头,摆架子,耍威风,利用手中的权力,给自己谋好处。包括那个苏联的总经理,也是经常喝醉了酒,乱骂人,还有好几个情妇。可是安怀民不一样,按说在可可托海,他想干什么,就可以干什么,谁也管不着。但他好像一点也不懂得使用手中的权力,不管什么时候,不管是见了下级干部,还是矿上的工人,都是一样的和蔼可亲。

　　那年反右派,上面也给矿上下了指标,必须要抓多少个右派。开会定右派时,别的人不敢说什么,安怀民不管,一个劲说,这些人有知识,很年轻,工作上离不开,要手下留情。结果,二十个人的材料,十五个人的没有通过。没有完成规定的指标,他还受到了批评通报。安怀民不在乎,说这个先进,我可以不要。那些被定为右派的人,说是在可可托海监督改造,但都没有受什么罪,一样被重用。有人提醒安怀民,这么干,会犯政治错误。安怀民却说,不整人,不冤枉人,啥时候都不会错。

一群工人在食堂吃饭,嫌饭菜太难吃,白水煮萝卜白菜,一点油花都没有,闹了起来,还和做饭的大师傅打了起来。保卫处处长带着护矿队队员把带头闹事的几个工人抓了起来,说他们破坏捣乱,要把他们送去劳改。安怀民知道后,把保卫处处长狠狠地批评了一顿,不但让他把工人放了,还让他给工人赔礼道歉,并亲自去慰问那些工人,征求他们的意见。根据工人们提供的线索,管食堂的一个后勤干部的贪污行为被查了出来。原来他把该给食堂的油和肉倒卖了,才造成了饭菜质量的下降。这个干部后来受到了开除党籍、撤销职务的处分。那些想利用手中权力谋私利的人也被吓住了。

不管是开会,还是与人闲谈,安怀民经常说,我们要依靠人民、相信人民,为人民服务,不能只是在嘴上说说,一定要落实在具体的行动上。

每个月矿上的干部开民主生活会,进行批评和自我批评。一开始,大家有意见不敢提,都觉得没有人愿意听批评的话,怕万一提不好了,让领导生了气,以后对自己不好,遭到打击报复。

安怀民为了打消大家的顾虑,就做自我批评,找出自己的不足,让大家帮他出主意,如何改正错误,弥补自身的不足。

经过一段日子,大家发现提意见,安怀民不但能认真听取,而且还会纠正。最重要的是,提了意见的人,还会因为敢于直言而受到表扬,会得到进一步的重用。

正是因为安怀民胸怀开阔,不耻下问,虚心接受大家的意见,可可托海的各项工作极少失误。大家有什么话,全都能说出来,不会憋在心里,弄得很难受。所以,不管在什么时候,干部工人们的心情都很舒畅。

三个人的审问,让肖长峰有些不愉快,但他也没有太生气。给柳芭说了后,他就没有再多想什么了。该干什么,一样去干,工作上没有受到一点影响。

没想到,七天以后,那三个人又来了。

他们问肖长峰,想起干过的坏事没有?

肖长峰说,我从来没有干过什么坏事,怎么想得起来?

三个人不相信一个在反动政府里工作过的人没有干过坏事,他们认为肖长峰不老实,不愿意交代自己的罪行。

不被人信任,确实是件让人难以接受的事。自己怎么辩解,别人就是不相信,就算是脾气再好的人,也不能不冒火。况且,还是打过仗,当过军官,从来不会忍气吞声的肖长峰。他的嗓门不由得大了起来,对那三个人的态度也就没有了好气。他指着门外,对三个人说,我再说一遍,我没有什么问题可交代的,请你们不要再给我找麻烦!

三个人当然不会被他这么一说,就真的离开,不找他的麻烦了。这些年清查旧政权公务人员时,还从来没有遇到过态度这么强硬的。那些人见了他们,全像是老鼠见了猫一样。

他们看着肖长峰,有点像看一个怪物一样。其中一个说,就凭你的这个态度,你就有问题。既然你不肯主动交代,那就别怪我们不客气了。

说着,两个人上来抓住了他的胳膊,把他连拖带拽地,架上了停在门外的一辆吉普车。

门口正好有几个工人在干活,看到矿长被人架上了吉普车,他们围了过来,要把肖长峰救下来。

一个人掏出证件,拿出手枪,对着工人们说,我们是公安局的,在执行公务,请你们不要妨碍。

看到证件和手枪,工人们愣住了。他们搞不明白是肖矿长真的犯了什么法,还是这三个人抓错了人。

弄不清楚,不等于不管了。肖矿长平时和矿工们的关系亲如兄弟,肖矿长是个什么样的人,大家心里都有数。

不敢对抗盖着红章子的证件和手枪,但决不会眼睁睁看着肖矿长被带走而无动于衷。

有工人说,快去报告局领导。

是啊,他们是工人,好多事想管也管不了。局领导就不一样了,再大的事,只要找他们,没有解决不了的。这一点,近些年,工人们的体会是越来越深了。尤其是安怀民书记,只要见了工人们,就问他们有什么问题,有什么困难。不但问,还会亲自解决。孩子上学的事、下班后洗澡的事、农场的菜肉供应的事,全都在反映给安怀民书记后,有了十分满意的结果。

几个人跟在吉普车后边跑了起来,他们不是想追上吉普车,只是想快一点把这个情况报告给局领导,让安怀民书记知道。

吉普车开得快,不大一会儿,就越过了河上的木桥,穿过了住宅区、生活区。在经过矿务局办公楼时,吉普车不但没有停下,反而加快了速度,驶出了小镇。

等追赶的工人跑到办公楼前时,吉普车已经没有影子。这时,正好看到陈志远从楼里走出来,工人们马上围了上去,向他报告肖长峰被抓走的情况。

陈志远一听,立即回头走进办公楼,直接来到安怀民的办公室。

陈志远的报告,让安怀民吃惊。他不敢相信,又不能不相信。到底发生了什么,不可能马上搞清楚。但有一点安怀民清楚得很,那就是肖长峰是自己手下的人,别说还是个矿长,就算是一个普通矿工,也不能让别人随便就抓走了。

安怀民一挥手,对陈志远说,走,去把老肖追回来。

陈志远说,他们开的是小车,怕是我们怎么追,也都追不上。

安怀民问,咱们的检查站设在哪里?

陈志远说,可可苏里岔道口。

安怀民说,给卡子打电话,把车拦下来!

陈志远说,他们可是有证件有枪的,要是硬闯,谁也没办法。

安怀民说,我就不信这个邪了!我们的护矿队,都是我带过的兵,都打过仗,没有他们对付不了的人!

安怀民来到了楼下的值班室,要通了可可苏里检查站的电话。

检查站的站长，曾在安怀民手下当过排长。一听是安怀民的电话，马上站成了立正的姿势。

安怀民说，你们听着，有一辆吉普车，很快就会通过检查站。不管用什么方式，你们都要给我把这辆车子拦下来。车子里边有咱们一矿的肖矿长，你们要保证他的人身安全。对了，他们都带着枪，如果他们不肯配合，就把他们的枪给缴了！我很快就到。

检查站站长在电话里说，请安政委放心，保证完成任务。

在部队叫政委叫习惯了，到矿山后，还经常会把安怀民叫成安政委。

肖长峰被推进车里，打算找个机会，跳车求救。可他们有经验，没有让他一个人坐在靠窗处，而是一边各坐了一个人，把他夹在中间。别说是拉开车门了，就是透过车窗喊一声都没有可能。

车子驶出小镇，走在盘山路上。肖长峰突然觉得心跳有些急促，似乎胸口处被什么堵住了，憋得他有些喘不过气来。前一阵子开会说，蒋介石一直想反攻大陆，台湾派了不少特务到大陆收集情报搞破坏。可可托海在为军工厂生产矿石，敌人肯定在找机会下手。如果真的是这样，自己会是个什么结果,就难以预测了。不过,如果这三个人真的是特务,那他决不能让他们的阴谋得逞。一定要找个机会,夺下他们手中的枪,和他们拼个你死我活。只是目前他还无法肯定这三个人真的是特务,所以他只能坐在车里等事情发生变化。刚才他看到了在后边追赶车子的工人,他相信这会儿,安怀民书记他们一定知道了正在发生的事。而安怀民书记不管是在什么样的情况下,都不会不管他的。想到安怀民书记,肖长峰的情绪稍稍安定了下来,一头的虚汗消去了不少。

肖长峰问,你们到底想干什么?

年纪稍大自称是组长的那个人说,你不是什么都不讲吗,我们要把你带到一个让你能够老实交代的地方。

肖长峰问,要把我带到什么地方去?

组长说,到了你就知道了。

回答的声音很平和,但在肖长峰听来,却有些毛骨悚然。他当过监狱长,看到过特务机关为了获得口供是怎么对待犯人的。不过,那是旧社会的事,现在应该不会发生了。

他说,我真的没有什么可说的,你们还是放了我吧,矿上的生产很忙,离不开我。

组长说,你放心吧,等到问题搞清楚了,你确实没有什么事,我们会把你放回来的。我们绝不会冤枉一个好人,但也不会放过一个坏人。

快到检查站了,透过车窗望出去,看到路中间不但摆放了路障,还站着五六个全副武装的护矿队员。肖长峰知道,平常检查站不会这样,这么做,肯定是和他有关了。不过,车子里其他三个人,却没有多想什么。他们还在商量着,等一会儿到了富蕴县城,是去吃拌面呢,还是去吃抓饭。

车子被拦停,司机拿出证件。证件被拿走,交到站长手里。站长看了一眼,走过来,往车里看,看到了肖长峰。肖长峰只是一矿的矿长,除了一矿的人,别的单位的人,他大多不认识。但他不认识别人,别人却认识他。局里开大会,矿长一级的干部,经常会坐在主席台上。

站长让车里的人全都下来。有两个人不下,只有组长下了车,与站长进行交涉。

站长态度很明确,不但车子不能通过,还要放了车子里的肖矿长。

组长的态度也很明确,车子不但要通过,车子里的肖矿长也不能放。

态度都很明确,又是针锋相对不肯相让,结果只能是现场的气氛变得紧张起来。

站长让手下的人打开车门，把肖长峰解救出来。

组长和两个手下只能举起手枪，说他们是在执行公务，谁都无权干涉。如果被干涉，他们会进一步采取行动。也就是说，他们会把站长也抓起来。

站长对他们的强硬一点也没有在乎。只见他一招手，立刻从路边的一排木屋里，冲出了八九个荷枪实弹的武装人员，把车子包围起来。

组长拿出手铐，想把站长给铐起来。但站长和他手下的人动作更快，不但夺过了他们的铐子，还把他们的手枪给缴了。

组长指着站长说，我就不明白了，是谁给你们这么大的胆子！

站长说，你马上就会明白了。

站长这么说时，已经看到了驶过来的小车。他迎着小车走了过去。

车子停在站长跟前。安怀民从车里下来，跟着安怀民下车的还有陈志远。

站长朝安怀民敬了一个礼。

安怀民看到站在不远处的肖长峰，马上走了过去，握住肖长峰的手，对他说，我来得有些晚，让你受委屈了！

组长试图说服安怀民,让他们把肖长峰带走,说这个事很重要。一位伟大的革命先烈,牺牲在了盛世才的监狱里,需要找相关人员调查清楚。这个案子,中央领导有过批示,每个部门都要大力配合才对。

安怀民说,这个人是我们矿的顶梁柱,他走了,生产会受影响。不管你怎么说,我都不会让你带走他的。告诉我,你们的主管部门是哪一个?我会亲自找你们的领导谈这件事,你们可以把责任全推到我身上。

组长说,如果这个人真的是漏网的阶级敌人,你就没有想过你要承担的后果吗?

安怀民说,和敌人打了那么多年仗,是不是敌人我认得出来。别的人我不敢说,但这个人,我可以用性命担保,他不会是我们的敌人。

安怀民与组长交涉时,肖长峰在一旁全听到了。

肖长峰坐着安怀民的车,回到了小镇上。为了能让肖长峰安心,安怀民带着他直接进了自己的办公室,当着他的面打起了电话。

安怀民有一帮解放新疆的战友,在完成使命后,大部分都在新政府担任了要职。所以没有太费什么力气,安怀民就搞清楚了是怎么回事。说这是阶级斗争的需要,对于在旧政府任过职的人，都要进行政治上的甄别，以保证革命队伍的纯洁性。

当着肖长峰的面，安怀民在电话里发了脾气说，如果不停止对肖长峰的所谓甄别，再随便来可可托海对他进行问讯，他就会把这件事报告给北京。他还说，我们这个矿是属于中央直接管理的，地方的相关机构没有权力对我们的干部进行审查。我可以用我的党性担保，肖长峰同志是一个可以信任的，对党和国家忠诚的好干部。

听不到对方说了什么，但应该是接受了他的意见。安怀民放下电话，对肖长峰说，你放心吧，以后不会再有人找你的麻烦了！

肖长峰有点担心地说，我没有麻烦了，你会不会有麻烦呀？

安怀民说，从参加革命那天起，我就把这条命交出去了。死都不怕了，你说还会怕什么麻烦？

肖长峰说，那就太谢谢你了，安书记。

安怀民说，要说谢，我得要谢谢你。我打仗行，可开矿是外行。这些年，要不是你们这些开矿的专家支持我，我这个书记早就干不下去了。尤其是你这个一矿的矿长，更是有着别人无法替代的作用。可可托海承担的使命重大，而要完成这个使命，可以说主要得靠一矿的三号矿脉。无论处于多么困难的情况下,矿上的生产都从来没有耽误过。当然,工人们的辛苦付出不能否认。可火车跑得快,全靠车头带。没有强将哪有勇兵?你的贡献我看在眼里,记在心上。要是这个时候,还要让你为别的事受委屈,那就是我这个书记的失职。

听着安怀民的话,肖长峰的胸口不再那么憋闷了,心脏也没有那么难受了。人的有些病,是没有药能治的,往往几句话,可以医治一颗受伤的心。

肖长峰的心病被安怀民治好了,他站起来要走。安怀民也站起来,送他往门外走,边走边说,我知道,你们家柳芭也受了委屈。苏联和我们关系不好了,和苏联人民没有关系。没有苏联,没有十月革命的一声炮响,没有这十几年的援助,我们中国就不会有今天。这个恩情,我们不能忘。就说可可托海吧,你是知道的,不是苏联人,有没有这个矿山都不好说。下次开大会,我要讲这个问题。对于留下来的,与我们一道建设社会主义的苏联同志,我们一定要善待。这样吧,星期天,你和柳芭同志来我家,再把老陈喊上,让你嫂子做个山西面,我们一起聚聚。

肖长峰说,就不麻烦了吧?

安怀民说,你的心病没有了,可柳芭同志的心病还没有好。她有心病,你的日子也不好过呀。

肖长峰笑了笑说,能到你家做客,柳芭不知会有多高兴。

安怀民说,最近又接到上级的文件,因为军工生产的需要,要求我们加大矿石的供应量。你肩上的担子很重呀!

肖长峰说,安书记,你放心。士为知己者死。不说别的,就凭你这样待我,我也不会让你失望。

安怀民说,我无所谓。咱们都是为了一个共同的革命目标,那就是让国家尽快地强大起来。国家强大了,我们的日子才能过得更好。

临出门,肖长峰说,安书记,我有一个请求,你看行不行。

安怀民说,不管什么请求,只要我能做到的,一定会满足你。

肖长峰说,我想加入中国共产党。

安怀民说,好呀,共产党就是人民的党。每一个人,只要符合条件,都可以加入。

肖长峰说,不知道我符合不符合条件?

安怀民说,你写申请书吧,我愿意当你的入党介绍人。

肖长峰说,谢谢安书记了。

八月初的一个休息天,吴成朋挎着照相机来找孙惠兰,说他约了几个年轻人一起去河谷游玩。孙惠兰一听,马上洗了脸,搽了雪花膏,梳理了头发,想到要照相,还换上了连衣裙。出门时,还问吴成朋这样打扮行不行。吴成朋看看她,说,就这样,挺好的。

一共九个人,五男四女,年纪看上去都差不多,都还没有结婚。其中一个男的背了一架手风琴,其他几个人身上也背着大小不一的包。包里装着面包、香肠和酒。孙惠兰空着手,有点不好意思。吴成朋说,没事,等会儿你给大家多唱几首歌就行了。

走到河边,沿着河谷往上走了一会儿,走进一片白桦林,找到了林中一块草地。这里地势平坦,柔软茂密的细草如铺开的毯子,可舒适地去躺或坐。大家一个挨一个围成了一圈,因和吴成朋熟悉,孙惠兰自然就坐在了他的旁边。对另外四个男的,没有注意看,倒是三个女的,她多看了几眼。

手风琴响起来,大家站起来跳舞。三个女的,什么舞都会跳。跳舞时,她们显得很有青春活力。她们拉孙惠兰跳,她只能摆手。不是她不想跳,是她知道,她跳舞的样子,真没有别人好看。

舞跳了一阵子,跳出了汗,就不跳了,几人坐下来吃东西,喝饮料和酒。这个时候,手风琴又响起,大家开始唱歌,一块唱起了《山楂树》《莫斯科郊外的晚上》和《歌唱祖国》《我们走在大路上》等年轻人都会唱的歌。

跳舞不行,有些没面子。合唱完了,让每个人唱。要唱什么,孙惠兰早想好了。轮到她时,她马上站起来,深情地唱了一首《半个月亮爬上来》。

半个月亮爬上来,咿啦啦,爬上来。照着我的姑娘梳妆台,咿啦啦,梳妆台。请你把那纱窗快打开,咿啦啦,快打开,再把你那玫瑰摘一朵,轻轻地扔下来……

她唱歌时,吴成朋也没闲着,端着相机,寻找着角度,连着给她拍了好几张照片。看到吴成朋在给她拍照,孙惠兰有意让自己站立的姿态和脸上的表情更好看一些。

在林间草地上玩得尽兴了,几人又去爬山。只是爬着爬着,一些人就不见了,最后只剩孙惠兰和吴成朋了。她问,别的人呢?吴成朋说,可能他们在搞对象,找地方去说悄悄话了。

孙惠兰靠在一棵白桦树上,让一束初秋的阳光照在身上。吴成朋举起相机,说这个姿势好,让她保持住。拍完了,他问孙惠兰,你这么优秀,怎么会没人追求你?听吴成朋这么说,孙惠兰真想对他大声说,谁说没人追求我,我早就有对象了。只是孙惠兰可不会这么厚脸皮,把这种事也到处宣扬。所以听到吴成朋这么问,孙惠兰只是笑了笑说,主要还是我不够优秀吧。

不过,孙惠兰如果知道接下来会发生的事,她一定不会这么回答他了。

第九章　天边传来一首无字的歌

去了一次四矿,知道去四矿的路有多么难走,孙惠兰也就明白了,为什么不能经常看到赵义勋了。桌子上的电话,可以通过总机打到四矿,可打过去赵义勋也接不到。再说了,就算赵义勋接了,电话是用来说公事的,孙惠兰也不能在电话里说别的什么话。所以,好几次看着眼前黑色的手摇电话机,她想了又想,还是没拿起电话打往四矿。

自从去过四矿,看到赵义勋的工作环境,听到赵义勋给安怀民书记汇报工作,赵义勋在她心里边的分量一下子增加了不少。原来她也觉得赵义勋是个挺好的人,但还没有好到让她没有事时老会想起他。从四矿回来后,孙惠兰不但梦见了他,还头一次因为想见到赵义勋,想得半夜睡不着觉。

四矿的路再难走,只要没有大雪封山还是可以走的。

国庆节放两天假,孙惠兰想到了赵义勋会来看她,决定这两天什么事都不干,就等着他来。孙惠兰想好了,这次他来以后,一定要把两个人的婚事定下来,顶多到明年的"五一"就把婚事办了。五月以前,这个地方冰天雪地,赵义勋又在四矿,干什么都不方便。五月,冰雪融化,春暖花开,举办婚礼再合适不过了。当然,这是她自己的想法,不知赵义勋会怎么想。不过,她了解赵义勋,他向来尊重她,她如果说这么办,他肯定不会有什么意见。

下班后,孙惠兰往宿舍走,在路上遇到张秋凤。她不是一个人,而是怀里还抱着孩子。

天啊,上次去她家,她的肚子还看不出怀了孩子。似乎没有过多长时间,她就把孩子抱在了怀里。

张秋凤让孙惠兰去她家,说申工今天休息,在家做好了饭。孙惠兰想了想,说她还有别的事,等以后再去吧。

孙惠兰说不去,张秋凤也没有多说,两个人就站在路边说起话。当然,这个时候,话题难免会围绕着怀里的孩子。

张秋凤告诉孙惠兰孩子几个月了,叫什么名字,让孙惠兰凑近看孩子的模样。孩子是个女孩,长得不像妈妈,倒像爸爸。

孙惠兰仔细看了孩子,小家伙皮肤嫩白,两只眼睛忽闪忽闪的，十分惹人爱。

孩子不知为什么，突然撇了一下嘴，似乎想哭。张秋凤说，她饿了，想吃奶了。

说着，张秋凤就解开了衣服。孙惠兰吓了一跳，她竟然光天化日之下在路边喂奶。

孙惠兰有些紧张地四下张望，好在这会儿，没有什么人路过。张秋凤却一点也不在意，问孙惠兰，你的事怎么样了？

孙惠兰说，也就是那样了。

张秋凤说，是赵义勋吧？

孙惠兰说，还能是谁呀。

张秋凤说，你俩挺合适的，早就该把事办了。

孙惠兰说，我想明年"五一"办。

张秋凤说，还要等这么久呀！过几天就是"十一"了，不如就"十一"办了。

孙惠兰说，这么多年都过来了，不在乎早几天晚几天。

张秋凤说，你呀，还傻着呢！等你结婚了，就知道结婚有多好，后悔自己没有早点结婚了。

张秋凤奶水充足，孩子吃了一会儿就不吃了。她把衣服重新掩好，说申工在河里捞了不少鱼，她吃了以后，奶水多得发胀。又说，到时候，就让赵义勋给你弄鱼吃。

说得孙惠兰不好意思,赶紧换了话题,说,申工在家做好饭了吧?快回去吧,要不就着凉了。

张秋凤说,等孩子过生日时,你可一定要来呀!

孙惠兰说,你放心,孩子过生日时,我一定会去。

夜里躺在床上,孙惠兰想着白天和张秋凤见面的情景,不由得把手伸到了胸衣里,摸着自己的那对乳房。不知道自己到了那一天,会不会也变得像张秋凤一样?赵义勋会打野兔打野鸡,不知会不会抓鱼?他要是不会抓鱼,吃不上鱼,没有那么多奶水,就会把孩子饿着。自己的那个孩子,是男还是女呢?是长得像自己还是像他呢?

想着想着,她突然意识到还没有和赵义勋说到结婚的事呢,就不由得骂了自己一句,不知羞。同时她有了明确的想法,那就是这一次见到赵义勋,必须把结婚的具体日子定下来。

国庆节到了,各单位极重视,搞了许多活动来庆祝,还给各家分了粮食和肉。

大家也是真高兴,吃的方面,情况明显好转了。

看看吧,天空是多么晴朗,生活是多么美好。能赶上这样的时代,如何让人不快乐?和所有人一样,这个节日,孙惠兰也是快乐的。她在小本子里写道：祖国母亲，我为你骄傲！

不过，孙惠兰的快乐，要说得具体一点，也有和别人不一样的地方，那就是在这一天，她可以和赵义勋相会，定下婚期。

路难走，矿上派了一辆大卡车，拉着人去镇上过节。也就是四十多公里，车子走了一个上午，中午时停在镇子中心。司机说，大家好好玩吧，明天中午，还在下车的地方上车，咱们回四矿。

也就是说，连夜晚算在内，赵义勋可以在镇上待二十四个小时。这个时间可是够宽裕的了。只是如何使用这些时间，孙惠兰并没有想那么多。对她来说，只要能见到赵义勋，把要定的事情定下来，这次见面的目的就达到了。

赵义勋似乎并不是这么想的。他背了个地质勘测用的帆布挎包，穿着休闲夹克和皮靴子，一点也不像是和女朋友见面的样子，倒像是要去野外探险。

和孙惠兰同住一屋的两个姑娘，看到赵义勋来了，知道他俩在谈对象，就知趣地离开了。

屋子里只有他们两个人了，可以想说什么就说什么了。孙惠兰知道两个姑娘出去转一会儿，顶多半个小时以后就回来了,就想抓紧时间与赵义勋把结婚的日子定下来。

孙惠兰说,咱俩的事,你咋想的?

赵义勋说,我听你的。

孙惠兰说,我看可以再进一步了。

赵义勋有些喜出望外,上前就要搂孙惠兰。

孙惠兰躲开了,说,我说的进步一点,不是这个意思。

赵义勋说,那你的意思是?

孙惠兰说,我是说咱们可以把结婚的日子定下来了。

一直以为孙惠兰就算是同意了谈恋爱,没有三年的时间也甭想入洞房。因为,孙惠兰给他挑明她要晚婚,不过二十八岁是不会结婚的。所以听到孙惠兰说要把结婚的日子定下来,赵义勋感到十分意外。

赵义勋说,这个日子还是由你来定,不管定到哪一天,我都没有意见!

孙惠兰说,这是两个人的事,不能我一个人说了算,咱们要好好商量商量才行。

赵义勋说,这么重要的事情,咱们得找个好地方商量。

孙惠兰说,她们一时半会儿回不来,咱们抓紧时间就行了。

赵义勋说,今天是国庆节,咱们又要订婚,得好好庆祝一下才行。走,我带你去个好地方。

孙惠兰说,你说的好地方在哪儿?

赵义勋说,你跟我走就行了,反正不会让你失望的。

孙惠兰不再说什么,跟着赵义勋走出宿舍。

孙惠兰不知道赵义勋说的好地方是什么地方,这会儿,她已经不想再问那么多了。以后她就是赵义勋的妻子,他就是一家之主了。

两个人走到街上,街上到处都是人。这个季节,太阳再大,也不会觉得晒。风也不大,吹过来,带一点凉意,让人觉得很畅快。国庆节,大部分的生产单位都会放假,让大家放下工作,好好过这个节。所有的公共场所,都会打扫得干干净净,摆放上盆栽的鲜花,插起各种彩色的旗子。当然,其中最多的旗子,就是红旗了。可可托海没有公园,办公楼楼前的广场,就成了主要的活动场所。为了让节日的气氛更浓厚,矿务局还联系了几个剧团、文工团,晚上在俱乐部演出,白天就在广场临时搭起的台子上演出。

往年的国庆节,每一场演出,孙惠兰都会看。一是真高兴,看演出,会更高兴。二是一个人,没有别的事,只能去看演出。到底是年轻,看演出时,整个人很容易进入剧情里,一会儿欢喜,一会儿愁闷,一会儿生气,一会儿振奋,感受着各种情绪。

今年的国庆节,不可能像往年一样过,因为有了别的事,要在这个节日去做。这个事,对这个节日没啥影响,但对孙惠兰来说,实在太重要了。所以,和赵义勋走出门后,看到广场上正在演出,孙惠兰没有说去看看,而是随着赵义勋往前走。

不想,赵义勋走着走着,停了下来,指着墙上挂着的一条横幅让孙惠兰看。横幅上写着:新疆军区文工团向可可托海的干部工人致敬。

赵义勋说,你还记得我们在乌鲁木齐找王洛宾的事吧?

孙惠兰说,当然记得。当时我们就找到了这个文工团,说他很快就会调来。

赵义勋说,好几年过去了,他肯定已经调来了。

孙惠兰说,你是说,这会儿,他很可能就在可可托海?

赵义勋说,是的。

孙惠兰说,我最近又学会了一首他改编的哈萨克族民歌,真的是太好听了!

赵义勋说,走,找他签个名。

孙惠兰说,好啊! 不过,我的歌本没带,我回去拿。

赵义勋说,不用,我知道你喜欢唱什么歌,全抄在一个新本子上了。

说着,赵义勋从地质包里拿出一个塑料皮的本子。孙惠兰翻开一看,果然里面全是歌,而且都是她喜欢的歌。

穿过人群往台子跟前走,台子上正在演出一个小合唱。五个男的和五个女的站成了扇形。他们前面站着一个男人,正挥动着手臂指挥他们唱歌。

他们唱的正是王洛宾的歌,名字是《青春舞曲》。

> 太阳下山明朝依旧爬上来,花儿谢了明年还是一样地开,美丽小鸟一去无影踪,我的青春小鸟一样不回来……

指挥背对着观众,看不到他的脸,只能看到他的手臂随着节拍起落。歌声似乎在他的引导下,变得更加委婉动听了。

站在台子前,听完小合唱,看到演员们从台子上走下来,孙惠兰和赵义勋绕到了台子后面,正好遇到在台子上指挥的男人。他指挥唱的是王洛宾的歌,他肯定知道王洛宾在哪儿。

两人上前拦住了指挥,问他知道不知道王洛宾在哪儿。男人说,我就是王洛宾,你们找我有什么事。天底下就是有这么巧的事。想见王洛宾,就正好遇到了王洛宾。

这一年,王洛宾应该刚五十岁,大脑门上的头发掉了不少,但脸腮处胡子却长得很密,眼角处有了明显的皱纹,眸子深处闪动着炯炯的光泽。一看就和平常的人不太一样。

一九一三年出生的王洛宾原名叫王荣庭,一九三一年为萧军的小说《八月的乡村》创作插曲《奴隶之爱》,从此改名为王洛宾。一九三八年以后,他来到大西北,接触到了一批青海、甘肃与新疆等地的民歌后,深深地喜欢上了它们。古老的旋律经过他重新填词编曲后,变得更加深情优美,像长上翅膀一样,很快传遍了大江南北。

不过,此时的孙惠兰和赵义勋,不可能知道站在面前的这个一脸沧桑的男人,将在多年以后成为举世闻名的音乐家。他们看到他时之所以激动不已,只是觉得他能写出这么多好听的歌,太了不起了。能够见到他,并且得到他的签名,实在是太幸运了。

两人递上来的本子上,抄满了他写的歌,王洛宾有些激动,问他们是干什么的。孙惠兰说她是搞电力的,赵义勋说他是搞勘探的。孙惠兰说,没到新疆时,就喜欢您的歌,到新疆后,就更喜欢了。赵义勋说,几年前路过乌鲁木齐,就去找过您,没想到会在可可托海遇到您。

王洛宾说,你们是不是在谈恋爱呀?

孙惠兰说,是的。

王洛宾说,好啊,真为你们高兴!

看着眼前的两个年轻人,王洛宾不由得想起了自己年轻的时候,在青海的大草原上,遇到了藏族姑娘卓玛,美丽的容貌让他神魂颠倒。正是爱情带来的灵感,让他写出了后来成为世界名曲的作品——《在那遥远的地方》。

知道眼前两个年轻人,不但相爱还准备结婚,王洛宾真替他们高兴。他在他们递上来的歌本上,签上自己的名字后,还写了"祝你们幸福"五个字。

在这个节日里,能拿到他们崇拜的音乐家的签名,并且得到他的祝福,这对孙惠兰和赵义勋来说,这种幸福实在是难以形容。

广场上的演出达到了高潮,欢笑声如潮水般一阵阵涌来。可它们对孙惠兰和赵义勋已经没有一点吸引力。对于正在相爱的一对人来说,这个时候真正需要的是一个没人打扰的美丽环境。这个环境在别的地方可能不容易找到,但在可可托海却到处都是。

各处的人都往小镇中心的广场走,只有孙惠兰和赵义勋朝着相反的方向走,一直走到额尔齐斯河边。两人沿着河岸走了三千多米,走到一片开阔的河湾处。

这个地方一眼看过去,除了河水和树木,看不到一个人的影子。

孙惠兰一点也不心慌。相反,这会儿,她真的希望除了她和赵义勋外,不要再有第三个人出现。

河道在这里绕了几道弯,绕出一个小岛来。小岛与河岸由几根树干搭成的"桥"相连,踏着这个"桥",就可以走上小岛,走进一片密密麻麻地生长着各种树木的林子。

四周有河水奔流,岛上草深树密,上有鸟儿鸣叫,下有野兔奔跑。没有外人打扰,这样的环境,对于谈情说爱的男女来说,确实很合适。

不过这会儿,马上就是中午了,再过一会儿就到了吃饭的点了。人不管做什么事,哪怕是谈情说爱,也得先吃饱肚子。孙惠兰已经感觉到肚子有些饿了。这时她在心里边有些埋怨赵义勋,没有先带她找个餐馆吃饭,再来这里。

赵义勋好像知道孙惠兰在想什么,问她是不是饿了。

孙惠兰看了他一眼,没有说话,但意思很明白:太阳到了天的正中间,怎么可能不饿呢?

赵义勋说,等着,顶多半个小时,我就让你吃上饭。

孙惠兰四下看了看,说,你是不是吹牛不打草稿?这里可是连个人影都没有,更别说是餐馆了。

赵义勋笑了笑,取下挎在身上的地质包。

很大的地质包,在孙惠兰的面前打开了。

原来，地质挎包里装的并不是勘测用的工具仪器，而是馕饼、酸奶疙瘩和油果子，还有盐巴、胡椒等调味品，以及刀子、火柴、手电筒和行军壶等用品。甚至还有一瓶子红葡萄酒。看来赵义勋对和孙惠兰见面这件事，早就想好了在什么地方，并且对要做什么事情，都有了具体的计划。

打开地质包时，赵义勋说，这几年，我背着这个包，走过了不知多少山谷。那条伟晶岩矿脉，就是靠它才发现的。有了这个包，我一个人进了山里，渴不着，饿不着，也冻不着。人只要善待自然，自然也会对人宽厚，总是会让人绝处逢生。

赵义勋说这话时，一点也没有青年学生的样子，倒像是一个走南闯北的侠客。什么叫男子汉？难道说，还有哪个男人能比赵义勋更像个男子汉吗？孙惠兰看着赵义勋，心里一阵冲动，要不是本能的羞涩阻止了她，她差一点就要在赵义勋的脸上亲一口了。

赵义勋先从包里抽出了一块布，铺在草地上，再把那些食物放到上面。他对孙惠兰说，要是饿了，你就先吃一点。不过，不要吃得太多了，等会儿还有好吃的。

还有什么好吃的？孙惠兰往包里看，再没有看到有什么吃的。她有点不明白赵义勋这话的意思。不明白也没有多问,因为那些食物的香味,让她的味蕾等不及要去亲近它们了。

赵义勋把水壶递给孙惠兰,说,里边是奶茶,加了糖的,你尝尝。

孙惠兰喝了一口,觉得又香又甜,说,好喝。

看赵义勋只是看着她吃,自己不吃,孙惠兰拿起了一个油果子让赵义勋吃。赵义勋说,到这里来,我想吃的可不是它们。

孙惠兰说,那你想吃什么?赵义勋说,我想吃肉。

孙惠兰说,可没有肉呀!

赵义勋说,谁说没有呀,肉到处都有,天上飞的,草里跑的,水里游的,想吃什么肉都有。

孙惠兰说,那你也得能吃得上才行。

赵义勋说,顶多一个小时,我就会让你吃上肉,说着从包里拿出一把刀子。

这不是一把小刀子,它足有四十厘米长,男人三个手指并起来那么宽。赵义勋对孙惠兰说,这是一把宝刀,一面是锋利的刀刃,快到削铁如泥,另一面是多齿的锯子,可以锯断钢筋。刀柄顶端装有一个可以指引方向的微型罗盘。

为了证明它是一把宝刀,赵义勋用它先砍下了干枯的树枝,几下子就削成了一根木棍。再用一截铁丝把刀子绑在了木棍上，走到了流动的河水边。他回过头朝着孙惠兰轻轻地嘘了一下，让她小声说话，然后把绑着刀子的木棍举了起来。

孙惠兰知道赵义勋要干什么了，可赵义勋真的能达到目的吗？孙惠兰不由得担心起来。因为她家门前也有一条河，为了捉到河里的鱼，村子里的男人费尽了心机。他们用船、用网、用篓子、用钩子，没有见谁用过棍子。

赵义勋一棍子扎下去，落空了。孙惠兰走过去，站到他身边，低声说，要不就算了，你带的东西够吃了，没有肉吃也没啥。赵义勋说，这么重要的节日，没有肉吃怎么能行？说着，他紧盯着河水，又举起木棍。

一条很大的狗鱼游了过来，连孙惠兰都看到了。不知为什么，孙惠兰紧张了起来。不是说她嘴馋了，想吃肉，而是不想看到赵义勋失败。因为赵义勋在她心目中，已经是个了不起的英雄了，她可不想让这个英雄的形象受到损害。

赵义勋不知孙惠兰在想什么，可他知道自己这个时候的一举一动，都和自己未来的幸福相关。他不能不利用这个机会，来向孙惠兰证明自己的不同寻常。他要让孙惠兰更加坚信自己是一个可以靠得住的男人。所以，能不能捕获到一条狗鱼，已经不是能不能吃到肉那么简单了。

把刀子绑在木棍上，要扎到一条河里游动的狗鱼，没有几个人可以做到。但这些年来,赵义勋至少做到过一百次。当然,也有许多次没有做到。所以,当他把绑着刀子的木棍举起来时,还是有一些紧张。因为,孙惠兰在看着他,他想一次成功。

木棍举起来,刀子闪着亮光。尽量保持平静,不能紧张。盯住大狗鱼,选择好角度。让木棍飞出去,速度越快越好,快到让鱼来不及反应,就被刺中。

木棍从水中挑出,有些费劲。因为那鱼不但大,还在挣扎。

赵义勋高高举着叉上鱼的木棍,笑着走过来。

孙惠兰一直盯着他看,看到这会儿,也笑了。

孙惠兰笑的时候,想到张秋凤,想到张秋凤说的,女人生了孩子一定要多吃鱼,奶水才能充足。看来自己不用担心以后有了孩子奶水不足了。

额尔齐斯河的狗鱼,哈萨克语叫乔尔泰。这种鱼生性凶猛,以食别的鱼为生,肉质鲜嫩,大家都喜欢吃。可它不好捉,想要吃上不容易。孙惠兰只听说过这种鱼好吃,还从来没有吃过。

听说孙惠兰还没有吃过,赵义勋说这个事怪他,并且向孙惠兰保证:不但要让孙惠兰马上吃到这种鱼,还要让她以后经常吃到这种鱼。

可是在野外,没有锅灶,就算捉到了鱼,也没法吃到嘴里。这可难不住赵义勋。只见他从木棍上取下刀子,把狗鱼开膛剖肚,在河水里冲洗干净,又分割成块。再削了红柳树枝,把鱼块连成串。再用刀背面的锯齿,锯下一截枯木,点燃烧成火炭。

有了炭火,接下来的事情就好办了。串起鱼块的红柳棍,被斜着插进炭火旁边的泥土里。再把盐和辣椒面撒在鱼块上。不大一会儿,被炭火烤得发出吱吱声响的鱼块,就飘散出鱼肉的鲜香。

看着烤熟的鱼块,孙惠兰觉得口水马上就要流下来了,伸手想拿一块来吃,不想,被赵义勋拦住。不明白赵义勋为什么不让自己吃。正要问,只见赵义勋亲自拿起一串鱼块,吹去落在上面的炭灰,用了一个有点夸张的动作,敬献给了孙惠兰。似乎孙惠兰不再是个普通的姑娘,而变成了至高无上的女王。

赵义勋打开红酒瓶子,又像变戏法一样拿出了两个小酒杯。在孙惠兰吃完一串烤鱼块后,赵义勋又把盛满红酒的杯子递给她。

赵义勋说,祝我们亲爱的祖国生日快乐!

孙惠兰问,还要祝什么?

赵义勋说,祝我们……

赵义勋脸上有了不好意思的神情,孙惠兰却希望赵义勋能把没有说出来的话说出来。她说,祝我们什么呀？你快说呀!

赵义勋说,我不说,你也明白。

孙惠兰说,你不说,我怎么明白?

赵义勋端起酒杯,一口把杯子里的酒喝光了。

赵义勋说,孙惠兰,我们早点结婚吧!

孙惠兰不会装,也不想绕圈子,听到赵义勋这么说了以后,也端起酒杯,仰起脖子,一口喝干了酒杯里的酒。

孙惠兰说,我答应你,咱们结婚!

同意结婚,接下来,围绕着结婚,就有了说不完的话。

什么时候结？得把日子定下来。孙惠兰早想好了,说,明年"五一"。

赵义勋说,等的时间太长了,不如元旦就把事办了。不过,说完以后,他又说不行。因为到了十一月份,大雪封了路,别说结婚了,连见面都难了。看来,只能等到明年"五一"了。"五一"就"五一"吧,一辈子的事,也不在乎晚那么几个月。

结了婚,不能像现在一样了。一个在镇上,一个在四矿,好长时间才能见一面,两地分居可不行。这样一来,把家安在镇上,还是安在四矿,这也是个问题。只要能在一起,住在四矿,住在镇上都行。但考虑到镇上有托儿所、幼儿园,对孩子好,还是尽量争取把家安在镇上。不过,这个问题两个人谁说了都不算数,还要听从组织的安排。孙惠兰说,到时候,她会去找安怀民书记,争取把赵义勋调到一矿来。安怀民书记通情达理,一定会成全他们。

结了婚,有了自己的家,过日子就和单身不一样了。要想日子过得好,家里有许多东西不能缺。这些东西到底是什么,得知道。不但要知道,还要算出来要花多少钱,才能把它们买回来。赵义勋说,花钱的事,他不管。他工作这些年,存了一千多块钱,全都交给孙惠兰,由孙惠兰支配,包括以后每个月的工资也会全都交给孙惠兰。孙惠兰把两个人现在的钱加在一起,算了一下,除了锅碗瓢盆等日常生活必需品外,还可以买一台缝纫机和一辆自行车。这两样东西,许多家都还没有。这样看来,两个人工资加起来,以后日子过得不会差。

处于这种状态中的男女,说什么话都有意思,怎么说似乎都说不完。从太阳高照,说到日落西山,又说到月上树梢。

先是面对着面说,说着说着,就改变了姿势,一个人就靠上了另一个人的肩膀。再到后来,一个人头就埋在了另一个人的怀里。话语的速度和轻重,也会随着姿势的改变而有所不同。

孙惠兰说,我想唱歌了。

赵义勋说,咱们一块儿唱,就唱王洛宾的歌。

孙惠兰说,唱《在那遥远的地方》。

在那遥远的地方,有位好姑娘,人们走过她的帐房,都要回头留恋地张望。她那粉红的笑脸,好像红太阳,她那美丽动人的眼睛,好像晚上明媚的月亮。我愿抛弃了财产,跟她去放羊。每天看着那粉红的笑脸和那美丽金边的衣裳。我愿做一只小羊,跟在她身旁,我愿她拿着细细的皮鞭,不断轻轻打在我身上……

两个人一起唱了起来。从北京上火车时就开始唱这首歌,不知唱了多少遍了,还是唱不够。而这个时候,两个年轻人依偎在一起,望着眼前的额尔齐斯河和不远处矿区的灯火,越发觉得这首歌是那么深情优美。

唱完了这首歌,孙惠兰还没有唱够,说要自己唱一首,唱给赵义勋听。

孙惠兰唱的还是王洛宾的歌,名字叫《在银色的月光下》。

> 在那金色沙滩上,洒着银色的月光,寻找往事踪影,往事踪影迷茫……往事踪影迷茫,犹如幻梦一样。你在何处躲藏,背弃我的姑娘……我骑在马上,箭一样地飞翔,飞呀飞呀我的马,朝着她去的方向……

同样一首歌,被同一个人在不同的时间,不同的环境唱出来,在另一个人心里边,激荡起来的情绪会完全不同。和孙惠兰认识这么久,听她唱歌,记不得有多少次了。可没有一次让赵义勋感觉到,孙惠兰的歌声会这么美,而她唱歌时的样子,更是显得特别动人。

赵义勋实在把持不住了,不等孙惠兰把最后一句歌词唱出来,就用自己的嘴堵住了孙惠兰的嘴。

孙惠兰挣扎了两下,没有挣脱开。

天啊,一种奇妙的感觉,像电一样击中了孙惠兰。孙惠兰完全身不由己了,只能任由赵义勋摆布。

不是孙惠兰完全失去了理智,实在是这种摆布太难抗拒,一下子就让她整个身体酥软了。

以前想一想都会觉得脸红心跳的"坏事情",现在做起来完全无所顾忌。孙惠兰这个时候才有些明白了,为什么那个时候,张秋凤天天晚上都要出去跳舞,出去约会。说实话,这会儿,孙惠兰有些后悔没有和赵义勋早点谈恋爱了。

后悔是后悔,不过,她到底还是和张秋凤有些不一样。不管这个时候有多么渴望,她也不会解除最后一道防线。她接受并享受了赵义勋令人陶醉的吻,可她还是坚决地挡住了赵义勋对她的进一步"进攻"。

亲热中,赵义勋不免动作过大,并且意图非常明显。只是当孙惠兰在意识到接下来将会发生什么时,总是会及时让赵义勋悬崖勒马。不是她没有同样的渴望,只是她的理智之墙实在是过于坚固厚重。

被孙惠兰理智之墙挡住的赵义勋,面露痛苦神色,但内心却是跃动着无限欢喜。两个人相识至今,此时得到的对他来说已经足够多,因为他得到了孙惠兰的初吻。他从来就不是个贪得无厌的人。孙惠兰想把女人最宝贵的东西留到最神圣的那一刻,这不但不会让他生孙惠兰的气,反而会觉得孙惠兰更纯洁、更可爱,对她越发珍惜。对于两个要相爱一辈子的人来说,有些事迟一点或者早一点全都无关紧要了。

孙惠兰送赵义勋到下车地点,四矿的大卡车已经等在那里了。

赵义勋对孙惠兰说,只能开春再见了。

孙惠兰说,春天再见时,我们就再也不分开了。

赵义勋跳上大卡车。大卡车开动,赵义勋朝孙惠兰挥手,孙惠兰也朝赵义勋挥手。

看到这个场景的人,都知道这一对年轻人的关系已经确定了。认识孙惠兰的人,与她打招呼,问什么时候可以吃到她的喜糖。

孙惠兰笑了笑,说,等着吧,少不了你的。

刚学会骑马,老想骑。马不是自行车,买一辆,放房子里,想骑了,推出来就可以骑。矿区没有马,马在牧民家。想骑马了,要去牧民家。牧民说了,想骑了,什么时候来,都可以骑。牧民家别的东西不多,马和牛羊多。

冯青给牧民看病,全是免费的。牧民没有钱,就是有钱了,给冯青钱,她也不会要。

牧民看冯青爱骑马,就牵出了马,让她随便骑。还说,冯青要是有地方养,可以把马骑回家,放在家门口,想什么时候骑,就可以什么时候骑。只是马要吃草,要喝水,冯青养不了。只能是骑到医院门口,就从马上下来,把马缰绳松开,让马自己回到草原。好在医院离牧民家不远,走路四五十分钟就到了。想骑了,就叫上余明杰,散步一样,走到牧民家,过过骑马的瘾。

骑马本来就是件有意思的事,和冯青一块儿骑,那就更有意思了。因为余明杰心里边对冯青是真的很喜欢。河边试探了一下,知道冯青没有在可可托海找对象的打算,可这并没有让他放弃追求冯青的想法。平时除了工作以外,让他想得最多的人就是冯青,最想做的事,就是和冯青在一起。对余明杰来说,骑马的意义主要是可以和冯青在一起。

大草原上,一人骑一匹马,时而奔跑,时而漫步前行。奔跑时,衣服和头发会飘起来。漫步时,信马由缰,全身的筋骨会处于完全放松的状态。这个时候,余明杰不由得会想起一部电影里的画面,男女主人公,骑着马行走于天地间。只是电影的名字是什么,怎么也想不起来了。问冯青是不是还记得,冯青想了想,觉得是看过这样的电影,但名字也是想不起来了。

想不出来就不想了,这一点不影响这会儿骑在马上的好心情。

冯青说,骑在马上奔跑,似乎要飞起来了。

余明杰说,天和地一下子变大了。

冯青说,这样骑过马后,好多天都很兴奋。

余明杰说,想骑马,很容易,这里到处都是马。

冯青说,可在北京,想骑马,就没有地方去骑了。

余明杰说,看来,可可托海也有北京没有的好。

冯青说,当然了,我真的是越来越喜欢可可托海了。

余明杰说,那就别走了。

冯青瞪了余明杰一眼,问,为什么?

余明杰说,北京没有马。

冯青说,就为这个?

余明杰说,还有……

冯青不听余明杰说了,踢了一下马肚子,让马奔跑起来。

冯青让马跑了起来,却没有往矿区的方向跑。

草滩很大,四面都是山。都是山,样子却不同。山梁起起伏伏,树木高低错落,云雾飘来荡去,似乎有意把什么秘密藏了起来。

不会骑马时,就想去山那边看看,只是觉得太远,怕走到天黑也走不到。现在不一样了,会骑马了,再远的路,也不用担心走不到了。

看冯青骑着马向一座山跑去,不知她去干什么。也用不着知道,冯青让他一起来,就要让他陪着她。

余明杰知道这会儿自己该怎么做,所以也没有迟疑,就拍马跟在了冯青的后边。

想追上冯青,让自己的马与她的马齐头并进,可冯青发现了余明杰的意图后,就在余明杰快要追上她时,让胯下的马跑得快起来,故意不让余明杰追上她。

这么一来,两个人就有点像是骑手在赛马了,这给他们的骑行增加了新的乐趣。

只是这种乐趣,并没有持续太长时间。不是他们不想享受这种乐趣了,而是有几只草原灰狼突然从山谷间跑了出来,打扰了他们。

看见狼,冯青和余明杰都慌乱起来。在北京长大的他们,关于狼的知识,全来自童话故事。只是这些知识,不但不能让他们去应对眼前的险情,反而会让他们更加惊恐。因为故事中的狼,总是一个比一个更凶残。

慌乱中冯青的手颤抖起来,扯不住马缰绳了,腿也发软了,夹不住马肚子,她一下子就从马背上滑了下来。

马也看到了狼,知道冯青掉在了地上,可它不可能再管冯青了,只能撒开四蹄去逃命。草原上的马,对付狼群有经验。这个经验就是离它们越远越好。

狼群没有去追赶马,它们看到摔在地上的冯青。它们的嗅觉很灵敏,闻到了一个年轻姑娘的气味,似乎这比吃过的所有食物气味都香。

余明杰也被吓坏了,只是男人的本能,让他没有从马上摔下来。这个时候,他完全可以趁狼群被冯青吸引,也像那匹马一样逃之夭夭,或者跑到牧民家,让牧民来救冯青。

可就在这时,他听到冯青在喊他,余明杰,快来救我!

余明杰猛地从惊恐中醒过来,拍马冲向冯青。

他身上背的挎包里,有一条红色的围巾。草原上风大,想着冯青用得上,就买了一条。一直想找机会送给冯青,可始终没有机会。

似乎听人说过,狼怕红色的东西。余明杰马上拿出围巾系在了挎包上。

狼群围住了冯青。这群狼有五六只,只是它们刚吃过一只黄羊,并不太饿,所以围住冯青,并没有急于扑上去。

冯青不知道狼有什么想法,只是觉得自己马上就会被狼群生吞活剥了。医生可以救许多人的命,可有的时候,自己却救不了自己的命,只能喊别人来救命。

余明杰没有让冯青失望。看到他挥舞着挎包冲过来,冯青眼睛不由一亮。

不知道这一招管不管用,但不可能再去想别的办法了,他边挥舞着拴着红围巾的挎包,边发出大声的吼叫。

狼群从来没听到过有人发出这样的怪叫,也没有见到过系着红围巾飞舞的挎包,它们只是吃饱了出来散散步,并不想惹什么麻烦。所以,头狼在迟疑了片刻后,带着狼群往山谷方向跑去。

看着逃走的狼群,两个人都愣住了。危险消失得太快,让他们有些不敢相信。

余明杰从马背上跳下来,扶起坐在地上的冯青,问她受伤了没有。

冯青只是被狼吓坏了。狼被赶走了,冯青的腰和腿又有了力气。她拍了拍身上的土,说没事。

另一匹马跑了,看不到影子。只有一匹马,余明杰让冯青骑上去。冯青骑上去后,伸出手,让余明杰也骑上来。

余明杰想骑,可有些不好意思。一个鞍子上,挤两个人,担心冯青会不舒服。看余明杰犹豫,冯青说,你打算走回去呀？说着,抓住余明杰的手,把他拉上马。

余明杰坐在前边,冯青坐在后边。没法不挤,可冯青不在乎,贴住余明杰的后背,让他不用管她,只管往前走就是了。

冯青不在乎,余明杰却有些在乎。他的身子有意往前弯,想让冯青不要贴得太紧。冯青说,你老实点,不要乱动,别再把我摔下去。

冯青这么一说,余明杰不敢动了,只能随冯青紧紧地抱着他的腰。

冯青说,刚才要不是你,我可能就被狼吃了。

余明杰说,原来,狼也没有传说的那么可怕。

冯青说,那是你的勇敢把它们吓住了。

余明杰说,其实我也害怕。

冯青说,那你为什么不跑?

余明杰说,这种事我可干不出来。

冯青说,那你就不怕被狼吃掉?

余明杰说,我宁愿和你一块儿被狼吃掉,也不会扔下你自己跑掉。

听到这个话,冯青笑了。这个笑,余明杰看不到,可他的后背,感觉到了冯青贴过来的脸庞。

冯青心想,这么好的男人,连个女朋友都没有,实在是太不公道了。

冯青说,余明杰,我要给你介绍一个女朋友,你为什么不愿意?

余明杰说,因为我已经有女朋友了。

冯青说,她在哪?她是谁?快告诉我。

余明杰说,你会知道的。不过,现在我还不想告诉你。

冯青说,为什么?我和你这么好,你为什么不告诉我?

余明杰说,我想告诉你时,一定会告诉你。

冯青说，没有想到你心眼还挺多，跟我还绕圈子。不说就算了，谁稀罕知道！叫什么你就不用说了，就告诉我，她长得好看吗？

余明杰说，那要看和谁比了。

冯青说，和我比就行了。

余明杰说，长得和你差不多。

冯青说，肯定比我好看。她是谁呢？可可托海的姑娘，我可是都见过呀！

余明杰说，好了，别问了，也别乱猜了。我要是不说，你是永远也不会知道是谁的。

冯青说，那以后，你是不是不再陪我来骑马了？

余明杰说，你为什么这么说？

冯青说，她要是知道你老陪着别的姑娘来骑马，怎么可能愿意呢？

余明杰说，这你可不用担心。她的心胸可宽广了！我来陪你骑马，她不但不会管，还会很高兴。

冯青说，我才不信呢！

有时间去骑马，不等于冯青工作轻闲。矿上的医院，与别的地方的医院不同，呼吸科的病人最多。尽管这几年，她多次呼吁，亲自落实，尤其是得到了安怀民书记的重视，工人们在作业时,已经知道了戴口罩的重要性,也基本上能做到了。可已经吸入肺里的粉尘,却无法清理出来。呼吸系统的疾病,不像是心脑血管疾病,会突然发作。尘肺是日积月累,慢慢形成的。只有当肺里的粉尘积累到一定的量,并对肺部组织造成破坏时,身体才会出现症状。所以,每个月里都会有人因此住院,过一段时间就会有人因此失去生命。作为医生,其实对生命挽救的能力是有限的,只能尽全力减少病人的痛苦,延长病人的生命。

与别的医生不同,冯青在治疗过程中,还要对相关病例进行分析总结,并写成报告,寄回到大学的科研机构。她提供的案例,得到了研究所的重视。学校对她在可可托海的工作给予了充分肯定,并希望她能继续工作下去。医生的工作,需要严肃认真。不过,冯青是医生,也是个活生生的人,是个年轻姑娘。人的天性,让她一样渴望与美好的事情接近。骑马和工作无关,可骑过了马,再去工作,她会觉得精力格外充沛。

上次骑马遇到狼,有惊无险,成为难忘的回忆。只要一回忆,就不能不想起余明杰。那天要是没有余明杰,后果会是什么样,实在是没法预料。本来想帮余明杰找个女朋友,回报他这几年对她的好,没想到,余明杰不给她这个机会,居然已经有女朋友了。

冯青太想知道这个女朋友是谁了，可余明杰偏偏就不肯告诉她是谁。这让她不管是在医院里还是走在大街上，只要看到年轻姑娘就会想，她是不是余明杰的女朋友。明知自己的这个行为很可笑，但还是忍不住会这么做。

知道余明杰有女朋友了，按说她应该高兴才对，但不知为什么，她却并没有那么高兴。并且还为余明杰有些担心，担心他的女朋友会不会真的对他好。下次见了余明杰，一定想办法搞清楚他的女朋友是谁，不然的话，她也会因此睡不好觉。

遇到狼以后，再也没有去骑马了，算一算有半个多月了。骑马也是一种很有意思的活动，很容易就让人喜欢上了，喜欢上了就不会轻易放弃。还有两天就是休息日了，冯青决定休息日去草原上骑马。

当然还是想让余明杰和她一块儿去。按说他有女朋友了，不该再让他陪她去骑马了，但听他说他的女朋友对此并不在乎。看来，这个女朋友的心胸真的是很宽广呀，似乎比她还宽广。如果她是余明杰的女朋友，才不会让他陪着一个姑娘去野外骑马呢！想到这，冯青就更想知道余明杰的女朋友是谁了。

正想去找余明杰，问他休息日有没有空和她一块儿去骑马,余明杰自己来到医院,走进了她的办公室。

以为余明杰来找她,也是为了骑马的事,可是再看余明杰的样子,马上明白了。余明杰的出现,肯定和骑马无关。因为一直总是雄赳赳的余明杰,这会儿弯着腰,脸色灰白,大汗淋漓。

冯青赶紧问余明杰怎么回事。

余明杰说,我也不知道怎么回事,肚子一下子就疼了起来,疼得要命。

听余明杰说的状况,又看了疼痛的部位,冯青马上判断,应该是阑尾炎,并且是急性阑尾炎。

余明杰问,要不要紧?

冯青说,急性的,会引起穿孔,严重了,也会致命。

一听可以致命,余明杰的脸色更难看了。

冯青说,你也不用太紧张。阑尾是肠子的尾巴,没有什么用。这种情况下,只要赶紧做个手术,把它割掉就行了。

余明杰说,可可托海医院可以做吗?

冯青说,这种手术没有什么难度,大部分医生都可以做。你就放心吧,本人在不太长的医疗生涯中,已经割掉过五十多个阑尾了。

余明杰说,你给我做?

冯青说,你要是对我不放心,也可以让别的医生做。

余明杰说，你是北京来的医生，对你不放心，还对谁放心？

冯青说，那就别啰唆了，赶紧准备做手术吧，等到穿孔就麻烦了！

确实是个小手术，当天晚上就做了。做完以后，肚子就一点也不疼了。不过，不能下床，还要躺在床上等着拆线。

躺在病床上，有护士照顾，冯青不用管。冯青每天都会来，问余明杰的情况。可是不知为什么，看到冯青进来，余明杰就会把脸扭到一边，不与冯青对视。

冯青起先没有在意，因为她在意的是另一件事。按说，余明杰这个情况，他的女朋友不可能不出现。但不知为什么，不管什么时候冯青到病房，余明杰的身边除了护士，再没有别的女人的影子。

冯青想不明白，直接问余明杰，你的女朋友怎么不来照顾你呀？

余明杰说，什么，噢，女朋友，对了，她工作太忙了。

冯青说，再忙，男朋友开刀了，也该抽时间来看看呀！

余明杰说，她是想来的，我没有让她来。

冯青说，哪有这样的女朋友？你告诉我，她是谁，我去把她喊来。

余明杰不说话了,也不看冯青。冯青这才注意到了余明杰说话时,一直把脸偏到一边,不想让她看到他的眼睛。

冯青说,你怎么和我说话时躲躲闪闪的?

余明杰说,我丢丑了,让你笑话我了。

一听余明杰说这个话,再看他的神情,冯青明白了余明杰为什么一见她来了,整个人会变得那么不自在。

身体是和手术前一样了,但余明杰却有些不好意思再见冯青。从来没有做过手术,学的又是理工科,知识虽然懂得不少,可却不知道做这样一个手术,还要经过那样一道让人难堪的程序。

这个程序在医学上叫备皮,就是在手术前,要把病人会阴处的毛全部剃掉。这个事本来是该护士做的,但可可托海医院是小医院,没有那么多讲究。而余明杰和冯青的关系,不能不让冯青对他格外重视。于是,她亲自动手做了这项工作。

也就是说,余明杰等于是脱光了衣服,什么都让冯青看到了。问题还不只是这样,就在冯青给他备皮时,他的小弟弟居然不听话地立了起来。这个事想一想都让余明杰无地自容——它真的发生了,而且是在冯青的眼皮子底下。

知道余明杰为什么会变成这个样子,冯青先是笑个不停,然后告诉余明杰,你以为没有给你做手术以前,除了你的脸,我就不知道你别的地方长什么样吗?告诉你吧,在一个医生面前,不管这个医生是老还是少,是男的还是女的,你的身体对他来说,都没有一点秘密。真没想到,一个受过高等教育的人,居然连这点常识都不知道,还会有那么多的封建思想!

被冯青一顿教训,余明杰不但不生气,反而朝着冯青笑了。因为,听她这么一说,余明杰抬头再看冯青,真的不再觉得脸红耳热了。

冯青说,还想不想骑马?

余明杰说,当然想。

冯青说,等你刀口长好了,我们还去骑马好吗?

余明杰说,好。

冯青说,我还有个要求,把你的女朋友也带上。

余明杰想了想说,好吧!

第十章　每个季节都有自己的热烈

吃过晚饭,孙惠兰没有在宿舍待。屋子里住着别人,做什么都不方便。单身有好处,一人吃饱,全家不饿,可也有不好,那就是没有自己的空间。就冲这一点,也该快点结婚。有一间属于自己的房子,可以想干什么就干什么了。

走出宿舍,去办公室。桌子上放了摞书,全是专业书,抽出一本就可以读。但孙惠兰看了一眼,没有去抽。她拿出一个小本子,打开空白一页,在上面写了一行字:必须购买的结婚用品。

孙惠兰打算列出一个清单,把要买的东西写下来,算一下要花多少钱,再一件件去买。有些东西,如果在可可托海买不到,还要托人去乌鲁木齐买。反正不管怎么样,在明年五月份以前,要把这些东西都买回来。结婚是一辈子的大事,要尽量办得好一些。这些年,孙惠兰脑子里想的几乎都是与工作相关的事，很少去想个人的私事。不过这会儿，那些专业书，她已经很难看下去了，满脑子想的都是结婚的事。那会儿，看张秋凤天天忙着结婚嫁人的事，自己还有些看不起她，觉得她没有出息。现在明白了，女人都要经过这一回，只是早晚的事。男大当婚，女大当嫁，到了这时候，婚事就得当个大事办。

边想边写，要买什么早就想过了，往本子上写，写得很快，不一会儿，就写了满满一页。写得很细，连筷子、勺子都写上了。

正写着，桌子上的电话响了。孙惠兰马上想到，会不会是赵义勋打来的，赶紧接起来，一听，不是赵义勋，是吴成朋。上次出去玩，拍了好多照片，肯定是照片洗好了，让她去拿。果然，吴成朋说，照片都洗好了，你过来拿吧！一个姑娘，只要长得不错，都喜欢拍照片。一听是拿照片，孙惠兰没有多想，赶紧出门，跑向吴成朋的办公室。

进到吴成朋的办公室里，看到他已经把照片摆在了桌子上，正在认真地看着。吴成朋抬头看见孙惠兰，招呼她过来看照片拍得怎么样。

孙惠兰走过去，和吴成朋一起看桌子上的照片。这些照片要么是孙惠兰的单人照，要么是和别人的合影，反正每一张照片上都有她。而且照片上的她,看上去比生活中的她更好看。

孙惠兰夸吴成朋的拍照技术好。吴成朋说,不是他拍得好,而是孙惠兰长得好。孙惠兰说,自己长什么样子,自己知道。吴成朋说,你真的长得很好看。

孙惠兰拿了照片,说,吴主任,你太忙了,就不打扰你了,谢谢你给我照了这么多好看的照片。

看孙惠兰要走,吴成朋让她再坐一会儿,说有事要跟她谈。

孙惠兰想不出会有什么事要跟她谈,只好坐下来听吴成朋说。

吴成朋倒也干脆,没有拐弯抹角,直接说他喜欢上了孙惠兰,要和孙惠兰谈对象。

听到吴成朋说出的话,孙惠兰眼睛瞪得大大地看着吴成朋,搞不清楚他是在开玩笑,还是说真话。

以为孙惠兰没有听清楚他说的话,吴成朋就又认真地重复了一遍。他自信的神态说明他的话,是经过深思熟虑才说出来的。

一个大学毕业生,讲一口流利的外语,又是办公室主任,长得虽不高大,但也算得上清秀。孙惠兰只是个中专生,虽然当上了工程师,但无论学识还是地位,与吴成朋比,还是差了一些。所以无论吴成朋怎么想,都觉得孙惠兰没有理由拒绝自己。

是的,吴成朋条件不错,孙惠兰能嫁这么个男人,也是她的福分。问题是有赵义勋了,并且已经与他在河中的小岛上订下终身,就算吴成朋条件再好,她都不可能有别的选择了。这个时候不要说是吴成朋了,就是童话中的白马王子走到她的面前,她也不可能再动心了。

孙惠兰只能告诉吴成朋,她已经有对象了,并且定下来明年"五一"结婚。

吴成朋说,这怎么可能呢?上个月,去四矿的路上,安书记问你,你还说你没有对象呢,在白桦林里,你也说没人追求你。

孙惠兰说,当时我不好意思,就没有说实话。

吴成朋说,我不信,怎么平常从来没有看到你和你的对象在一起呢?

孙惠兰说,他不在镇上工作,你当然看不见了。

吴成朋说,他在什么地方工作?

孙惠兰说,他在四矿。

吴成朋说,在四矿?他叫什么?

孙惠兰说,他叫赵义勋。

吴成朋一听,像一只泄了气的皮球,一下子瘫坐在了椅子上,脸色变得灰白,嘴里不停地说,你怎么能这样,你怎么能这样……明明自己有对象,却对别人说没有对象……

看到这种情况,孙惠兰也不知该对吴成朋说什么了,赶紧拉开门,拿着一叠吴成朋给她拍的照片,逃跑一样离开了。

孙惠兰回到办公室,重新坐了下来,面对着摊开的小本子,想继续做没有做完的事,却有点做不下去了。刚才吴成朋的那个样子,让人无法不同情。这事放谁身上都一样。终身大事,都会很认真,不下定决心,没有把握,不会对另一个人提出。只要被拒绝,都会是种打击。尤其是知识分子,爱面子,同样的事情,会觉得更难以承受。说起来,这事还是有些怪自己。那天安书记问她,她要是说自己有对象了,吴成朋在一旁听到了,就不会再对她有啥想法了,也就不会有今天的事了。其实在白桦林还是有机会说,可不知为什么,吴成朋问到有没有人追求她时,她又含糊其词了。要是那个时候知道吴成朋对她有想法,她当时一定不会那么回答他。

孙惠兰做人,不会巴结人,讨好谁,可也从来不会伤害谁。没有想到,还是让别人因为自己难过了。并且这个错误,似乎还是自己引起的。要不是自己说了谎,吴成朋肯定不会这么冒失地提出要和她谈对象,早就另做打算了。

孙惠兰无法不自责，尤其是看到吴成朋给她拍的那么多照片，越发觉得对不起他。可这会儿，除了自责，在这件事上，她什么也不能做。一个女人与一个男人能成为夫妻，并不是说，他们彼此最合适，只能说是恰好在那个时间，那个地点，他们遇上了。往往只是一个无关紧要的环节，决定了最终的结果。如果说当初不是和赵义勋同坐一列火车一辆汽车，来到新疆，来到可可托海，那么这会儿与孙惠兰相爱的是谁，就很难说了。

吴成朋的事，对孙惠兰来说，目前看，只会是个小插曲。不管她有多内疚，也只能这样了。因为，对她来说，已经没有什么事，可以改变她在明年五月与赵义勋成为夫妻的事实了。

肖长峰早上起来，胸口有点闷。他没有马上下床，慢慢地坐起来，拿过床边的杯子，喝了一口水。这几年，他常会有早上起来胸口发闷的事，发现喝上一点水，就会好。于是，每天睡觉之前，他就在床头放一杯水。

穿好衣服，走出卧室，柳芭已经做好早餐。只要条件允许，他们的早餐主要是面包、果酱和煎鸡蛋，还有牛奶。

上个休息日，他们去安怀民家做客。安书记对柳芭说了许多暖心的话，让她感动得不行。柳芭说，没有想到共产党的领导这么好。

倒不是说安书记请他们去家里吃饭，就说他好。安书记请他们去吃饭，没有一点个人目的，就是想着安抚他们，让他们能安心工作，能有幸福安宁的日子。当官的不为自己谋私利，肖长峰走南闯北，还是头一次遇到。

一家人坐下来吃早餐。

柳芭主动说，一定是安书记批评了那些家伙，他们见了我的态度和以前大不一样了，对我又客气又热情，搞得我倒有些不好意思了。

肖长峰说，前两天，我接到一个电话，不是找我麻烦的，而是向我道歉的。说相关部门的工作人员对我态度不好，请我原谅，说我的问题已经搞清楚，不存在任何对不起祖国和人民的错误，这肯定也是安书记让他们查清楚的。

柳芭说，你的气色不好，要不要去医院看看？要不，在家休息几天？

肖长峰说，马上就要年底了，矿上的生产到了关键时期，我怎么能不在现场指挥？

柳芭说，不要以为离开你，地球就不转了！这两年，你算算除了睡觉外，自己在家待过多长时间？

肖长峰说，等到老了，干不动了，我就在家天天陪着你。

柳芭说，谁稀罕你陪，我想让你悠着点，别把身体弄垮了。

肖长峰说,谁垮,我也垮不了。解放前,多苦的日子,多难的生活,我都没有垮。现在,这么舒心,我怎么可能会垮呢?

柳芭说,我看你就是嘴硬。说着拿起一块抹了奶油的面包,往肖长峰嘴里塞。

肖长峰换上了工作服,走出家门。

在家门口,站了一会儿,肖长峰似乎想起了什么,又回到家里。他从卧室的桌子上,拿起了一张写满字的纸,折叠整齐了,放进上衣口袋。

昨天晚上吃过饭,肖长峰就一直趴在桌子上写,写到了墙上的挂钟指针指到了十二点钟才停下来。

肖长峰写的不是别的什么东西,而是一份入党申请书。他想好了,等到下午矿上白班工人下班时,就去矿务局办公楼,把申请书交给安怀民。

国民党执政时,有人劝肖长峰加入国民党,可他看到了国民党的腐败无能,对这个党一点好感都没有,曾暗下决心,这一辈子什么党派都不加入。但共产党来了,尤其与安怀民书记接触后,让他的想法发生了改变。

肖长峰想好了,能入党对他来说当然再好不过了。如果是自己不够条件,没有被批准入党,他也会按照共产党员的标准来要求自己,也要对国家和人民做到问心无愧。

出门没几步,肖长峰就听到冬冬喊他。他回过头,看到冬冬和妹妹背着书包走过来。

肖长峰停下来,等孩子走到了身边,一个手牵着一个往前走。去学校的路和他去矿山的路,会在木桥处分成两条道。

肖长峰问孩子们最近学习怎么样,考试考了多少分。听到冬冬的分数没有妹妹高,肖长峰让冬冬要向妹妹学习。

到了木桥桥头处,肖长峰蹲了下来,在两个孩子的脸上各亲了一口,才松开手,让他们自己朝学校走去。两个孩子离开他,像放飞的小鸟,欢快地蹦跳着。

从住的房子到三号矿脉,顶多只有一公里路,平常就算走得慢一点,二十分钟也就走到了。可今天他和孩子们一块儿走了段路,走得慢了一点。走上木桥后,一看手腕上的表,他发现比平常多用了七分钟。几分钟耽误不了什么事,但一想到矿上有那么多事情等着他处理,肖长峰脚下的步子不由得就迈得大起来。

木桥上的木板很厚,踩在上面会发出重重的闷响。

这座木桥是苏联人和中国人于二十世纪五十年代共同建造的,采用的是苏联豪式木桁架桥梁设计方案。整个桥身长一百多米,宽十五米。桥身以条钢及螺栓固定方木拼装而成。桥面铺设的厚木板,用料均为本地优质落叶松。可承重三十吨大卡车行驶通过。有了这座桥,来往河北河南通行无阻,极大方便了日常生活和生产建设。

经过木桥时,他看了看流淌的河水。这个季节,落过了霜,河水变得更清了,可以看到河床上的石头,看到水里游动的鱼。他喜欢钓鱼,没有当矿长以前,经常到河边钓鱼。他钓过最大的一条狗鱼,超过了十公斤。等到不那么忙了,一定要来钓条大鱼,亲自做个红烧鱼,请安怀民书记一家人来家里做客。安怀民书记请了他和家人去做客,礼尚往来,他也该回请一次。当然,陈志远是必须要来作陪的。作为兄弟,理解他对亡妻的爱,但作为一个男人,他总觉得陈志远应该走出来。他想好了,如果陈志远一直这样,他就把他当成自己的亲哥哥。等孩子大了,要告诉孩子,陈伯伯老了以后,也要给他养老送终。

河边生长着许多树,大部分都是白桦树。这种树的叶子,这个时候全都变了颜色,红红的一片,像着了火一样。第一次和柳芭约会,就是在白桦林里,那时柳芭苗条得就像一棵白桦树,性格也像是秋天的红树叶一样,热烈得让他招架不住。不过,虽然这个时候柳芭胖得完全没有了原来的样子,可他却比那个时候更喜欢她了。不只是因为她给他生了一儿一女两个混血儿,还因为这个女人确实能干又善良。没有她的付出,他这个矿长也不可能当得这么出色,得到安怀民书记的高度赞赏。

马上就要走进矿区了,抬头望去,曾经赫然挺立的三号矿脉已经看不见了。自它的顶盖被掀开,由井下开采变成了露天开采以后,数十辆运矿车,就日夜不停地来来往往,硬是把一座山变成了平地。现在这个平地也不复存在了,随着更大力度的开采,它正在以一个巨大的漏斗的形状,往地下的深处伸展。它最终会变成一个什么样子,没有人知道。它就像是个无底的聚宝盆,只要国家需要,它就会敞开胸怀,把藏着的宝矿不停地奉献出来。

因三号矿脉外形的变化,由山变成了坑,只有走到了坑边,才能看到整个采矿区。站在坑边,肖长峰看了一会儿。他看到来来往往的运矿车,沿着坑壁上下盘旋而行,如一条游动的长龙,显得强壮而又生猛。同时,他还看到开采区、选矿区及装载区的矿工们,在矿坑最底部,以不同的姿态在忙碌着。从高处望下去,他们变得很小,一点也不起眼,也看不出谁是谁。他们一起劳作的样子,看起来很像是一群蚂蚁。可作为他们中间的一员,肖长峰知道他们有多么了不起。他们多数文化水平不高,说不出多少道理,也没有什么远大理想。可当为了共同的目标,把他们团结起来,让他们成为一个集体时,这样一个集体,所能干成的事,是难以想象的。当矿长这几年,组织交给的任务,每次都能完成,真的不是他这个矿长有多大能耐,而是这群工人太优秀了。

一九四九年以前,肖长峰下过矿。那会儿,工人干活,只想着挣钱,别的啥都不想。新中国成立后,还是这个矿,还是这些工人,还是领工资,但工人们明白了一个道理,这个矿不是哪个人的,也不是哪个政府的,而是咱们自己的,咱们就是矿山的主人。

想法不同了,干活时的劲头就不同了。在矿山干活,就像在家里干活一样,不会舍不得力气,不会在意流多少汗。巴克拜尔只是一个代表,别的工人也都一样,没啥别的想法,只想着把矿山建设好。不但自己会干到老,等自己干不动了,还会让孩子们接着继续干。

有这样一群矿工,就算是肖长峰不到现场指挥,生产效率也不会受影响。作为矿长,他完全可以在办公室里指挥大家工作。但责任感让他不会这么想,也不会这么做。如果矿工把矿山当成了家,那么,他这个矿长,就不能不把自己当家长。他想做个好家长,管好这个家,就不能不比家里别的成员操更多的心。对他来说,一天中,他最想做的事,最高兴的事,就是来到矿工中间,与矿工们一起干活。

干活时,不是做做样子,而是和矿工们一样卖力。矿工们身上有多少土,他身上也有多少土。落在地面上的汗珠子,也不比别的矿工少。只是身为矿长,他可能比矿工们有更多的才能,但并不等于有更好的身体。别的矿工工作八个小时就可以下班回家休息了,他却没有上下班这一说,每天从早忙到黑,对他来说这已经习以为常。

过度的体力支出,短时间内看不出来,也感觉不出来,但时间长了,身体还是会难以承受。近些日子,肖长峰感觉到了累。只是这种累,在他看来,不算什么,用不着在乎。而安怀民对他的信任,尤其是在他被抓时,对他的解救,让他更是觉得,除了拼命工作,再无别的方式可以报答。所以,不管有多疲累,只要想一想安怀民对他的好,肖长峰就会马上振奋起来。

站在三号矿坑边沿看了一会儿,肖长峰朝着采矿作业区走去。从他身边驶过的运矿车,有司机探出头与他打招呼。他对司机们说,不光要跑得快,还要注意安全。

这是一九六三年秋天平常的一天。肖长峰也和往日一样,在同样的时间,怀着同样的心情,沿着同样的路线,走到了他负责管理的矿区。如果说有什么不一样,那就是他的上衣左边口袋里,比往日多了一份入党申请书。这让他的心情,比往日多了一些兴奋和激动。

不过,这样的兴奋激动,他只会藏在心里,不会让别人看出来。当他走过一个个作业面时,他的表情还是一如既往的庄重。

作业面多了一位新工人。他不是别人,正是巴克拜尔的儿子达吾力江。差不多天天都会有新工人出现,别的新工人来了就来了,分到某个班组交给班组长就行了。达吾力江不一样,肖长峰和干部们一起研究了他的事,决定把他作为重点对象来培养,让他以后也能像父亲一样,成为一名杰出的工人代表。

肖长峰不但亲自与达吾力江谈话,还带着他来到他父亲所在的班组,把他父亲用过的钢钎、铁镐和风钻交到他手中。

肖长峰每次来到作业面,与别的工人只是打个招呼,可与达吾力江总会多说几句话。达吾力江显然也受到了父亲的影响,尽管年纪还小,但干起活来却是又认真,又卖力,从来不叫苦叫累。肖长峰打算再过个半年,如果他还是表现这么好,就让他先当个副组长。

肖长峰与工人说话时,从来不会背着手或叉着腰。他早先也是个矿工,矿工们干的活他全都能干。只是随着年纪的增大,这些重体力活干起来,有一些力不从心了。

能干多少不重要,重要的是边和矿工一起干活,边说话，会让矿工们不再把他当成高高在上的领导看，有什么话愿意跟他说。

了解情况，知道问题出在什么地方，解决起来就不会有什么失误。他这个矿长之所以当得好，并不是说他比别人更聪明，只是他能身体力行，愿意也能够比别人吃更多的苦，付出更大的代价。

别的领导干部也会到现场去，只是去了以后，走马观花，指手画脚一番，就回到办公室里喝茶看报纸了。只有肖长峰，如果没有什么他必须主持和参加的会，他就会在工地上与工人们一起干活。他总是说，我的办公室不是在楼里边，而是在三号矿脉的采矿场。

可可托海的人都知道，工作时间要找肖长峰，去三号矿坑准能找得到。说肖长峰是个工作狂，是个拼命三郎，一点也不过分。

这会儿，正在采矿区巡检的肖长峰看到传送矿石的设备停止了运转，赶紧走了过来问是怎么回事。当班的操作工说一个齿轮坏了，要换一个新齿轮才行。问需要多长时间，操作工说要去库房领新齿轮，还要把机器拆开，怕是至少得半天时间才能让它恢复正常。

半天时间太长，肖长峰立刻做出安排，要求负责机修的工人，必须在两个小时内让设备重新运转起来。

没有了传送带，矿石不能装进大卡车，就会让当日的产量无法完成。肖长峰当矿长以来，还没有出现过当日完不成任务的情况。不行，机器坏了，装载矿石的工作不能停下来。

肖长峰马上与班组长们商量，决定修机器的这段时间内，矿石的装运继续进行。

于是，一条由人工连接而成的传送带就形成了。

数十个柳筐和皮口袋派上了用场，先把挑选出来的大小矿石装进去，再从一个人的手中传递到另一个人手中，经过二十一个人的传递后，矿石被倒进运矿车里。

二十一个人中，站在中间的就是肖长峰。

传送设备停了下来，可矿石的装运没有停下来。只是矿石很重，每一筐每一袋都会在一百斤左右，不停地传递会消耗很大的体力。不大一会儿，工人们就气喘吁吁、大汗淋漓了。

体力本来就不如工人的肖长峰，这会儿除了气喘吁吁、大汗淋漓外，他的心跳似乎也一下子加快了许多，快得好像心脏马上就要从胸膛里跳出来了。

旁边的工人注意到了他的脸色，说，肖矿长，你怎么了？快坐下来休息一会儿吧。

肖长峰努力做出无事的样子，说，我没事，咱们继续干，这已经是第四车了,装完了六车,咱们再歇一会儿,喝点水。

只是肖长峰这个话刚说完,还没来得及把手中的一皮袋矿石传递出去,整个人就像是受到了重重一击,脸朝下栽倒在地上。

工人们抬着肖长峰往医院跑。医院在河对岸,并不远。二十分钟后,肖长峰就被送进急诊室。医生们全围过来,包括冯青在内,一致判断肖长峰的症状是心肌梗死。

心肺复苏进行了一个多小时。安怀民也来到抢救现场,对医生们说,一定要想办法让肖长峰醒过来。

除了人工心肺复苏,还进行了电击复苏,能用的手段全都用上了,却没有发生奇迹——肖长峰骤停的心跳没有恢复。

安怀民问冯青,真的就没有办法了吗?

冯青说,由于过度劳累造成的心源性猝死,极少有生还的可能。

安怀民说,你是说,他是累死的?

冯青说,应该是这样。

没有了心跳的肖长峰,眼睛一直没闭上。安怀民伸出手,帮他把眼皮合上。

安怀民说,长峰同志,是我不好!明知你那么辛苦,也没有安排你好好休息休息。

旁边的人把从肖长峰口袋里找到的入党申请书,交给了安怀民。安怀民看到申请书,眼睛一下子湿润了。

安怀民说,长峰同志,你放心吧,我说到做到,我一定要做你的入党介绍人。

安怀民召开党委会,提议追认肖长峰为中共党员,所有参会者都举手同意。

可可托海西边山坡上的公墓里,在距巴克拜尔墓地五米远的地方,又新立起一个墓碑。有人提议,肖长峰是矿长,对矿山贡献大,又是牺牲在工作岗位上,应该给他修一个更大的陵园,用花岗岩给他立一个纪念碑。意见反映到了安怀民这里,安怀民说,老肖这个人我了解,他从来没有把自己当成什么英雄,只是想做一个普通的劳动者。活着时,太辛苦劳累,死了以后,就不要再打扰他了,让他安安静静地歇息吧!真正的英雄,用不着陵园,用不着纪念碑,活着的人也会永远记着他的。

肖长峰走了,一矿没有矿长了。让谁来当矿长,安怀民和陈志远商量这个事。商量的结果是让余明杰去当矿长。理由很简单,这几年余明杰跟着陈志远,各方面都进步很快,品德与才能全都具备,是个接班人的好苗子。不过,将来要担当大任,还需要在生产第一线历练。一矿是可可托海的重点矿、龙头矿,能把这个矿的矿长当好了,再干什么,都可以让人放心了。

余明杰没想到会让他当一矿矿长。他还是个没结婚的毛头小伙子,论资格,在这个矿上,他还是个无名小辈。当陈志远的助理,让他有了别人没有的成长环境。虽然早在大学里,他就不甘心一辈子默默无闻,但他知道人生道路很漫长,小鸟想变成雄鹰并没有那么容易。

没有想过这么早能当上矿长,不等于他没有信心去承担重任。男人在世,不就是渴望轰轰烈烈干一番事业吗?所以,当安怀民找他谈话,说这是组织的决定时,他的血一下子热了起来,当天晚上都没有睡好觉。

跟着陈志远干了这几年,和他有了感情,把他当老师也当父亲,舍不得离开他。陈志远送他一支上海产的金星钢笔,对他说,翅膀硬了,就要自己飞。这个矿山,早晚是你们这辈人的。你只要有肖长峰的工作精神,凭你的专业才能,这个矿长你一定能干好。

这个事,当然要给冯青说了。做了手术后,冯青的一番话,让他见了冯青,不再不好意思了。反倒是因为这个事,让他觉得冯青在自己心目中,和往常更不同了。准确说,见到冯青,感觉更亲切了,而爱慕之情,也比以前更强烈了。

只是再强烈,还是不敢对冯青说出心里话,怕冯青为难,也怕自己被拒绝。爱这个东西,很强大,也很柔弱。它可以让人的胆子变得很大,也可以变得很小。男人往往越在乎这个女人,就会在这个女人面前越小心。生怕什么话没有说好,什么事没有做好,让眼前的这个女人生气,再也不理会自己了。

男人长得高大,女人会喜欢,男人有本事,女人会更喜欢。这么年轻就当上了矿长,冯青当然替他高兴,马上向余明杰表示祝贺。不过,祝贺完了,冯青的情绪有些低落,搞得余明杰摸不着头脑,以为自己什么地方得罪了她,忙问她为什么不开心。

冯青说,医学院研究所催我回去了。

余明杰说,不是说还可以再待一年吗?

冯青说,所里说,情况有变化,要进行人事调整,要求在各地调研的人都要回到单位。

余明杰说,是不是一回去,就再不来了?

冯青说,这种可能性很大。

余明杰说,那你就不能骑马了。

冯青说,是啊,没有马骑,实在是太没有意思了。可我也不能为了骑马,就留在这里,再也不走了呀!

余明杰说,你是医生,这里的工人和牧民很需要你呀!

冯青说,没有我,还有别的医生,他们的水平也很高。

余明杰说,这么说,你真的下决心要离开了?

冯青说,反正早晚要离开的,待的时间越长,这个决心就越难下了。我想还是早点走吧。

余明杰不知说什么了,看着冯青,心里边有种说不出的难过。

冯青说,不过,有一件事如果走之前,不让我弄明白,我还是不能放心地离开。

余明杰说,还有什么事让你牵肠挂肚?

冯青说,就是你的事。

余明杰说,我不明白。

冯青说,你说有女朋友了,可为什么到现在都不让我知道是谁呀?

余明杰当时为了敷衍冯青,随口说了一句自己有女朋友了,没想到冯青把这个事当了真,时不时地就会提起来,搞得余明杰越来越被动了。

余明杰说,我的女朋友,和你有什么关系,你为什么非要知道是谁呢?

冯青说,别人的女朋友是谁,我可以不管,但你的女朋友,我一定要知道是谁。

余明杰说,如果我不说呢?

冯青说,如果你不说,只能说明你从来没有把我当朋友,那就请你马上走开,就算咱们从来没有认识过。

余明杰说,你真想知道?

冯青说,当然。

余明杰说,那我就说了。

冯青说,说呀,她叫什么?

余明杰说,她有一个和你一样的名字。

冯青说,你是说她也叫冯青?

余明杰说,是的,她不但叫冯青,还干着和你一样的工作,也是个医生。

冯青说,你能不能不要开玩笑?

余明杰突然像变了一个人一样,脸一下子涨红了,说话的语调也变得大声急促起来。

余明杰说,冯青,你真的没有感觉出来吗? 我一直都喜欢你。我说的女朋友,其实不是别人就是你!

冯青愣愣地看着余明杰。

余明杰说,我知道,你没有打算一直待在可可托海,你早晚都会回到北京去,你不想在边疆小镇安家落户,所以我一直不敢在你面前说出对你的喜欢。不过,希望你听了这些话后,不要有一点为难,你可以安心地离开这里回到北京。我会永远记着和你在一起的快乐,继续在可可托海工作,做好我自己该做的事情,并祝福你的生活幸福美满。

余明杰说完这些话,像是把压在身上的石头推开了,胸膛一下子挺了起来,脸上的神情也透出了少有的坚毅。

看到冯青还在发愣,余明杰说,对不起了,冯青。如果我说的话让你不愉快了,请你原谅我。

说完,余明杰转身朝门外走去。

刚走了两步,余明杰就听到冯青喊他站住。

余明杰停住了脚步。

冯青说,如果我不问,这些话,你是不是打算永远也不对我提起?

余明杰说,也许吧!

冯青说,我想去骑马,你还愿意陪我去吗?

余明杰说,当然愿意。

冯青说,你愿意陪我骑多久?

余明杰说,直到老了骑不动的那一天。

冯青说,那条红围巾你能送给我吗?

余明杰说,我就是给你买的。

冯青走到余明杰跟前,看着余明杰的眼睛。突然,她像孩子一样,扑进了余明杰怀里。

余明杰拿着结婚报告,去让安怀民批。安怀民一看,用力地拍了拍他的肩膀,说,太好了,你给可可托海办了一件天大的好事,把一个北京的医生永远地留了下来。我让后勤马上给你们分配一间房子当新房,我要亲自主持你们的婚礼。

领导签了字,单位盖了章,就可以去镇政府的民政部门领结婚证了。不能一个人去,要两个人一块儿去。工作人员会问一些情况,问清楚了,就会发一张盖了政府章子的结婚证书。有了结婚证书,就等于两个人是合法夫妻了,可以做所有夫妻都可以做的事情了。

新房子的钥匙交到了他们手上。两个人用休息时间,把房间打扫干净,搬进了床铺,买了些日常生活用品,还用新锅灶做了一顿饭。到了晚上该睡觉的时候,两个人互相望了望,眼睛里的意思都看到了。两个人抱在一起亲了一会儿,亲得站不住了,倒在了屋中间的床上。只是刚倒下一会儿,听到门外有动静,两个人赶紧站了起来。这是他们的小家,是属于他们自己的天地。可还有五天,他们才举行结婚典礼,在这以前,就算是在这间已经属于他们自己的房子里,也不能无所顾忌。

拉开门,看到两个邻居正站在门口说话。邻居们看到他们出来，有些不好意思地向他们打了声招呼。房子是公家统一建造的，一排排整整齐齐的，看不出一点区别。

如同住的房子是由组织分配的一样，结婚的仪式也用不着自己管。被批准结婚以后，组织上会安排合适的时间为新人举行婚礼。

婚礼当天，余明杰和冯青穿着和平时差不多的衣服，胸前戴着纸扎的红花走上了台子。安怀民亲自主持意味着对他们的重视。来参加婚礼的人用不着送什么，关系特别好的会送个盆子或一条毛巾。不管什么人，只要来到婚礼现场，会抽烟的都会抽到一支喜烟，不会抽烟的也会吃到一颗喜糖。因为这里有不少的少数民族同志，这种场合里他们总是会弹起冬不拉，拉起手风琴，所有人一起把新娘和新郎围在中间，唱起歌来跳起舞。所以，婚礼虽然很简朴，但却不失应有的欢喜和热闹。

婚礼通常会在晚饭以后举行。到了十点钟，新娘和新郎就会被众人簇拥着离开俱乐部，来到早就布置好的新房。

到新房门口，送的人会停下脚步。而新人们这会儿就会变得十分不好意思，一个劲地请大家到屋子里坐一会儿。都明白这个时候新人们心里想的是什么，有些调皮的人趁机说几句略显露骨的话，却不会真的不明事理跑进新房胡闹一通。新事新办新风俗，许多老旧的婚礼陋习，在这种新式婚礼上已经不见了踪影。余明杰和冯青的身份更是让大家对他们尊重有加,所以把他们送到新房门口时,大家连过分的玩笑都没有开,就让他们打开门走了进去。

到了这会儿,可以说这间新房才真正成了余明杰和冯青的家。现在他们可以不用再担心什么了,可以做任何想做的事情了。

早上,阳光透过窗帘,照在了床上。冯青先醒了,看余明杰还睡着,就没有叫醒他。她手托着下巴,看着余明杰的脸。年轻的脸,这会儿看上去更英俊。也许是冯青的目光太热烈,让余明杰感觉到了,他睁开了眼睛。目光碰到了一起,顿时有了火花。余明杰激动起来,要把夜里做过的事,再做一次。冯青说日子长着呢,要悠着点。余明杰有些不听话,还是不肯放过她。冯青看余明杰的样子,像个还没有吃饱的孩子一样,不由得心疼起来,就不再阻挡得那么坚决了。

结婚时有三天婚假。父母都远在故乡,不在身边,没有婆家可去、娘家可回。这三天完全属于他们,可以做自己想做的事情。两个人躺在床上商量着,等会儿起床以后去干什么。想来想去,两个人都想到去骑马。

冯青让余明杰再休息一会儿,等饭做好了以后再喊他起来吃。听到这个话,余明杰心里一热,越发觉得自己能娶上冯青,真的是太有福气了。

吃过饭,两个人往门外走。冯青记起了什么,问余明杰红围巾带了没有。余明杰问,你是不是怕还会遇上狼?冯青说,我想让你把它围在我的脖子上。

三天里干什么,全安排好了。第一天去骑马,第二天去野餐,第三天就去爬山。

到牧民家,骑马玩了一天。人还是原来的人,马也是原来的马,骑的线路也没有变。只是骑马人的关系变了,由原来的同志朋友关系,变成了夫妻关系。再骑在马上,心情也就会变得大不一样了。骑着马跑到一片草滩上,看到草儿长得密,花儿开得艳,不由得跳下马,在草丛中翻滚起来,滚着滚着两个人就抱在了一起……

一天下来,说不累,不可能。但挡不住年轻,睡一夜,早上醒来,浑身上下又全是力气了。早上喝了一点茶,只吃了一块面包,要把肚子空下来,到了野餐时再好好吃。住的附近有树林,还靠着一条河。大家没事了,就会聚到河边野餐。夜里下了点雨,不但空气新鲜,树根处,还会长出蘑菇。野蘑菇、野鱼、野山鸡、野兔,可烤可炖,野餐有多好吃,不用多说,也可以想得出来。这几年,五月过青年节,矿上会组织活动,其中一个内容,就是野餐。如何弄出好吃的野餐,两个人全知道。

以为还会和昨天一样,不但可以玩个痛快,还可以吃个痛快。却不料还没有走出家门,那个想象中的美好野餐就结束了。有两个矿工出现在了门口,说矿坑里有一处地下水冒了出来,影响到正在进行的采掘,需要矿长去处理这个突发情况。这时,冯青把野餐时吃喝的东西,都装在一个大篮子里,已经提在了手上。

余明杰看了看冯青。冯青放下篮子,说,你看我有什么用,难道我说去野餐,你就会跟我走吗?

余明杰说,我去看看。

冯青拿起一块面包,塞给了他,说,你早上还没有好好吃东西呢。

余明杰拿过面包说,处理完了,我就回来,咱们再去野餐。

冯青说,好吧,我等着。

天黑了,余明杰才回家,浑身上下全是泥水。冯青坐在凳子上,还在等着他。那个装满东西的篮子,就放在她的腿边。

余明杰说,明天还要再调两台抽水机来,才能把水抽干。不过,冒水的洞被堵住了。

冯青说,这么说,我们的婚假已经结束了。

余明杰说,没有想到会冒出这么多水。

夜里躺在床上,冯青搂紧了余明杰。

冯青说,肖矿长是怎么离开的,你也知道。你怎么干都行,就是心里要想着我。你的身体不是你一个人的,还是属于我的。

余明杰说,我知道,我要当好这个矿长,还要当好你的丈夫,等我们有了孩子,还要当好父亲。

冯青说,你行的,一定行的!

自表白后,同样还去食堂吃饭,吴成朋打了饭以后,就算是看到孙惠兰,也不会端着饭菜和她坐在一起了。

孙惠兰不想和吴成朋弄成这个样子,她还想和吴成朋像以前一样,就像什么事情也没有发生一样。

这件事,不管怎么说,都是自己有错在先。吴成朋这么做,不能怪他太小家子气。明知这个姑娘已经有对象,还老往人家身边凑,似乎也有些不道德。

吴成朋这么做,孙惠兰完全可以不用管,不当个事,自己该干什么就干什么。但孙惠兰还是想和吴成朋继续做好朋友。

过一段时间,食堂就会改善生活,做一锅红烧肉让大家解馋。大家伙都喜欢吃红烧肉,孙惠兰也喜欢。知道食堂做了红烧肉,她不由得兴奋起来,一下班就往食堂赶,生怕去晚了,会没有了。

打了一份红烧肉后,孙惠兰端着碗找地方坐,看到了角落处的吴成朋。也是巧,他的身边正好空了一个座位。

孙惠兰坐了下来,朝吴成朋打招呼。吴成朋笑了笑,朝她点了点头。他的气色不好,脸色有些灰暗。看来这段时间,他有些吃不好,睡不好。

红烧肉好吃,都想多吃。进门时给每一个人就发了一张券,凭券去窗口领餐。目的就是怕有些人吃了一份不够,再去领一份。菜的数量有限,没法敞开供应,采取这样的措施,大家都没有意见。

坐在旁边的吴成朋,不大一会儿就把一份红烧肉吃完了。

孙惠兰注意到了,吴成朋瞧着空了的碗,仍然是一脸馋相,嘴里还在喃喃自语,这一份的分量也太少了一点。

这时吴成朋的样子看起来就更有点可怜了。

孙惠兰想了想,就说,红烧肉好吃是好吃,就是太腻,我实在吃不下去。

吴成朋说,腻什么腻,肥肉才香呢!

孙惠兰说,你要是不嫌弃,我碗里的这些,你就吃了吧,要不就会浪费了。

吴成朋有些不相信地看着孙惠兰,什么意思,你打算倒掉呀?

孙惠兰说,人家吃不下去,又有什么办法呀!

吴成朋说,不能浪费,浪费是犯罪,那我就帮你个忙。

说着,吴成朋把空碗推向孙惠兰。孙惠兰就把碗里剩了一半的红烧肉,倒进了吴成朋的碗里。

看见吴成朋吃得那么香,孙惠兰有些高兴。她对吴成朋说,下次吃红烧肉,你还要再帮我的忙哟!

吴成朋看着孙惠兰,想不通这么好吃的红烧肉,她怎么会吃不完呢?

把红烧肉给吴成朋吃,对孙惠兰来说,算不了什么。她其实还想帮吴成朋一个更大的忙,那就是给吴成朋介绍个女朋友。

孙惠兰从来没有想到过要当红娘,对自己的事都不愿意去多想,怎么可能给别人再去操这个心呢?

想给吴成朋当红娘的原因其实很简单,那就是心里边觉得有些对不起他。吴成朋如果不是以为自己没有对象,肯定早就把心思用到别的姑娘身上了,没准这会儿连婚礼都举行了。

正是因为自己两次没有说实话,才让吴成朋产生了错觉,贸然说出了要和她做男女朋友的话。而她的拒绝又让这个自尊心很强的男人,受到了不该有的伤害。

孙惠兰不想欠别人的情。这几天她经常把吴成朋给自己拍的照片拿出来看,越看越觉得不为吴成朋做点什么,自己就无法心安理得了。

想来想去,她有了主意。她要当个介绍人,把一个她觉得不错的姑娘,介绍给吴成朋,让他们先相识,再相知相爱,最终走向婚姻的殿堂。

要是能把这个忙帮成了,孙惠兰觉得自己就会在吴成朋面前坦然了,不会觉得对不起吴成朋了。

有了这个想法后,孙惠兰就和以前不太一样了。

以前,孙惠兰对身边的那些姑娘不太在意。现在不一样了,要当介绍人,就不能再对别的姑娘视而不见了。男人看女人,当然是越漂亮越好。不是男人好色,这是人的本性。女人看男人,也一样在乎长相。赵义勋如果不是长得高高大大、堂堂正正,孙惠兰也不会那么坚决地要嫁给他。

吴成朋条件不差,想找一个什么样的姑娘,不用问,孙惠兰也知道,肯定是越漂亮越好。

只是漂亮的姑娘少,难找。找顺眼的,应该不会太费事。没想到，孙惠兰以为很容易的事，真正办起来，才知道有多难了。

多数地方，总是有男有女，并且男女比例会差不多。可可托海有点不一样，矿业生产需要的人主要是男人，无论招收的工人还是分配来的学生，其中很少会有女性。长此以往，就造成了男多女少的局面。工人们找老婆，要么去附近村庄和农场找，要么就是直接从老家带一个来。女性在可可托海就像这里的矿石一样，成了稀缺资源。

姑娘不能说没有，但数量少得可怜。数量直接关系到质量，别说是漂亮的了，就是顺眼的，孙惠兰看过来看过去，也没有看到几个。连着数日，孙惠兰吃过晚饭，不去办公室看书，不在屋子里准备结婚的东西了，往医院走，往学校走。因为这些单位，相对来说，女性会多一些。好不容易看到了几个顺眼的，一打听，人家要么结了婚，要么订了婚，没有一个是等着别人来介绍对象的。是啊，长相好又年轻的女性，怎么可能还闲在那儿，等着别人来介绍呢？

一日下午，手头没有什么工作，孙惠兰在办公室坐不住，便出了门。路过矿山幼儿园，看到一个姑娘带着一群小朋友在做游戏。

孙惠兰停下来站在跟前看。姑娘看到她，以为她有孩子在幼儿园，就主动走过来，问她有什么事。

孙惠兰看这个姑娘,虽然个子不高,可小脸圆圆的、白白的,就有意和姑娘多说了几句。

知道姑娘在老家上了中学,不想回村子里种地,听说新疆好找工作,就来投奔新疆亲戚了。亲戚正好在可可托海,果然,一来她就当上了幼儿教师。问姑娘结婚了没有,姑娘说还没有对象。孙惠兰一听高兴了,问姑娘叫什么。姑娘说了名字,还说了年纪。孙惠兰说,等有空了会再来找姑娘玩。

在食堂吃过晚饭,孙惠兰问吴成朋等一会儿在不在办公室。吴成朋说他每天晚上都要到办公室工作一会儿。孙惠兰说,那等一会儿我去你办公室给你说个事。

认识这么久,孙惠兰从来没有因为什么事找过吴成朋。吴成朋说,有什么事,说就行了,不一定非要去办公室。孙惠兰说,这个事还是去办公室说好。吴成朋说,那你就来吧。

孙惠兰来到吴成朋的办公室,吴成朋已经给她泡好了茶。

可可托海冬天来得早,一过十月,就进入了冬天。前几天下了头一场雪,虽然河里的流水还没有完全结冰,但各种取暖设备已经启用了。这个地方有一个好,不管外面多冷,屋子里总是温暖如春。

把一杯茶端给了孙惠兰,吴成朋说,水果没有了,只能喝茶了。

孙惠兰说,你们南方人会喝茶,泡出来的茶也好喝,不像我们北方人,没有喝茶的习惯。

吴成朋说,喝茶对身体有好处。对了,你找我有什么事?是不是想把赵义勋从四矿调回来呀?

没想到吴成朋会问这件事,孙惠兰一时不知怎么回答。因为这件事,她真的想了。结了婚,两地分居不好。可就算是她真的这么想了,也不会对吴成朋说这个事,求他帮忙。吴成朋是办公室主任,要是肯帮忙,也能帮得上。但是吴成朋在这件事上,已经受了伤害,再让他帮这个忙,那不是分明在往他的伤口上撒盐吗?

孙惠兰赶紧否认,说她没有这个意思。

吴成朋说,那你和赵义勋总不能两地分居吧?这个问题总是要解决的。

孙惠兰说,还没有顾得上想这个事,到时候再说吧,我想组织上会给解决的。

吴成朋说,那也得你先提出要求,让组织知道你的诉求。

孙惠兰问,那我该怎么做?

吴成朋说,先写个报告。

孙惠兰说,这样的报告,我可没有写过。

吴成朋说,我可以帮你写。

孙惠兰说,那就太谢谢你了。

孙惠兰喝了一口茶,说,不过,我这会儿找你,真的不是关于赵义勋的事。

吴成朋说,那是什么事?

孙惠兰兴致勃勃地说起了那个幼儿教师。她把姑娘说成一朵花,还说姑娘比她还要小四岁,长得也比她好看。

吴成朋虽然在听着,可喝茶时的动作和表情,都不曾因为孙惠兰的话发生一点变化。

孙惠兰把想说的话全都说完了以后,停了下来,看着吴成朋,等着他说话。

吴成朋说,我听明白了。

孙惠兰说,那你告诉我,你愿不愿意见一见呢?要是愿意的话,我去给她说。咱们选一个时间,到你宿舍或者我宿舍都行。

吴成朋说,这就不用你操心了。

孙惠兰说,为什么?

吴成朋说,你可能还不知道,自我懂得了"爱情"这两个字以后,就想好了。

孙惠兰说,想好了什么?

吴成朋说,自己的爱人自己找,决不要什么介绍人、红娘和媒婆从中牵线,像做买卖一样。

没有想到吴成朋还有这样的想法,孙惠兰愣住了。

孙惠兰说,我真是觉得那个姑娘不错,你要是能和她在一起,多好啊!

吴成朋一听,苦笑了起来,说,孙惠兰呀,真服你了,原来你找我是要说这个事呀!行了,你的好心我知道了,这个情我也领了。不过,你以后就不要再费这个心了。你放心,我不会打光棍的,也不会随便找一个凑合的。要找一个一辈子都在一起的人,不是真心喜欢可不行。要不然的话,这个婚姻带来的就不是幸福,而是痛苦了。

听吴成朋这么一说,孙惠兰才算明白了。原来吴成朋对她说的话,不是一时心血来潮,而是经过深思熟虑以后才做出的决定。

作为女人,孙惠兰向来不自卑,可也不自信。她完全没有料到,会有两个男人,还是两个挺优秀的男人,都喜欢上了自己。这让她照着镜子,不由得会问自己,明明样子很平常,人家凭啥会喜欢我?也许这个问题,她到老了,也想不明白。

肖长峰不在了,在可可托海,大约除了他的家人外,最伤心的就是陈志远了。多年同甘共苦的经历,早就让他们亲如兄弟了。失去了李莎,之所以能够战胜孤独,应该说跟有肖长峰这样一个兄弟关系很大。怎么也没有想到,比他还要小两岁的肖长峰,会在他的前边离开。

早就把肖长峰家当自己家了,把柳芭和孩子当作自己的家人了。可眼下肖长峰不在了,他还能把这个家继续当自己的家吗?

正不知该如何处理这件事时,冬冬敲开他家的门,说,陈伯伯,我妈做好了饭,想让你去吃饭。

陈志远说,吃饭我就不去了,等会儿我去食堂吃就行了。

冬冬说,我妈说,还有事情要和你商量。

陈志远这才跟着冬冬去了肖长峰家。自肖长峰走了以后,这是他第一次去他家。

柳芭看到陈志远走进来,脸上并没有什么表情。陈志远看到桌子上摆的饭菜,都是自己平时喜欢吃的。这些年来,在肖长峰家不知吃过多少次饭,陈志远爱吃什么饭,除柳芭不会再有第二个人知道了。

陈志远很想安慰一下柳芭,可总觉得说什么话都不合适,干脆什么都不说了。他坐到桌子旁边,像以前一样拿起了筷子。

不说话,只是闷着头吃饭,实在有点不像话。陈志远先说话了,冬冬说你找我有事。我想长峰不在了,孩子们以后上学、吃穿的费用,你不用担心,我每个月拿出工资的一半给他们用。

柳芭说,那倒用不着。找你来,我可不是想说这个事。

陈志远说,那你……

柳芭说,你知道,如果不是肖长峰,我是不会生活在这个地方的。现在肖长峰不在了,我想我也应该离开了。

陈志远说,什么意思?

柳芭说,我想带着两个孩子回苏联去。

陈志远说,这怎么能行?不行,不行,这可不行!

柳芭说,为什么不行?

陈志远说,因为长峰不愿意。

柳芭说,他不在了,他不会管这个事了!

陈志远说,可他的心愿,我们不能不尊重。你知道,最困难的时候,你要回苏联他都不让回。

柳芭说,那个时候不回我不在乎,因为有他在,我的日子不会过得苦。

陈志远说,他不在了,我们还在,我们不会不管你的。

柳芭说,可你是局长,还是长峰的兄弟！这些天,你一次都没有来过——这就是你说的不会不管吗？

这句话,一下子就把陈志远给问住了。

柳芭说,我倒没什么,可孩子们经常问我,陈伯伯为什么不来给我们讲故事了。我该怎么对他们说呢？难道你要让我说,因为你爸爸不在了,陈伯伯就不理我们了？

陈志远说,我真的一直想来,可工作……

柳芭说,行了,你就不要找借口了。你是局长,工作确实忙。但以前你也是局长,怎么就有时间来了呢？连你都不愿意来管我们孤儿寡母了,你说我还能指望谁呢？

陈志远说,我确实该早点过来看你们的。

柳芭说,你是局长,你批准我带着孩子离开吧,这样你也就省心了,不用担心我们会拖累你什么了！

陈志远说,不行,这我决不能答应！长峰的孩子,就是我的孩子,我会对他们尽到一个父亲的责任。

柳芭说,你真的能做到？

陈志远说,我会努力的。

第十一章　绽放的雪花也美丽

当红娘没有当成,反倒被吴成朋上了一课。是啊,婚姻这个问题要是处理不好了,带来的就不是快乐而是麻烦了。这么一想,孙惠兰觉得自己能遇上赵义勋,真的是她的幸运。不过,再假设一下,如果不是恰好遇到了赵义勋,那么可能是谁,会成为她想嫁的人呢？会是吴成朋吗？或者说还有一个她压根不知道名字的人。虽然这只是个假设,可细想一下,又会觉得婚姻这个事,谁嫁给了谁,谁又娶了谁,看起来似乎都是命里注定,其实又有着太大的偶然性,看起来是自己做主,想选择谁就选择谁,但实际上往往都是身不由己。

连着下了几场大雪,可可托海已经完全进入冬天了。河水停止流动,河面变成冰场。孙惠兰又可以去滑冰了。

冰场上滑冰的女人还有几个,但滑得最好的就是她了。

吴成朋去年跟着她学滑冰,还没有完全学会,穿上冰刀,还是站不稳,滑不了几步就会摔跤。孙惠兰想继续教吴成朋滑冰,把他教会。但吴成朋却说手头有公文要处理,没时间去。

喊了两次,吴成朋都说有事,不肯去,孙惠兰就没有再喊第三次。她想明白了,吴成朋原来想学滑冰,不是真的对滑冰有什么兴趣,而是想通过这种方式来接近她。而现在这种情况,利用这个方式接近,已经变得没有意义,反而会让别人产生两个人是在谈对象的错觉。结果孙惠兰却嫁了另一个男人,这会让吴成朋很没面子的。所以他不再跟着孙惠兰学滑冰也是情理之中的事。

吴成朋不来和她一块儿滑冰,也不影响孙惠兰的心情。她像所有待嫁的新娘一样,怀揣着美好的期望,像一只蝴蝶一样,在额尔齐斯河的冰面上飞舞着。

尽管此时整个西方世界对中国仍然进行着全面的封锁,苏联老大哥的翻脸,更是让新生的共和国雪上加霜。但几乎每个中国人都相信,他们正生活在从来没有过的幸福之中。

是啊,这个时候的孙惠兰,如果要问她还有什么不如意的地方,她真的说不出来。如果非要让她说出一点来,她只能说这个冬天有点长,不能让她快快见到被大雪封在深山里的赵义勋。

大雪封山,听起来很可怕,实际上也并没有什么。年年到了这个季节,出山的道路都会被大雪埋住。可可托海人早就习惯了,不当个事了。所有吃的用的,早在落下秋霜时,就运了进来。大小单位,每一户人家,不管住的是什么房子,都会在房前屋后挖一个地窖,用来存放萝卜和白菜。牛羊无处放牧,有羊圈和牛圈安置。秋天会用镰刀,割下许多青草,用来当作饲料,不会把牛羊等牲畜饿着。有了贮存的冬菜,有随时可以宰杀的牛羊,漫长的冬天,并没有想象得那么难过。

大雪让山、让河、让树林,全都改换了样子,但却不能让矿上的生产发生变化。大雪再大,也堵不住矿洞的洞口,每天早上到了北京时间九点半,工人们就会走出居住的地窝子和木屋,朝位于各处的矿洞走去。

气温低到了零下四十摄氏度,刚走出门不大一会儿,呼出的哈气就会在脸上结出霜花。皮帽子和皮手套是必备的防寒品,没有谁可以在这样的天气里,让皮肤长久地裸露在外。每个冬天都会有冻死人的事情发生,不会有人大惊小怪。就在前几天,有一个工人喝完了酒出去撒尿,结果倒在了雪堆里。出门找他时,他已经被冻僵了。

不过，不管外面多冷，矿洞里的温度都不会发生多大变化。只要进到矿洞里，就要换下厚厚的冬装，穿上薄一些的工作服。就算是这样，干上一阵子活，身上还是会出汗。

季节变了，生产任务没有变，矿石的挖掘仍在继续进行。大雪封山，运不出去不要紧，矿石不是别的东西，放在冰天雪地里也不会被冻坏。等到来年通车了，把它们再运出去就行了。

赵义勋没有去矿洞挖矿。刚来四矿时，他也和工人们一块儿挖过矿。后来，他当了工程师，要干的事，就不再只是挖矿了。一个矿洞里的矿石是有限的，挖着挖着就会越来越少，挖到一定程度时，就不能再挖了。所以对于一个矿山来说，只有不断地找到新的矿脉，才能保证矿石的生产量不断增长。

赵义勋的专业以及他的兴趣，主要在找矿这件事上。这几年在四矿，他把心思都用在了找矿上。人们老看到他背着地质包，往深山里跑，并不时会带些野果子和猎物回来，以为他是喜欢到野外游玩。对此他从不多做解释，直到上次安怀民来，他说出了发现新矿脉的事，大家才知道这个年轻人原来是在干正事、干大事。

也是从这个时候起，赵义勋就成了四矿一个特殊人物。他的工作，矿长不再安排，而是对他说，你想干什么就去干吧,只要到时候把那条矿脉的地质报告拿出来就行了。

地质报告马上就要写完了,可还缺少几个现场方位的数据和矿石标本的资料。他知道在哪条山沟里可以找到它们,只是这个时候通向那里的道路被大雪覆盖了。落下的大雪会制造出许多假象,雪粒雪片落下来,会把那些沟坎全都填平,一眼看上去让人觉得十分平展,却不知一脚踏下去,就可能陷入一个没顶的陷阱里。这样的雪路,就算有马骑也无法前行。

不过,这可难不住赵义勋。就在前年冬天,他已经找到了大雪过后可以出门远行的办法。那天早上,他站在木屋前,看着被大雪掩埋的群山,正想着如何可以走向远方,就看到一个图瓦牧民,踩着两块木板子从山坡上滑了下来。

等牧民滑到他跟前时,他拦住牧民,仔细研究起牧民的滑雪板,发现他们的滑雪板贴了一层马的毛皮。自从这里建了矿山以后,山里牧民的生活也随之发生了变化。许多日常生活用品不用再到老远的镇上去买了,出门走不了多远,就可以在矿上小商店里买到了。也是这些矿工们的到来,让他们的牛羊肉变得值钱了。自从他们来了以后,牧民每一家的收入都明显增加了。

牧民们对这些矿工们充满了感激之情,矿工们有什么事需要他们帮忙,他们都会用心尽力去做。这个牧民看赵义勋对他的滑雪板有兴趣,就问赵义勋如果想要的话,他可以为他做一副。赵义勋说,是想要一副,不过不会白要,他可以用二十块钱买一副。牧民说,我自己会做,用不了那么多钱,你给我五块钱就行了。

牧民说话算数,过了几天,他就踩着滑雪板,扛着新做的毛皮滑雪板来了。赵义勋硬是塞给牧民二十块钱。

滑雪和滑冰有点像,但滑雪要比滑冰容易些。没用多长时间,赵义勋就可以踩着滑雪板,在雪地上行走自如了。

滑雪板有一个好处,由于它们又宽又长,不管雪有多么松软,都不会陷到雪中。踩着滑雪板上坡下沟,不用担心自己会掉进雪坑被雪埋住。

自从有了毛皮滑雪板,再大的雪也挡不住赵义勋出门了。

不要说冬天寒风刺骨,除了雪再也没有别的什么了,出去也没有什么意思。说这个话的人,一定是对冬天的野外不了解,不知道雪中藏着的乐趣。

踏着滑雪板,来到额尔齐斯河上,看不到了流水,也一样可以捉到鱼。拨开冰面上的雪,用地质锤敲开冰层,随着涌出来的水,就会有想要呼吸新鲜空气的狗鱼跳到冰面上。

树林中到处是干枯的树枝,烧起一堆火来就可以烤鱼吃。雪后的兔子、野鸡与其他走兽会留下一条条有规则的小道。在小道上随便下个铁丝扭成的套子,就可以捉到它们。冬天飞禽走兽不但皮毛好,肉也更香。

赵义勋发现冬天的野外,乐趣一点也不比别的季节少。如果说让他有什么遗憾的话,那就是不能与孙惠兰共同享受这些乐趣。

自那天和孙惠兰分别后,再做什么事时,都难免会想到孙惠兰。

人就是这样,一旦与某个人确定了某种关系,就像是签订了一个契约。你就要把你的心灵天地、情感世界腾出一块地方,交给这个人,让你的快乐与忧愁从此以后都要不同程度地由他左右。

当然,赵义勋也明白,孙惠兰也一样会经常想起他来。两个人都没有说过"我喜欢你""我爱你"一类的甜言蜜语,但都能感觉得到对方对自己的真情。有些话是不用说出来的,从神情、从眼睛里、从行为上就能看出来。

爱上一个人,同时又能被所爱的人爱上,这大概就是书中所说的爱的幸福吧!

此时,赵义勋不管在做什么事,都能感觉到爱意像阳光一样照在身上,让他总是不由得想把正在做的事情做好,做得完美。似乎只有这样,才能对得起自己所得到的爱。

比如说,马上就要完成的桦树沟花岗伟晶岩矿脉的地质报告,有几个数据需要再核实确定一下。尽管它们并不会影响到整个报告的结论,但他不愿意让自己的成果有任何瑕疵。他必须要再来实地进行一次认真的勘测。

连着下了三天的大雪终于停了。大雪过后的天蓝得不像是真的,太阳射出的光芒亮得让人不敢正眼去看。地面上的雪,最浅处也没到了膝盖以上。矿工们用了一天时间才从雪中挖出了分别通往食堂和矿洞的两条路。

赵义勋背上他的地质包,走出门。不管多厚的雪,对他来说,不会成为问题,因为他有皮毛滑雪板。这两年冬天,皮毛滑雪板成了他离不开的交通工具,他已经成了一个滑雪高手。卖给他滑雪板的牧民,看过他滑雪以后,朝他竖起大拇指说,你比我们滑得好。

滑雪板不怕雪厚,只怕没有雪。雪越厚,滑起来越轻快。当赵义勋戴着防雪光反射的墨镜,踩着滑雪板穿过矿区时,正在清扫道路上积雪的矿工们纷纷向他打招呼。这个年轻的大学生,可不像个书呆子,他的性格似乎比谁都野。很少看到他抱着一本书在读,他像一只梅花鹿,总是不停地在奔跑跳跃。并且不管沟有多深,坎有多高,都拦不住他,包括眼前这厚厚的大雪。

赵义勋滑到了一座并不太高却有些陡峭的山坡上,站在坡顶上,往下望,可以看到山沟底下有一座石峰,刀剑一样地挺立着。因为尖利,雪落在上面,也都掉了下来,所以在一片白雪的衬托下,石峰显得很醒目。在它旁边生长着一片白桦树,叶子落尽后,一棵棵看上去,仍然不失挺拔的俊秀,昂首挺胸朝着天空,像是在呼唤着什么,也像是在期盼着什么。

两年前的那个夏天,赵义勋在山沟里走累了,坐在石峰下的阴影里,看到草丛里有什么东西在闪着亮光。搞地质的人,只要看到地面上有发出亮光的东西,绝不会放过。不管是什么,都要弄个明白才行。

没有想到这是一块绿柱石。

一个荒无人烟之地,不可能独独只有一块这样的石头。火山爆发引起地壳运动,从而在某一区域形成特殊的地质状况。含有各种元素的石头混杂在一起,会藏于不同的石层中。阿尔泰的矿脉主要是花岗伟晶岩石,一条矿脉中往往有蕴含十几种金属元素的矿石存在。不同的元素会让矿石产生不同的光泽、形状与性能。不管是锂、铍,还是铯、铷,不管是钽、铌,还是云母,都可以在花岗伟晶岩石中找到。

正是这个微小的绿柱石,让赵义勋眼睛一亮。围绕着它,赵义勋对方圆数千平方米的地方进行了地毯式的勘测。

终于,他在刀剑峰与山坡的交接处,发现了一片风化的花岗伟晶岩石。经过进一步勘测和分析,可以确定它的储量应在数百万吨以上,具备了工业开采价值。

　　大自然有太多的秘密,人们从来没有停止过对它的探索。任何一次发现都意义重大,带给发现者的快乐常常难以用语言形容。一个班的同学只有他一个人来到新疆,不少同学为他分到了一个偏远的小矿叫屈。一开始赵义勋有些觉得自己是大材小用了,但现在他再也不这么想了。幸亏分到了新疆,分到了可可托海,才让他能够有机会发现一条新矿脉,写出具有科学价值的地质报告。当然还有一条也很重要,那就是让他收获了美好的爱情。说实话,上了火车一看到孙惠兰,就被她吸引了。随着越来越多的接触,对她的喜欢也越来越强烈。这些日子,只要想到这个冬天过去,到了五月的春天,就可以和孙惠兰成为夫妻了,他就觉得这个世界上,没有谁比自己更幸运了。

　　站在坡顶,朝下面看。别的季节,站在同样的位置往下看,可以看到倾斜的坡面上遍布大大小小的石块和各种野草,若是六七月份,还可以看到许多开放的野花。不过这个时候朝下看,石头与野草全都被雪的棉被掩盖了。白色的雪野,由于洁净到了极致,在阳光的照耀下,那种单纯,竟有些惊心动魄。

他曾经三次踩着滑雪板,从坡顶冲到沟底,每一次都让他痛快地喊叫了起来。这一次雪坡更白更厚,也似乎更高更陡,他没有理由不去享受这难得的畅快。

赵义勋弯着腰,凭着感觉,让双脚更紧更牢地与滑雪板贴合,同时膝盖处猛地使出一股劲。

赵义勋跃下了山顶,像一只苍鹰一样展开了双翅。

正在白桦林中走着的几只马鹿,看到从山顶上飞下来的赵义勋,停了下来。因为就算是它们,也很难从那么高的雪坡上走下来。它们有点不相信向来笨手笨脚的人类会有这个本事。

看起来是赵义勋控制着脚下的滑雪板,但实际上,当滑雪板载着他飞起来以后,他也无法改变它的速度和方向了。当然,赵义勋也没有打算改变它,他信任脚下的滑雪板,会把他带到想到的地方去。

滑雪板似乎也在这么做。它冲撞起的雪浪向两边飞溅着。它知道主人希望它做的是什么,这对它来说一点不难。同样的事,它已经做过三次了,并且每次都做得让主人十分满意,这第四次,它没有理由会做得不好。

应该说,滑雪板一直做得很好,只是雪坡上的积雪,与前三次比,有了些不同。因为刚刚下过大雪,雪过于厚重,而倾斜的坡面,让它们难以安稳地躺卧。所以,当滑雪板冲撞过来时,它脆弱的结构被破坏了。一团雪开始松动,挤向了另一团雪,平衡被打破,另一团雪,又挤动了新的一团雪。当一团团雪顺着山势朝下滑动时,整个雪坡的雪就形成了一股无法遏制的力量。每一片雪花顿时都变得凶狠起来,它们如同一群怪兽吼叫着从高坡处冲撞下来,那些硕大的岩石块和粗大的树木,霎时间被卷起推倒,被吞没……

赵义勋听到了雪坡崩溃时发出的巨响,他下意识地把腰弯得更低,目的是想让滑雪板飞得再快些,不让身后的巨响吞没他。但是,在崩溃的雪坡面前,滑雪板以及驾着它的人,就像是一只小船遇到了海啸,完全失去了控制,只能听天由命了。

几乎就在一刹那,赵义勋和他的滑雪板消失在了巨大的雪浪中。弄得那几只马鹿有些迷惑不解,不知道那个飞下来的人,一下子飞到了什么地方。它们抬起头往天上看去,似乎真的看到了一团形状奇异的物体闪着红色的光,飘向蓝天白云间。

马鹿们在吓了一跳后,继续沿着林中雪路去寻找食物了。

山谷重新变得寂静。在那个刀剑一样的石峰前,被雪浪甩出的地质包落在了一块石头上。地质包被摔得裂了一条缝,一个包着塑料皮的本子掉了出来。

这个本子是赵义勋用来抄歌的。上面有那个叫王洛宾的人的签名。赵义勋在河心的小岛上,没有把这个本子给孙惠兰,是因为他打算把孙惠兰喜欢的歌全都抄上以后,作为结婚礼物送给她。

几乎就在赵义勋从雪坡滑下来的同时,孙惠兰正在屋子里做着她并不擅长的事。她按照列下的清单,买回了几斤棉絮和一块粗布。结婚时,会把单人床变成双人床,双人床上得铺一个大一点的褥子。作为女人,和村子里的女人不同,她去上学了,学着认字和写字,没有再去学做针线活。没有学过,不等于一点不会。与认字、写字比,针线活还是要容易些。孙惠兰知道以后结了婚,会有许多针线活等着她做。孙惠兰可是想要当个好妻子和好妈妈的,不会针线活可不行。这么一想,孙惠兰就满心欢喜地拿起了针线。缝纫的时候,她还不由得哼起了小曲。不过,想着不要扎了手,还是扎了手。她"哎呀"了一声,用嘴吸掉了手指头上渗出的血。而这时,远在四十公里外的四矿的桦树沟里,那个她等着结婚的男人却被大雪深深地埋了起来,再也不可能与她相见了。

地球在宇宙间存在了近五十亿年,而人类的历史不过才几百万年。人总觉得自己的生与死是天大的事,却不曾意识到自然界的变化其实从来都和人的命运没有什么关系。日出月升昼夜交替,风雪雨霜四季轮换,全不会因为谁的生老病死、悲欢离合而提前或推迟。

这个春天和已经过去的无数个春天一样。四月一过,额尔齐斯河上覆盖的冰雪就化成了流水,两岸的草木也脱去冬天的衣裳,换上了鲜亮的绿装。许多去了南方的鸟群也飞了回来,唱着歌,开始了新一轮的繁衍生息。

孙惠兰走出房子,沿着河边往西南走。据说,别的大河都是往东流,只有这条河是往西流。往什么地方流,孙惠兰一点也不关心。她这会儿,顺着它往前走,只是想走到那个河中间的小岛上去。

小岛还是那个小岛,与去年秋天的样子没什么两样。孙惠兰在一片空地处,看到了一些草木烧过后的灰烬。

灰烬来自一团火。这团火,在刚刚过去的冬天里,一直燃烧在孙惠兰的记忆里,直到这会儿,也没有灭。她闻到了狗鱼被烤熟的香味,听到了一个男人的笑声和说话声。

孙惠兰从口袋里摸出了一个指甲盖大小的海蓝宝石。这种宝石在可可托海并不名贵,因为在这个矿山里,它实在太多了。不过,这块宝石对孙惠兰来说,已经不仅仅是一块宝石了。

　　这个时候,孙惠兰突然有了深深的悔意。这个向来有主见的女人,对做过的事还从来不曾有过后悔。但这次她真的后悔了,后悔得让她蹲在了地上,用手狠狠地扇了自己一个巴掌。

　　就在这个小岛上,在这个火堆旁,她靠在一个男人的怀里,像一个新娘依偎着她的新郎。

　　如果世上有后悔药,花多少钱,她都会去买。如果时间可以倒流,让她重新回到十月一日的那个夜晚,她一定会让他成为一个真正的新郎。

　　那个名字叫赵义勋的男人,只在世界上活了二十六年,就离开了,并且直到离开时,也不知道女人是怎么回事。原本有一个机会,可以让他感受到那难以言喻的无比美好,可一个叫孙惠兰的女人却让他错过了,并且是永远地错过了!正是因为没有人会知道明天要发生什么,才使得后悔总是如影随形,谁都躲不开。

　　赵义勋遇难时,并没有几个人知道他和孙惠兰的关系。收拾他的遗物时,看到那个抄了许多歌的本子上有一行字,写的是:献给孙惠兰。

　　大家都在猜这个孙惠兰是不是学电力的孙惠兰。在场的吴成朋知道是怎么回事,他说,除了学电力的孙惠兰,再没有第二个孙惠兰了！把本子给我吧，我去交给她。

拿到这个本子时，孙惠兰才知道赵义勋已经不在这个世界上了。

当时分明是个大白天，可孙惠兰的眼前却是一片漆黑。像是有一只无形的巨手，把她抓了起来，从很高的地方扔了下来，把她摔成了碎片。

以为会再也醒不过来的孙惠兰，重新活过来后总是神情恍惚。好几次走着走着，就从大路上走到了小路上。如果不是吴成朋喊住了她，她没准就会走到悬崖边，从高处坠落下去。

前一阵子在食堂吃饭时，都是孙惠兰主动走过去，与吴成朋坐在一起。现在都是吴成朋主动走到她身边，坐下来和她一起吃饭。吃过饭以后，吴成朋还会喊上她一起去他的办公室，给她泡茶喝。

喝茶时，吴成朋会给她讲故事。没想到吴成朋还会讲故事。他讲的故事都很长，情节更曲折。每每讲到了故事的紧要关头，他就说时间不早了，该去休息了，你要是想听，我明天再给你讲。

这一阵子干什么都觉得没有意思，只想知道吴成朋说的故事是什么结局。等到孙惠兰知道结局了，她的神情也完全恢复了正常。她对吴成朋说，我好了，你不用为我担心了,我不会再找不到回家的路了。

在路上遇到安怀民书记,他喊住孙惠兰,与她一块儿走了一段路。他对孙惠兰说,为了建立新中国,不知有多少年轻男儿,正处于二十岁左右的好年纪,就牺牲在了战场上。赵义勋也是烈士,他牺牲在了勘探矿石的工作中。他找到的矿脉已经列入了开采计划。

此时,孙惠兰坐在与赵义勋一起坐过的干草堆上,拿出了赵义勋献给她的手抄歌本,轻声唱起了那些和赵义勋一块儿唱过的歌。

一阵风吹过来,面前的那片灰烬被扬了起来,像雾一样沿着河面飘向远处。

歌声中,一个人朝她走来。这个人是吴成朋。

看到吴成朋,孙惠兰像没有看见一样,继续唱着。或者说,她不用看,也知道走过来的人是谁。

吴成朋走到孙惠兰跟前,什么话也没有说,就在她身边坐下来。

孙惠兰把歌本放到了吴成朋的手上,让他捧着继续听她唱。

孙惠兰唱完了她想唱的两首歌,对吴成朋说,你给我讲了那么多故事,我就唱一首歌给你吧!你看看,本子上有什么歌是你喜欢的。

吴成朋说,只要是你喜欢的,我都会喜欢。

孙惠兰说,不行,你一定要说出一首歌的名字,我才会唱。

吴成朋翻着歌本,指着一首歌说,就唱这首吧。

孙惠兰一看,是一首苏联歌曲,名字叫《红莓花儿开》。这首歌很好听,以前没事时,孙惠兰也常哼唱。

田野小河边,红莓花儿开,有一位少年真是我心爱,可是我不能对他表白,满怀的幸福话儿没法讲出来……

唱完歌,孙惠兰说,你还记得那对夫妻树吗?吴成朋说,当然记得。孙惠兰说,我们能去和它们一起照张相吗?吴成朋说,我们明天就去。

第二天,吴成朋找了一辆自行车,驮着孙惠兰来到了河谷,走到了春天里的夫妻树前。

吴成朋把三脚架支在地上,给孙惠兰单独拍了一张后,他把相机固定在三脚架上,又摁动了自拍键,跑过去和孙惠兰合影。

孙惠兰挽住了吴成朋的胳膊。

两个月以后,孙惠兰结婚了。

成为新娘的第二天,她和新郎吴成朋走出新房,沿着河边的草地,往西山坡走。这个季节,野花四处盛开,他们边走边采摘着野花,等到了公墓的大门时,两个人的怀里抱满了野花。

他们把怀里的野花,先在巴克拜尔的墓碑前放了一些,后又在肖长峰的墓碑前放了一些,最后才把所有的野花都放在了赵义勋的墓碑前。

孙惠兰站在墓碑前,轻声说,亲爱的人,你看,你给我的蓝宝石,我已经戴在手上了。还有你献给我的手抄歌本,我也会带在身边,一直唱到我发不出声音的那一天。我还要告诉你,我嫁给了吴成朋,请为我祝福吧!

吴成朋知道孙惠兰有一颗赵义勋送的蓝宝石,让她一定要打成戒指戴在手上。吴成朋正好要到乌鲁木齐出差,就利用这个机会在大十字商业街上找到一家店,为孙惠兰打制了一枚海蓝宝石戒指。

吴成朋在把抚恤金寄给赵义勋的父母时,拿出自己的部分积蓄添了进去。这件事他对谁都没有说,包括孙惠兰在内。

吴成朋和赵义勋不熟,只是那次在四矿和他说过几句话。赵义勋死后,他整理赵义勋作为烈士的材料。根据这些材料,他写了一篇文章,发表在矿务局的报纸上。许多人读了这篇文章后,都说写得好。

陈志远真的说到做到了。那天从柳芭家出来,他躺到床上久久睡不着。好不容易睡着以后,还做了一个梦,梦到了肖长峰。肖长峰拉着他的手说,我要出远门了,不知多久才能回家,孩子还有柳芭,你要帮我照顾一下。他问肖长峰要干什么去,肖长峰笑而不答,只是翻身骑上了一匹白马,一会儿就跑到了天边的白云里了。

梦醒了,陈志远起身走出了房子,走进了黑夜,看着那个残缺的月亮,轻声对自己,也对肖长峰的灵魂说,你是谁?你没有死,只要我活着,你就没有死。我们早晚还会在一起,只不过,等我把你没有做完的事情做完,我就会去见你。

接下来的一个多月,每过三五天,陈志远都会去肖长峰家一趟。从矿务局的办公楼到肖长峰家,要穿过小镇的一条主干道。他是局长,镇上的人没有不认识他的。见到他以后,人们都会停下来和他打招呼。遇到关系很熟的人问他去干什么,他就会说去肖长峰家看看。

都知道陈志远和肖长峰要好,以前他经常去肖长峰家,从来不会有人多说什么。可现在肖长峰不在了,家里只有两个孩子和柳芭了,他还是像以前那样去肖长峰家,大家就不能不当个事了。

当个事,却不会在他面前说什么,甚至连一点异样的表情都不会流露出来。可转过身,走到别人面前时,再说到这个事,就会不由得说出许多自以为有趣的话来。这些话没有影子,却会长出翅膀,在小镇的上空到处乱飞。只是它们会躲着陈志远,让他听不到。

就算是流言,也会有人当成重要情况去汇报。很快,就不止一个人到安怀民跟前,告诉他一些关于局长的传言。

安怀民皱起眉头,不是他真的相信那些话了。陈志远给他说过了,他会抽时间多去看看柳芭和孩子们。他还对陈志远说,无论是代表组织还是代表个人,你都应该经常去。

安怀民皱眉头,只是因为这些话虽然是在胡说,但会对陈志远造成不好的影响。如果陈志远不是局长,这种影响并不会造成什么后果。可他是局长,他的威信和形象与决策指挥相关,下属只有对领导深怀敬意才会无条件地服从执行。

于是这一天,他把陈志远喊到了家里。一块儿吃着家常饭时,说着家常话。他说最近有人在胡说。陈志远说,我知道他们在胡说什么,我不会在乎的。安怀民说,我知道你是身正不怕影子斜。但我们吃饭时,还是不想有苍蝇飞来飞去的。我觉得你可以考虑一下,和柳芭同志走到一起。

陈志远说,我和肖长峰是兄弟,柳芭是兄弟之妻。安怀民说,肖长峰若在九泉之下有知,也会同意我的建议。只有这个安排,才能真正让他安息,也会让那些胡说的人闭上他们的嘴巴。如果你没有什么意见,这个事你就不用管了,柳芭那边我会去对她说。

陈志远想了想说,安书记,你只要信任我,我就什么都不在乎。你放心吧,我会堵住那些人的嘴,我不会让组织蒙羞,柳芭那边还是我去跟她说吧!

又过了五天,是八月一日,是建军节。这个节大家都知道,但因为不是军人,并不怎么过。恰好这一天是休息日,天气又好,大家就都想在这一天去做一些快乐的事了。

这一天,在可可托海,有一件事让大家都有些高兴。那就是好多人都看到了陈志远和柳芭带着两个孩子,来到河边的公园里,和许多人一起游玩。大家看到冬冬荡秋千时,陈志远在帮忙摇着秋千绳,还看到柳芭买了三瓶汽水,给孩子们一人一瓶,剩下的一瓶,她和陈志远一人一口喝完了。

陈志远是局长,柳芭是医院的护士,两个人属于可可托海知名度很高的人。所以到了下午时,几乎所有的大人们都知道了,陈志远局长很快就要和柳芭结婚了。正在桌子上喝酒的人听到了这个事,都说他和肖长峰亲如兄弟,肖长峰不在了,他理应担起肖长峰养家糊口的职责,都说这是听了以后让人高兴的喜事,值得举起酒杯庆祝。

第十二章　总有一种生命会不朽

在那个年代,关于阶级斗争,尽管报纸、文件上不断在提起,但对于安怀民来说,总觉得这个事和可可托海关系不大。官僚作风不改不行,贪污腐败决不容忍,违法犯罪必须打击。只是说到多数的干部和群众,安怀民打心眼里充满了疼爱。他总是说,可可托海人,个个都是好样的。

这么说,不是没有根据地瞎说,是他主政可可托海后深深感受到的。不管什么时候,不管下达多么繁重的任务,从来没有人讨价还价,总是能在要求的时间内,保质保量地完成。他开玩笑地对身边的同志说,可能是坏蛋们也嫌这里太偏远,天气太寒冷,不肯来受苦,所以我们可可托海都是好人。

每个星期一,矿务局领导都开碰头会。会议有时长,有时短,不管长短,都很务实,都会研究一些问题,解决一些问题。这个会,有时安怀民主持,有时陈志远主持。不管谁主持,安怀民都要讲话。大家都喜欢听他讲话,因为他讲话,不讲官话,不讲套话,不讲大话,他说的都是实在话,都是真心话。

这天开会,安怀民又对大伙儿说,这次我去北京,见了部委的领导。首长让我回来告诉大家,我们欠苏联的债,马上就要全部还完了。其中有许多债,都是用我们的矿石还的。首长让我代表他,感谢同志们,希望我们再加一把劲,苦干一年。把债全部还清了,国家和人民的日子,就会更好过了。这个道理,不用多说,大家也明白。无债一身轻,个人是这样,国家也是这样。还有一点,按理说属于机密,不该在这说,但我想,咱们都是自己人,是一家人,知道了,只会更高兴,干起活来更有劲头。咱们的矿石,经过提炼,已经变成了原子弹身上的零部件。我们离有原子弹的那一天,可以说越来越近了。

大家一听,都兴奋起来。

局长陈志远一拍桌子,大声说,太好了!我的老师亚柯夫临走时,我们喝告别酒,他拍着我的肩膀说,亲爱的陈,不是小看你们中国人,主要是你们的工业基础太落后了。离开我们,就算你们什么材料都有,要造出原子弹也是不可能的!当时,我就说,等着看吧,老师,中国人从来都不比别人笨！主要是过去的政府太无能了，只要有了优秀的领导者，没有我们创造不出来的奇迹。现在看来，当时我说的话，并不是吹牛的话。

陈志远可能是太激动了，说着说着就咳嗽起来。

余明杰赶紧倒了一杯水递给陈志远。安怀民也说，老陈，你老这么咳嗽不正常呀。让你去医院看看，你去了没有呀？

陈志远看自己咳嗽停不下来，就走出会议室，关上门，在过道里继续咳。

安怀民示意余明杰跟着出去看看。

安怀民继续说，我们的事业之所以能够不断取得胜利，可可托海之所以能够发展这么快，就是有老陈这样的人，为了工作，甘心情愿把老命拼上。有人说，和平年代，不需要流血牺牲，也就没有英雄了。我是不同意这个说法的，别的地方就不说了，就说可可托海吧，这些年，不知有多少人都是在像英雄一样奉献着自己的一切。

过道里，陈志远的咳嗽声还没有停下来。

余明杰推开门走进来，他说，安书记，陈局长吐血了！

安怀民说，什么，吐血了？快，赶紧送医院！

余明杰带着陈志远来到医院，直接找到冯青。

早在两年前,冯青在安怀民的办公室遇到陈志远,就听到了他的咳嗽声。当时她就说了,让他来医院看病。

冯青查看了陈志远吐出的带血的痰,问陈志远为什么一直不来医院。

陈志远说,也想来的,只是抽不出空。

冯青说,许多病,就是从小病拖成了大病。

冯青给陈志远做透视,拍X光片。

看到X光机,陈志远对跟在身边的余明杰说,这个X光机,就用到了咱们矿石中的铍。

冯青盯着拍出的片子看了好一阵子,抬起头对陈志远说,您住院吧!

陈志远说,这怕不行,我得回办公室,许多事需要我处理。

冯青说,您的情况很严重,再不住院,很难说会发生什么了。

陈志远说,你就不要吓唬人了,我又不是纸糊的。开矿的人,都和矿石一样硬!

余明杰在一旁说,这样吧,这个事还是让安书记来决定吧!

安怀民书记来到医院,亲自向冯青了解情况。

冯青说，从透视的情况看，陈局长应该患上了肺部肿瘤，根据他现在的病情看，应该已经是晚期了。

安怀民问，怎么会得上这个病？

冯青说，引起肺癌的原因有很多，烟雾、粉尘往往是罪魁祸首。

安怀民说，你是说陈局长的病和进入矿洞不戴口罩有关系？

冯青说，肯定有关系。如果一开始觉得不适，就让他住院治疗，不会恶化到这个地步。

安怀民说，要是早知道会这样，我早就让他住院了。看来，以后要把矿山防尘工作高度重视起来才行。

正在病房闹着不肯住院的陈志远，看到安怀民走进来，马上说，安书记，快让他们放我出去工作。

没有想到，向来对陈志远提出的要求没有拒绝过的安怀民，这次没有听陈志远的。他说，陈局长，你马上住院，这是组织的决定，你必须无条件地服从！

陈志远说，可还有那么多工作怎么办？

安怀民说，有什么需要处理的工作，全部交给余明杰同志。他解决不了的，可以到医院里来向你请示，你还可以在医院办公。

话说到了这个份儿上，陈志远也就没有什么理由再离开医院去上班了。

冯青在与余明杰结婚以后,就把户口与工作关系全都转到了可可托海。很快,她就被任命为可可托海矿区医院副院长。

听说冯青要留在新疆,家里人和亲戚朋友都不太理解,劝她不要冲动。不说北京的繁华会给物质生活提供充足的保证,就说要搞医学研究,北京的条件也是别处不可比的。其实这些事,别人不提醒,冯青也都想到了。作为她来说,在北京可以得到的,也许在可可托海没法得到。但同样,在可可托海得到的东西,在北京也不可能得到。还有,她在课堂上学到的东西,这里全都用上了,让她的价值得到了充分体现。治病救人,本来是医生的天职,可干部工人,还有牧民,却对她感激不尽,这也使她总想为他们做得更多。比起车水马龙的街道,这里的河谷,这里的草原,这里的空气,也更让人陶醉。当然,还有那份爱情带来的幸福,也是让她留下来的重要理由。不过,还有一个理由,不能给家人说,也不能给同学同事说,那就是可可托海承担的使命。虽然是国家机密,但这些年在这里当医生,她也知道了。她没有去探矿,也没有去挖矿,可她的工作,与出产的每一块矿石都相关。只有干部工人们的身体健康了,才可以保证急需的矿石源源不绝地运出大山，运出国门，替国家还债，运到冶炼的工厂，生产宝贵的核材料。所以，同样作为医生，在可可托海工作，对国家的贡献也就完全不同了。有一天，当原子弹爆炸了，卫星上天了，冯青也可以骄傲地说，我也为此辛勤工作过。

原子弹的数据测试、模拟试验，包括主体设备制造，都已经在这一年的夏天完成了。现在只要把浓缩铀装到弹体内，找一个地方进行引爆，就可以让它一鸣惊天下了。

当然，在什么地方、在什么时间引爆，属于国家最高机密。在它没有爆炸成功以前，是不会有几个人知道的。

就算是亲自参加原子弹制造研究的人，也是只知其一，不知其二。他们这一群人可以说过着几乎与世隔绝的生活，就连他们的亲人都不知道他们在做什么事。

可可托海只是属于给核武器研制提供材料的单位，都采取了十分严格的保密措施，可以想象，在核心单位进行研发的人，会在一种什么样的状态下工作了。

没有人会觉得这是不被信任，相反，他们因为能从事如此重要、关系到国家生死存亡的研制工作而骄傲自豪。就算是明知道那些核材料有放射性，对身体有较大的伤害，也没有人为此埋怨过、退缩过。

采掘矿石的过程中，因粉尘造成的尘肺以及各种事故究竟让多少人付出了生命代价，也许是一个永远也搞不清的数字。但只要走进额尔齐斯河畔山坡公墓里看一看，就无法不对这样一群多年来不宜进行公开宣传的人肃然起敬。

实际上，可可托海的矿石远不只用于原子弹的制造。其中从锂辉石中提炼并合成的氘化锂就是氢弹装药和火箭发射燃料必不可少的化合物。就在原子弹的研发进入决定性的阶段后，著名科学家钱学森、钱三强、钱伟长就提出了应该同时进行氢弹、导弹包括火箭卫星的研制。他们的提议立即得到党中央的支持。

所以这些年，可可托海生产的矿石，除了一部分通过布尔津码头运往苏联远东，越来越多的矿石，被武装押运的火车运向疆外的一些秘密军工厂。

这些年，经常会有一些大卡车拉着沉重的矿石，穿过乌鲁木齐的大街。当警察拦住这些大卡车，问司机从什么地方来，拉的什么东西，要去什么地方时，他们的回答总是会弄得警察一头雾水。

他们说是从111矿来的，拉的是2号产品，去115厂。不知道这些数字意思的人，怎么可能听得懂呢？只有知道"111矿"是可可托海的代号，"2号产品"是锂矿石的代号，

"115厂"就是新疆锂盐厂的代号,才能听得懂司机说的话。

正因为如此,就算是新疆人,当时也很少有人知道有个地方叫可可托海。就算知道可可托海,也不知道那里的人正在做着一件什么样的事情。

从这个意义上说,可可托海人是那段峥嵘岁月中的一群无名英雄。他们的牺牲与奉献,无论是怎样悲壮,在当时都不会进行公开的宣传报道,让更多的人知道。只有可可托海的山山水水、草草木木,记下了他们的故事。

安怀民书记沉下脸,发了脾气,陈志远才不得不躺在了病床上。

与安怀民书记共事快十年了,不管什么时候,安书记对他说话都很客气。工作上的事,明明书记自己可以拍板决定的,也要与他商量,征求他的意见。

陈志远知道安怀民书记这次对他不客气,不是别的原因,只是想让他躺下来,好好养病。不是真的关心他,书记是不会对他发脾气的。这种训斥,不但不会让他不高兴,反而会让他倍感温暖。

妻子李莎不幸离世后,他心里边再也没有让别的女人走进来。没有别的原因,只是因为太爱李莎了。这种刻骨铭心的爱,让他无法再对别的女人产生兴趣。

身边没有了女人，少了爱的幸福，可也有了更多的精力做别的事情。陈志远没有更多的事要做，他要做的事情只有两样，不是找矿就是开矿。能让他担任局长，只有一个原因，那就是他对可可托海矿脉的熟悉，再没有谁能比得上了。如何开挖这些矿脉，也没有谁比他更有这方面的专业知识和生产经验了。

陈志远出生在新疆，爷爷是当年跟着左宗棠大军进疆平叛的天津商人。新疆建省后，爷爷也就留下来在乌鲁木齐的小西门开办了商铺。爷爷老了以后，父亲就接管了爷爷的商队，继续在古老的丝绸之路上奔波。

父亲是个精明又勇敢的商人，他的商队穿过了俄罗斯大草原，最远到达过地中海。可父亲并不想让儿子长大以后做一个商人，他想让儿子成为一个有科学知识、能干大事的人。

二十世纪二十年代，在杨增新创办的俄文法政专门学校毕业后，父亲就通过经商建立的关系，把陈志远送到了苏联的莫斯科大学深造。在那里，他遇到了矿山冶炼系的教授亚柯夫，并成为他的学生。亚柯夫非常喜欢这位聪明懂事能干的中国青年，当他接受了苏联政府让他去新疆探矿的任务时，就把陈志远带上了。有陈志远这样一个会俄语又是在新疆长大的助手，亚柯夫在新疆的探矿工作也就进行得十分顺利。

一百多人的勘查队在新疆工作了半年多,终于发现了具有工业开采价值的稀有金属矿脉。这个发现让亚柯夫和陈志远都欣喜若狂。亚柯夫高兴,不但是因为交给自己的任务完成了,还有就是这些新发现的矿石正是苏联缺乏的。陈志远的高兴和亚柯夫不同,他高兴是没有想到自己的祖国、自己的家乡居然蕴藏着这么多宝贵的矿产。

苏联人有着自己的生活工作区,不允许别的中国人入内,只有陈志远是个例外。他享受着与苏联专家一样的待遇,却发挥着苏联专家起不到的作用。亚柯夫不管走到什么地方,都会把他带在身边。因为在新疆与中国人打交道,身边有在新疆长大的陈志远,亚柯夫省了许多心。

陈志远既跟着亚柯夫多次去迪化,与盛世才政府的人打交道,也跟着亚柯夫在矿井里,解决开矿时遇到的问题。有一阵子亚柯夫回国办事,就把矿山交给他来管理。亚柯夫视他如宝,一九五五年离开时,就想带他一起回国。一九六二年,他又写信告诉陈志远,只要想来苏联,马上就给他寄侨民证。

收到亚柯夫的信,陈志远没有多想,就交给了安怀民。没有别的想法,只是想让安怀民知道,他已经铁了心,把自己献给祖国。具体一点说,就是献给可可托海。

和李莎相识于莫斯科郊外的小河边上。中国留学生们一块儿野餐时，他坐在了李莎的身边。两个年轻人一见钟情，李莎拒绝了众多的追求者，投入了陈志远的怀抱。并且从此以后不管陈志远走到什么地方，她都跟在他身边。就算是再偏远的地方，只要能跟陈志远在一起，她都会觉得是天堂。

得到李莎，对陈志远而言可以说是有些轻易，这让他在拥有了李莎后，并没有完全意识到她对于自己有多么重要。直到失去了她，陈志远才明白李莎对他意味着什么。

理智告诉他，应该找一个女人开始新的生活，但情感却总是让他无法对别的女人产生兴趣。所以十三年过去了，他还是一个单身汉。别人觉得他的日子过得有些苦，但只有他自己知道，这些年他的生活非常充实，从来没有感觉到孤身一人的寂寞。工作繁忙只是部分原因，主要是在他的心里边李莎一直没有离开过，一直在陪伴着他。

前一个月和柳芭去领了结婚证。这不能不说是个意外，可也不能不说是种天意。

那天，他走进肖长峰家。两个孩子看到他走进来，就悄悄地出去了。问他们为什么要出去，柳芭说，他们要去河边玩一会儿。

似乎知道他想说什么，不等他说出口，柳芭先说了。

柳芭说,要么你就永远在这个家过日子,要么你就永远不要踏进这个门了。

流言他可以不在乎,不等于柳芭可以不在乎,更不等于两个孩子可以不在乎。流言杀人,从来都不是传说。

陈志远说,我比不上肖长峰。

柳芭说,我也比不上李莎。

陈志远说,我会像肖长峰一样对你和孩子。

柳芭说,我无所谓,重要的是孩子。

陈志远说,是的,孩子需要有人给他们讲故事。我们都是在故事中长大的。

此时,可可托海医院最好的一间病房里,陈志远躺在床上。柳芭坐在他的身边,握着他的一只手。

柳芭是个护士,又是陈志远的妻子。陈志远病了,照顾他的人,除了柳芭,没有谁更合适了。

冯青走进来,问陈志远感觉怎么样。

陈志远说,躺在床上,真的是太不习惯了,浑身都难受。我的这个病,是不是不能躺呀?要不然还是让我回去上班吧,边上班边治病。

冯青说,陈局长,你告诉我,你在矿上干了多少年?

陈志远说,从在这里找到矿脉后,我就再也没有离开过。

冯青说,这么多年,你是不是从来没有戴过口罩?

陈志远说,我又不是挖矿的工人,没有整日待在矿洞里,不戴口罩也不该有什么事。

冯青说,可你进去的次数多,也是一样受到伤害呀!况且每一个人肺部状况也不尽相同,如果先天有什么不足,就会诱发出别的病症。

陈志远说,真的有那么严重吗?我平常没有什么感觉呀!

冯青说,肺上这个病,往往等到自己感觉到了,就晚了。你可是一年前就咳血了,你怎么说没有感觉呢?

陈志远说,咳过了,就没有感觉了。

冯青说,我给你说实话吧,我来了以后,收治了不少尘肺病人,你现在的情况比他们都严重。

陈志远说,那我就听你的话,配合治疗,争取早点痊愈出院。我才五十岁刚出头,还想好好地再干几年。等到实在干不动了,我就退休,天天去额尔齐斯河边钓鱼。

冯青说,只要能好好治疗,一定会有那么一天。

屋子里只剩陈志远和柳芭了。陈志远提出一个要求,问柳芭可不可以把他的病床移动一下。柳芭不明白他为什么要移动病床。现在床放在屋子中间,宽宽敞敞,挺好的呀。

陈志远说,我想把病床移到靠窗子的地方。这样躺在床上,我就可以看到矿区的情况了。

柳芭把陈志远的病床移到窗子跟前。

陈志远半靠在床上,指着窗子外边对柳芭说,你看三号矿脉,已经从一座山变成一个坑了。这个坑变得越大,说明我们对国家的贡献就越大。

柳芭说,到这个时候了,你的心里还是只有工作。长峰也是为了工作,才会走得那么早,那么突然。

陈志远握紧了柳芭的手,有些歉意地说,柳芭,没有想到我会成这个样子,真的是太不好意思了。

柳芭说,这一生,能遇到长峰和你这样的男人,是我的运气。

陈志远说,真想看到两个孩子长大成人呀!

柳芭说,会的,一定会的。冯青医生说了,你会好起来的。

陈志远说,没事,万一有个什么,正好又可以和长峰见面了,和他一块儿喝酒聊天,实在是太让人高兴了。

柳芭说,长峰也多次给我说,你们在前世就是兄弟了。

陈志远说,只是又要让你辛苦了。

柳芭把陈志远搂在怀里,就像搂一个受了委屈的孩子一样。

原子弹的爆炸试验，正在悄然地进行着。随着日期的临近，罗布泊进入了高度戒备的状态。

为核武器试验建立的马兰基地，已经连着数月不断有大批军车出入，运送着试验用的各种装备物品和各方面的人员。

可可托海人虽然为制造原子弹提供了必需材料，但他们并不知道更多的秘密。但安怀民书记和矿区主要领导还是知道，很快就会进行原子弹的爆炸试验。

不是有谁向他们泄了密，而是矿区党委收到一份通知。

通知说，由于可可托海在原子弹的制造过程中做出了巨大贡献，党中央决定由可可托海矿务局选派一人前去试验场，代表全新疆有色矿业的干部工人们，参加原子弹的试爆观礼。

这可是一个巨大的荣誉，让谁去呢？

大家先是说，让安怀民去。说安书记这些年，是可可托海操心最多、最辛苦的一个人。火车跑得快，全靠车头带。没有安怀民书记，国家交给的任务，不可能完成得这么好。

一听说让他去，安怀民马上摆手，说这个事，我不能去。咱们可可托海人，每个人都辛苦了，都做出了贡献。要说谁都有资格去,但只有一个名额,我看还是选一个专家去。

说到了专家,可可托海最大的专家,就是陈志远了。

陈志远去,确实合适。但陈志远现在躺在病床上,似乎有些不太好办。

安怀民说,陈志远的病,就是为了矿山生产才得的。这些年,他干了什么,我心里最清楚。参加试爆观礼,是一种荣誉也是一种奖励。如果只能去一个人,没人比陈志远再合适了。他能不能去,是他身体的事,让不让他去,是我们的事。

安怀民书记的话,大家全都认同。

于是,几位矿领导来到医院,来到陈志远的病床前。

陈志远一听能去参加试爆观礼,一下子激动得像个孩子似的,连声说,我去,我一定要去,我要去看用我们生产出的矿石造出的原子弹是怎么爆炸的!

安怀民说,陈局长,你的身体没事吧?

陈志远说,没事,没事,真的没事!

就在这个时候,冯青闻声赶了过来。知道是要让陈志远去参加试爆观礼,她马上大叫起来,说,不行,真的不行!陈局长的身体已经不允许他四处活动了!

陈志远说,谁说我不行?我可以的!

说着话,陈志远坐起来,就要穿鞋子下地。

可他刚坐起来就开始剧烈地咳嗽,紧接着,吐出一口鲜血,呼吸一下子变得困难,脸色变得青紫,身子朝后一仰,倒在床上,陷入昏迷。

柳芭马上推来氧气瓶,把管子插到他鼻子里。

安怀民书记问冯青,要紧吗?

冯青说,我们会全力抢救的!

安怀民说,要不要送他去北京?

冯青说,肺癌晚期,去哪儿也没有办法了!

一九六四年十月十六日,对中国人来说,这是不寻常的一天。

罗布泊荒原在寂静中醒来。

在试验现场的指挥部里,机要人员用电台向北京发报。

北京中南海,周恩来总理办公室收到来自罗布泊的电文。看着电文,周总理脸上露出了笑容。他拿着电文,走出房间,朝着毛泽东主席的住处走去。今天晚上,他要去接见《东方红》剧组的演职人员。他打算向大家宣布这个喜讯,作为对他们演出成功的奖励。

时针指向北京时间十二时。

大批防化部队开往指定地点。他们会在核爆炸以后进行数据采集,并进行核污染的处理,以防扩散。

下午一点钟,领导核试验的将军们走进了距离爆炸中心六十公里的观察所。

掩体里,核科学家王淦昌、彭桓武、郭永怀、邓稼先、朱光亚等按照要求,趴在了地上,背对着核爆中心区。他们每个人都是以不同的方式,从海外回到祖国,为第一颗原子弹的研制,发挥了难以估量的作用。

其中那个叫郭永怀的人,至今也很少有人知道他。作为中国"两弹一星"的功臣,他是唯一一个以烈士的身份进入史册的。他于一九〇九年生于山东荣成滕家镇,一九三八年夏,在中英庚子赔款基金会留学委员会举行的第七届留学生招考中,他以三百五十分的成绩从三千多名考生中脱颖而出。一九四五年完成了有关"跨声速流不连续解"的出色论文,并获得了美国加州理工学院博士学位。一九四九年,他开创了一种简便、实用的数学计算方法,解决了跨声速气体动力学的一个世界难题,从而驰名于国际物理学界。一九五六年,在美国已经有了花园别墅、汽车,有了大学教授优厚待遇的郭永怀,克服重重阻力,带着妻子和女儿回到了祖国,投身于中国"两弹一星"的研制中,负责力学和工程方面的领导工作。一九六八年十二月四日,他带着一份有关导弹的绝密文件从西北的基地返回北京。五日凌晨,飞机在降落时发生事故,坠落在机场一公里以外的玉米地里。最后的时刻他与警卫员抱在一起,保护了重要的文件没有被烧毁。据说周恩来总理闻讯后失声痛哭,要求有关部门彻底查清事故原因。就在他遇难后的第二十二天,中国第一颗热核导弹试制成功。

这是一个很长的掩体,除了科学家们,还有参加试验的所有人员,包括被邀请的,参加核爆观礼的相关单位的代表们。

其中就有可可托海的一位代表,他就是余明杰。

按说,陈志远不能去了,只有安怀民去最合适了,可安怀民还是坚持选一名科研人员去。

看大家非要坚持让他去,不愿意再提名让别人去。安怀民就说,既然大家非要把这个名额给我,那这个事我就不民主了。我说让谁去,谁就得去。谁不去,我就处分谁。

听安怀民这么说,大家也就不再多说什么了,都表示会服从组织的安排。其实,谁心里都想去,能够目睹那样重要的历史时刻,该是人生多大的幸运呀!只是这种巨大的荣誉,谁好意思自己开口去要呀!

大家没有想到安怀民会让余明杰去,余明杰自己更没有想到。余明杰一听让他去,赶紧摆手说,我太年轻,这种荣誉,承受不起。

安怀民对他说，班子里，你最年轻，以后，重担要落在你的肩上。让你去，是让你受教育，更明白自己的责任和使命。

回到家，余明杰给冯青说要去看原子弹试爆。冯青为他高兴，做好饭，拿出一瓶红酒，倒了两杯，说，咱们提前庆贺了。

躺到床上，冯青睡不着，为余明杰担心，问看核爆，离得有多远，会不会有危险。余明杰让冯青放心，那么多将军还有科学家都在现场，不可能不安全。

冯青偎到了余明杰怀里，让他抱紧她，对他说，我想要个孩子。

余明杰说，会有的，我们这么年轻，只要我们想要的，都会有的。

临出发时，余明杰来到病房。陈志远处于半昏迷中。余明杰握着他的手，与他说话。余明杰说，陈局长，您安心养病，我一定会把好消息带给您。陈志远似乎听到了，下巴动了动，脸上有了笑意。

此时趴在掩体里，余明杰又想起陈志远。这些年跟着他，学到了太多东西。不单是专业上的，还有如何做人。刚才听一位将军介绍情况，提到了许多科学家的名字。原子弹能造出来,不是哪一个人的功劳,它是千千万万人共同奋斗的成果。像陈志远这样的知识分子,更是起到了决定性的作用。作为后辈,接下来的路该怎么走,余明杰此刻更加明白了。

北京时间十五点整,伴随着指挥员倒计时报数的结束,死寂的戈壁滩上先是掠过一片耀眼的白光,接着就从远处传来了一声巨响。

随着大地的震颤,遥远的天边,一个火球缓缓裂变,一朵蘑菇形状的红云,不断地翻腾着、怒放着,越来越大,越来越高,越来越亮……

冲击波如飓风一样横扫荒原,之前搭建的各种建筑瞬时崩塌夷为平地,用于试验的军事设施和装备,顷刻之间被彻底摧毁,变成一堆废渣。

卷起的烟尘遮住了太阳,天空顿时变得灰暗,世界似乎正在遭受万劫不复的打击与毁灭。

周恩来总理第一时间向毛泽东主席报告试爆成功的消息。毛主席狠狠吸了一口手中的烟。

消息传到可可托海,整个矿山顿时沸腾了。比起别的地方的人,可可托海人更加激动。吃了多少苦,受了多少累,流了多少汗,甚至不惜流血,献出生命,就是为了这一时刻的到来。

那个叫达吾力江的工人,跑到父亲巴克拜尔的坟前,把这天大的喜讯报告给他。他想,父亲在天上,不但可以听得到,还会高兴得笑起来。

下了车的余明杰冲进病房。陈志远不再昏迷,正半躺在柳芭的怀里,等着他的到来。

他坐在陈志远身边,握着他的手,给他说着原子弹爆炸时的情景。

陈志远边听,边点头,边微笑。

余明杰讲着,讲着,感觉到陈志远的手在变凉。

再看陈志远,脸上还挂着笑,但笑容却凝固了。

柳芭把陈志远搂在怀里,低声抽泣起来。

余明杰继续握着陈志远的手,轻轻地说,陈局长,您太累了,好好休息吧! 您就放心吧,您没有干完的事,我会接着去干的,而且一定会干好!

而就在此时,在可可托海,在医院的另一间房子,一个新的生命诞生了。

孙惠兰生了个儿子。

孙惠兰对吴成朋说,给孩子起个名字吧!

此时,庆祝原子弹爆炸成功的欢呼声、锣鼓声,从窗外阵阵传来。

吴成朋说,小名就叫原原,大名叫吴庆原,你觉得这个名字怎么样?

孙惠兰说,这个名字好,有纪念意义,我喜欢。

孩子满月后,孙惠兰的工作也有了新的变动。海子口水电站的第一期工程完成,发电机组进入安装阶段,孙惠兰被任命为海子口水电站的副厂长。作为一个女人,她不但成了妻子,成了母亲,还成为一个电力专家。可以说,她青春年少时的理想终于实现了。

第一期工程完成,安怀民设宴为工一师五团庆功。张团长和他都喝多了,两个大男人抱在一起。

安怀民说,你太了不起了。

张团长说,这一辈子,能带人修这么大的水电站,没白活。

安怀民说,原子弹爆炸成功,也有你们的功劳。

为修建海子口水电站,工一师五团有二十人献出了生命。他们叫什么名字,已经没有谁还记得了,但水电站的轰鸣声,自此响起后,至今没有消失过。它输出的强大电流,使得千家万户灯火明亮。

地下电站的厂房采用打竖井的方式进行，由于使用的钢钎头和风钻头磨损得太快太厉害，不得不在工地上临时建起一个铁匠铺加工修复。随着竖井逐渐变深，不得不在井口架起了简易井架，靠卷扬机把地底深处的岩石泥土用吊斗运到地面上。整个过程就像是蚂蚁搬家。

一九六六年的冬天，可可托海人为了水电站进行了一场大会战。两千多人奋战在水电站的工地上，在极其寒冷的条件下，进行着大坝工程的施工和设备的安装。这一年冬天的寒冷是少有的，平均气温都在零下三十摄氏度，最冷时到了零下五十摄氏度。几乎每天都有工人被冻伤的事故发生，但这一切都没能挡得住一条输电线路的修建和四千五百千瓦发电机组的安装。

上下电站的电梯数十年间已经更换到第三代。最新这部电梯也需要两分钟才能到达最底层。当初开挖电站的通风口，已经作为应急通道，以备发生紧急情况时使用。多年来它几乎无人光顾，里边还保存着当年遗留下的马灯和劳动工具，墙上的革命标语仍依稀可辨。其中有这样一行字：热烈祝贺今日发电。落款：一九六七年二月五日十七时，普通一兵贺电。

孙惠兰作为副厂长，在这个水电站工作了十几年。因为她的办公室从来没有阳光照进来，她患上了风湿性关节炎。也因为缺少阳光,她种在办公室里的花极少能活过一年,但这并不影响她工作时的愉快心情。她把赵义勋为她手抄的歌本带进了办公室,休息时会拿出来哼唱一阵儿。

原子弹爆炸成功对中国人民意义非凡。可以说,也就是从这个时候起,中国人民一扫多年的屈辱和自卑,空前地自信和自豪了起来。

一九六四年二月二十九日,中共中央给苏共中央的信中有这样一段话:"到一九六二年底为止,我们向苏联供应的粮油和其他食品值二十一亿新卢布,在同时期内,我们向苏联提供矿产品和五金值十四亿多新卢布……这些矿产品中,有许多都是发展尖端科学、制造火箭和核武器必不可少的原料。"而就在这一年的年底,我国提前还清了自一九五〇年以来欠苏联的全部贷款和利息。据可靠资料,可可托海还债的矿产价值占到了总外债的百分之三十八。

一九六五年的元旦,可可托海矿务局召开庆祝大会。

安怀民在大会上,对干部工人,还有家属和学生们说,我去了北京,中央领导接见了我。为什么接见我,不是我有什么了不起,是咱们可可托海很伟大。原子弹造出来了,咱们出了多大力,我不说大家都知道。现在我要告诉大家的,是另一个好消息。我们欠苏联人的债,全都还清了。怎么还清的,大家可能不清楚,只知道我们的矿石拿出去还债了。怎么还的,还了多少,大家一定想知道。咱们的矿石有多么宝贵,苏联人最明白。他们点名要我们的矿石。并且说,一斤矿石,可以顶一斤粮食和农产品。前两年,咱们最缺的就是吃的。咱们用矿石不知省下了多少粮食,让多少人挨过了饥荒。这还算不了什么,最重要的是,所有的债务中,将近百分之四十的债务,都是用我们的矿石还掉的。我们一直在说,再苦也不能让国家苦,再难也不能让国家难。这个话我们不但说了,还做到了。我们可可托海人了不起!

安怀民走到主席台中间,朝着大家深深地鞠了一躬。

经久不息的掌声响过后,安怀民接着说,原子弹爆炸成功了,债也还清了,我们可以高兴了,怎么高兴都行,但不能以为使命就此完成了,可以放慢前进的步伐了。我们还要发扬光荣传统,继续奋斗,因为我们还要造氢弹,还要造导弹,还要造卫星、造核潜艇,我们的祖国还需要更多可可托海的矿石……

一九六四年十月十六日,中国第一颗原子弹试爆成功。

一九六六年十月二十七日,中国第一颗装有核弹头的对地导弹飞行成功。

一九六七年六月十七日,中国第一颗氢弹试爆成功。

一九六八年十二月二十七日,中国第一颗热核导弹试爆成功。

一九七〇年四月二十四日,中国第一颗人造卫星"东方红一号"发射成功。

一九七〇年十二月二十六日,中国第一艘核潜艇成功下水。

....

制造原子弹外壳和导弹制导控制系统的许多关键部件的铍,制造氢弹填药的锂,制造卫星计时工具的铯,制造喷气发动机和核潜艇的钽、铌,均来自可可托海的矿石。而这些矿石又主要产自可可托海一矿的三号矿脉。

三号矿脉,最初是一座山,如一顶礼帽。现在山没有了,变成了一个坑,还是如一顶礼帽。只是这顶礼帽翻了个个儿,被嵌进大地。礼帽的中间部分,形成了一个深二百多米,宽二百多米的大坑。

因为这样一个坑,世上再无第二个,又被称为"天坑""神坑""圣坑"。

宇宙大爆炸,地壳剧烈撞击,地球在自然力的作用下,不知形成了多少个坑。但只有这个坑,非自然造就,乃是人力所为。一群普通的中国人,用镐用钎,用手用肩,不在乎流汗,也不怕流血牺牲,整整花费半个多世纪的时间,创造出了一个人间奇迹。

这个坑,实际上,也是一座博物馆,也是一座雕塑,也是一座纪念碑。

伟人邓小平说:"如果六十年代以来,中国没有原子弹、氢弹,没有发射卫星,中国就不能叫有重要影响的大国,就没有现在这样的国际地位。这些东西反映一个民族的能力,也是一个民族、一个国家兴旺发达的标志。"

可可托海的故事,说到了这里,其实并没有结束。

作为可可托海地标的三号矿脉,一直以它独有的姿态,宣示着它的存在。

自二十世纪三十年代起,到一九九九年十一月二十五日,三号矿脉共开采出矿石六百三十九万多吨。生产出绿柱石一万多吨,锂辉石五十二万多吨,钽、铌铁矿石大约五百六十七吨,铯榴石八十六吨。作为一条矿脉,它的贡献已经太多,不停地挖掘,让它实在有些不堪重负,过于疲惫。到了该让它歇一歇的时候了。于是,从这一天开始,通向矿坑的道路,不再有矿工与车辆进出。深至百米的矿坑底部,开始不断有暗泉涌出。很快,巨大的矿坑,就变成了一座幽静的湖泊。

只是仍然蕴藏着大量宝贵矿石的三号矿脉,并没有休养生息太久。进入二十一世纪后,国际市场对氧化铍的需求,使得三号矿脉,再次引起了人们的兴趣。

二〇〇六年,四台大型抽水机对三号矿坑进行了连续多日的排水作业,直至湖泊消失。巨大的矿坑,再现罗马角斗场一样的壮观。

二〇〇七年五月十九日,由矿工和各种机器组成的队伍,轰轰隆隆开进了三号矿坑。停止了数年的露天开采,得以重新恢复。

二〇一〇年七月,三号矿脉从露天开采转变为地下开采,并发现了更多的储量。

二〇一三年七月一日,为了充分利用三号矿脉的资源,在不影响地下开采的前提下,对露天采坑1066—1076平台进行了最后一次大爆破,增加采矿量一万一千七百二十吨。

大爆破之后的三号矿脉,被国家资源部命名为"国家矿山公园",并于当年再次停止了生产。

沸腾的三号矿脉寂静下来,像一个朝气蓬勃的年轻人,步入了深沉稳重的老年。一圈圈旋转的盘山道,犹如岁月的刻痕。每一道褶皱里,都堆放着许多蓝宝石般珍贵的往事。它独一无二的工业生产遗址,即便是远离喧嚣默默无语,也一样让这波澜壮阔的时代对它不敢有半点忽略。

二〇一五年七月二十六日，可可托海作为一座无愧于祖国的英雄矿，一座振兴民族大业的功勋矿，一座领风骚于时代的风流矿，被中国航天基金会授予"两弹一星"爱国主义教育基地。更多的人被吸引，从天南地北涌向这里，探寻那曾经被历史隐藏的巨大秘密。

三号矿脉仍在，可可托海的风景还是那么绚烂多彩，如一幅古老的油画，从不曾因岁月风雨的吹打而褪色。但最早一批在这里生活工作的人们，许多已经离开了这个世界，就算还活着的，也已经非常苍老了。

安怀民在二十世纪六十年代中期被调到了乌鲁木齐，担任新疆有色冶金局的局长。到一九九三年因病去世前，他在明园的家，一直都是可可托海干部工人的中转站。去全国各地出差、探亲，或者到乌鲁木齐办什么事，一时找不到地方住了，就会敲开他的家门，和他聊可可托海的事情，吃史云娟老师做的臊子面。

余明杰在陈志远去世后，接任了局长。因为在矿山勘探开发方面科研成果突出，在二十世纪八十年代中期被评为中科院的院士，与冯青医生双双调回北京。他们只有一个孩子，不是不能生了，是他们不想生了。因为他们两个人的工作实在太忙，无法腾出更多时间抚育孩子。

二十世纪五六十年代,可可托海曾云集了一群大学生。他们用青春的火焰照亮了深暗的矿洞,他们在极其寒冷的风雪中让筋骨变得坚硬,他们把自己的科学论文写在了远方的山谷里。他们的名字因为与国家的机密有关,很少有人知晓,但他们的智慧和忠诚却得到了共和国的赏识。他们中的大部分人在经历了岁月风雨的考验后,陆陆续续成为我国矿山建设的技术骨干和领导者。

肖长峰的儿子冬冬继承了父亲的野性。他混血的长相让他成为可可托海最英俊潇洒的青年,但他为心爱的姑娘与人打架,致人重伤进了监狱。有幸的是他出狱后,赶上了改革开放,利用可可托海的宝石和母亲柳芭的俄罗斯关系,做起了跨国生意,很快就成了可可托海最有钱的人。他多次捐资给镇上的学校和医院,还为贫困学生设立基金会。柳芭曾有多次机会可以回国定居,但她却始终不肯离开可可托海。二〇〇九年七月柳芭病逝后,根据她的遗愿,她被埋在了肖长峰和陈志远两个人墓地之间的空地上。

孙惠兰和吴成朋在可可托海干到退休,于二十世纪九十年代初,定居在乌鲁木齐红山脚下。她一共生了三个孩子,分别从事教育和金融工作。她退休以后的生活十分平淡,也许唯一值得说的就是在光明路上遇到王洛宾的事了。

那天晚饭后没有什么事,她和吴成朋出去散步。在八一俱乐部门口,看到一群拿着照相机和摄像机的记者,正围着一个刚走出大门的老人采访。她没有看热闹的习惯,正打算绕着走过去,却听到有人在一旁说,你连他都不知道呀?他现在的名气可大了,他就是王洛宾呀!一听到"王洛宾"这个名字,孙惠兰停了下来,往人群跟前走了几步。透过人群缝隙,她看到站在人群中间的老人,正是三十年前给她签过名的音乐家。他确实老了,胡子更长更白了,还戴上了眼镜,但看起来似乎比当年那个时候更有精神、更有风度。她没有上前去问王洛宾,还记不记得在可可托海有人找他签名的事了,但回到家里后,她从箱子里找出了那个王洛宾签过名的手抄歌本,轻声吟唱起那些好听的老歌。

如今,孙惠兰已经八十五岁了。她的爱人吴成朋在十五年前因肝癌去世。除了刮风下雨时关节炎会让她有些不适外,再没有别的什么疾病缠身。她不愿意和儿女住在一起,非要自己住在一间房子里。平常她自己去菜市场买菜,自己做饭。每过一段日子,她都会煮些羊肉,用手抓着吃。还会去自由市场吃几串烤肉。她偶尔还会给仍然健在的张秋凤打个电话,相互说说自己的情况。张秋凤的爱人后来调到了某省的冶金系统担任局长,她随丈夫离开了新疆。

她一共生了四个孩子,每个孩子都很优秀。孙惠兰还和巴克拜尔的儿子达吾力江保持着联系。达吾力江也六十多岁了,一直在采矿的岗位上干到退休。退休后的他搜集了父亲那一辈人早年用过的东西,有一千多件,办起了一个陈列馆。其中最小的一个东西,就是苏联人发给父亲的,用来证明身份的金属名牌。达吾力江问孙惠兰,有没有当年用过的东西还保存着。孙惠兰就把刚到可可托海时,给她发的一个搪瓷缸子寄给了他。白色缸子上印了一行红色的字:自力更生,奋发图强。同时,还把吴成朋拍的和可可托海生产建设有关的老照片也一块儿寄了过去,其中就有几张一九六一年冬天保出口大会战的照片。

半年前,一位作家不知通过什么关系,知道了孙惠兰曾经在可可托海度过了整个青春岁月,就来到她家,连续与她聊了一个星期。这位作家对她表现出的敬意,让她对他不再有所保留。她甚至把给谁都没有看过的,当年写的日记都拿了出来。她还给他唱了好几首王洛宾的歌。她把藏在箱子里的黑白照片,全都拿出来,足有一百多张。这些照片,大部分都是吴成朋照的。她的记忆力没有减退,还能清楚地说出自己经历过的许多事。

孙惠兰问作家,什么时候能把可可托海的故事写出来。作家说,您是我采访的第五十七位可可托海人。我真的很想把可可托海的故事写出来,但不知道能不能写出来。

孙惠兰说,你知道了那么多可可托海的事,一定能写出来。你要是写出来了,能寄一本给我看看吗?

作家说,如果我能写出来,我首先就要把它献给您,献给像您一样把青春留在了可可托海的男人和女人们……

二〇二〇年九月　初稿于新疆
二〇二〇年十一月　改定于新疆